布朗神父探案全集 II

THE COMPLETE FATHER BROWN

盗贼的乐园

[英] G.K. 切斯特顿◎著
迩东晨 支雷 黄华丹◎译

時代文藝出版社

图书在版编目（CIP）数据

盗贼的乐园 / (英) 切斯特顿 (Chesterton，G.K.) 著；迩东晨等 译.
—长春：时代文艺出版社，2013.10（2018.1重印）
（布朗神父探案集）

ISBN 978-7-5387-4377-7

I. ①盗… II. ①切… ②迩… III. ①侦探小说－小说集－英国－现代 IV. ①I561.45

中国版本图书馆CIP数据核字（2013）第241126号

出 品 人　陈　琛
产品总监　郭力家
选题策划　方　伟
责任编辑　方　伟　姜程程　刘　婷
装帧设计　孙　俪
排版制作　吴　毓

盗贼的乐园

[英] G.K.切斯特顿 著　迩东晨等 译

出版发行 / 时代文艺出版社
地址 / 长春市泰来街1825号 时代文艺出版社 邮编 / 130011
总编办 / 0431-86012927 发行部 / 0431-86012957 北京开发部 / 010-63108163
官方微博 / weibo.com / tlapress 天猫旗舰店 / sdwycbsgf.tmall.com
印刷 / 三河市京兰印务有限公司
开本 / 710mm × 1000mm 1 / 16 字数 / 175千字 印张 / 15
版次 / 2014年2月第1版 印次 / 2018年1月第2次印刷 定价 / 42.80元

图书如有印装错误　请寄回印厂调换

目录

格拉斯先生的缺席

奥里·昂胡德医生是著名犯罪学家和某些道德障碍症的专家，他的咨询室位于斯卡伯勒市的海边；面朝北海的一长排落地窗宽敞、明亮，背景中广阔无垠的大海仿佛是蓝绿色的大理石外墙。在这里，所有房间都如大海般出奇地整洁，因而显得海面也好似纯色、整洁的蓝绿色护墙板。但若因此断言胡德医生的住宅不具备奢华或诗意，那你就错了。它们确实存在，只是不显山露水罢了。其奢华表现在：一张特制的桌子上摆着十盒或八盒上好的雪茄，其摆放方式也很讲究，味道浓烈的靠近墙边，味道柔和的则靠近窗边。在这张奢华的桌子上，同时又立着一个酒瓶架，陈列着三种极品佳酿：威士忌、白兰地和朗姆酒，但整个氛围太过齐整，让人不禁猜想，这其中的酒恐怕从未有人碰过。它也不乏诗意：室内左手边一角整齐地排列着全套的英国经典名著，而右手边则全是英国和外国生理学家的著作。但如果有人从经典名著中抽出一本乔叟[①]或雪莱[②]的著作，那里出

① 杰弗雷·乔叟（1343—1400）：英国中世纪作家，享有“英国诗歌之父”的美誉。代表作有《坎特伯雷故事集》等。

② 珀西·比希·雪莱（1792—1822）：英国著名浪漫主义诗人，被誉为历史上最出色的英语诗人之一。代表作有《解放了的普罗米修斯》、《西风颂》等。

现的空缺会又让人觉得像是缺了门牙的嘴，怎么看都别扭。我们不能说这些书从未有人读过，读过是很可能的，但它们又确实像是被链条禁锢在那里，就如老教堂中的《圣经》那样。胡德医生将自己的私人藏书阁办成了公共图书馆。如果连陈列着抒情诗和歌谣的书架以及摆放着烟酒的桌子都流露出只可远观的谨严气息，那么可以想见，这位专家的其他藏书更是要受到百般呵护，而另外一些摆放着脆弱的、需要精心呵护的化学仪器或机械工具的桌子，则必定更加神圣不可侵犯。

奥里昂·胡德医生的住所是串联的套房，最东端墙外是北海，西端墙内则是成排的社会学和犯罪学书籍，他就在这两者之间来回踱着步。胡德身着艺术家爱穿的天鹅绒衣裳，却并不像艺术家那样不修边幅。他的头发已明显花白，但看上去仍浓密而健康；他脸庞清瘦，但面色红润，满含期待的神情。他本身和整个房间都散发着冷峻和不安分的气息，一如住所一侧的北海（尽管，他选择在此建屋纯粹是出于健康的考虑）。

命运敲响了房门，成心开个玩笑似的，给这个临海而立、氛围严谨的狭长居室遣来一位在各方面都与这个环境及其主人大异其趣的人。随着简短又不失礼貌的“请进”，门应声向里开启。随之，一个五短身材的人步态蹒跚地走进屋来，手里是摘下的帽子和雨伞，竟如拾掇一大堆行李般手忙脚乱。那把黑伞毫不起眼、破旧不堪。他那弯折宽边的黑帽虽是神职人员的专属，但在英格兰并不常见。无论从哪方面看，这人都全然是平庸和无能的典型化身。

医生望着这位新来的人，尽力掩饰着自己内心的讶异，恐怕当看到一个巨大而无害的海洋动物爬进屋里时，他也不过是这样的表现吧。来人温和地看着医生，一副喜气洋洋却又喘息未定的样子，犹如一个臃肿的打杂女佣好不容易挤上了一辆巴士。志得意满的神情与手足无措的外在如此不协调地汇集在他身上。他的帽子滚落到了地毯上，那把笨重的伞又从两膝间滑下，砰然落地。他伸手去抓帽子，又俯身想去拾伞。慌忙之中，他圆圆的脸上却笑容依旧，同时开口说道："请原谅，我叫布朗，来这里是为了麦克纳布家的事。听说你经常帮别人处理这些麻烦事。要是我说的不对，还望多多包涵。"

此时，他笨拙地抓着帽子，身体怪异地微微摆动，鞠了一躬，似乎一切都已安排妥帖。

"我不大明白你的意思，"科学家十分冷淡地回道，"恐怕你走错门了。我是胡德医生，我主要从事文学和教育方面的研究工作。虽说有时候警察会来找我咨询，帮他们解决一些疑难重案，但是——"

"噢，我要说的事非常重要，"名叫布朗的矮个子插话说，"唉，她母亲死活不让他们订婚！"他说完便靠在椅背上，似乎确信自己找对了人。

胡德医生面色阴沉，眉头紧锁，可他的眼睛却闪烁着光芒，不知是出于恼怒还是觉着可笑。"哦，"他说，"我还是不大明白你的意思。"

"你要知道，他们想要结婚，"戴着教士帽的人说。"玛吉·麦克纳布和托德亨特，这两个年轻人想要结婚。还有比这更要紧的吗？"

胡德医生在科研上卓有建树，但有得必有失，他同时也付出了诸多代价——有人说他健康受损，也有人说他冷落了上帝；但他的科学成就并没有彻底剥夺他对荒谬的感受力。咨询医师听到率真的神父最后那句诉求，不禁哑然失笑，他一屁股坐进扶手椅中，讥讽的神态毕露无遗。

“布朗先生，”他严肃地说，“说来已经14年半了，当时也是有人亲自登门请我去处理一个私人案件：有人图谋在市长举办的宴会上毒害法国总统。现在你的问题是，你那位朋友玛吉是否适合做她朋友托德亨特的未婚妻。好吧，布朗先生，我这个人喜欢做事。我愿意帮这个忙，给玛吉家人提供最好的建议，不亚于我为法兰西共和国和英国国王提供的服务水准——不，应该说会更好，因为我又积累了14年的经验。今天下午我正好有空，你就详细说说吧。”

这位叫布朗的矮个神父真诚地致谢，热情有余，却又给人不谙世事的奇怪感觉。若是感谢一位在吸烟室里递给他火柴的陌生人，他的表现倒很恰当，但对于亲自带他到邱园[①]寻找四叶苜蓿[②]（事实上也的确可以这样类比）的院长来说，他的致谢恐怕有些过于随意了。这位小个子热情的感谢之声余音犹在，便紧接着讲起了他的故事：

“我刚才说我叫布朗。哦，事情是这样，我是一个天主教堂的神父，教堂不大，你很可能见过，就在小镇的最北头，那儿的街道都很乱。在最外面靠海的那条街上住着一个寡妇，她是我教会里的一个信徒，人老实本分，但是脾气不好，叫麦克纳布，靠出租房子挣点钱，还有个女儿。她和她女儿，还有她和房客之间不知道有多少是非。现在她

---

① 邱园：正式名称为皇家植物园，位于英国伦敦三区的西南角，原是英国皇家园林，始建于1759年并于1840年移交给政府管理，逐步对公众开放。园中收有约5万种植物，大致占已知植物的八分之一，目前是联合国认定的世界文化遗产。

② 苜蓿：又称三叶草，是岛国爱尔兰的国花。传说找到有四片叶子的三叶草就能得到幸福。

只有一个房客，是个年轻人，叫托德亨特，麻烦就在他身上，因为他要娶房东的女儿。”

“那么这位房东的女儿，”胡德医生饶有兴味却又不动声色地问道，“她是什么想法？”

“嗨，她也想嫁给他，”布朗神父挺起上身，急切地说。“这样一来，事情就难办了。”

“哦，还确实是个麻烦事儿。”胡德医生附和说。

神父继续说：“就我所知，詹姆斯·托德亨特这个年轻人品行倒还端正，可问题是没人知道他的底细。他个头不高，深色皮肤，脑瓜儿机灵得像只猴子，胡子也总是刮得干干净净的，像个演员。他也善解人意，天生就知道怎么讨人喜欢。他好像挺有钱的，可谁也不知道他究竟是干什么的。所以麦克纳布太太（她天性悲观）断定他不是干正经营生的，很可能跟危险的东西有关系。托德亨特总是把自己关在屋里，一关就是几个小时，大白天也不出门，不知他在捣鼓什么。这么看，他肯定是干那种悄无声息又见不得人的危险事的。他说他保持这种隐秘是有足够的理由的，而且也是暂时的，还承诺在婚礼之前解释清楚。现在确切知道的情况只有这么多，但是麦克纳布太太要说的就太多了，多到连她自己都说不清哪些是真的，哪些是她臆想出来的。你知道，无知是滋生传言的温床。有人说，曾听到屋里有两个人说话，可屋门打开时，却总是只有托德亨特一个人。还有传闻说有一个头戴丝质高顶礼帽的高个神秘男子，他曾在黄昏的时候从海上的迷雾中现身，轻飘飘地走过沙滩，又穿过屋子后面的小花园，通过开着的窗户跟托德亨特说话。后来他们好像吵了起来，两个人不欢而散。托德亨特用力甩上窗户，那个戴礼帽的人则重新消失在海上的迷雾中。在讲这件事的时候，这家人说得神乎其神；不过，我觉得麦克纳布太太更喜欢她自己的版本：在托德亨特那间屋的角落里放着一口大箱子，白天一直锁着，到了夜里，另外那个人（无论是人是鬼）就会从箱子里爬出来。你现在明白了吧，托德亨特紧闭的房门引发了种种奇谈怪想，它就像一扇神奇的大门，里面关着《一千零一夜》中的所有幻念和妖魔鬼怪。然而，在这位小个子年轻人身上实在看不出有什么诡异的地方。他穿一件得体的黑色夹克，办事认真，为人单纯。他准时付房租，而且滴酒不沾。他总是对小孩子很友善，能逗着他们玩一整天。还有，最让人心急的是，他跟房东的大女儿也相处得一样好，她甚至打算第二天就跟他上教堂结婚。”

痴迷于高深理论的人总喜欢把他的高论运用在日常琐事上。面对神父的单纯，这位成绩斐然的专家已经算是放下架子，大大地降尊纡贵了。他舒适地坐在扶手椅上，以漫不经心的口气开始了他的长篇大论：

“即使涉及的是非常微小的事物，我们也要首先认识其中蕴含着的自然规律。某朵鲜花或许未必在初冬枯死，但花儿总归要枯萎；某块卵石也许永远不会被潮水打湿，但潮水照样在上涨。用科学的眼光看，人类的整个历史就是一系列的集体运动，毁灭或迁徙，正如苍蝇在冬天成批死亡，候鸟在春季成群返回一样。种族是全部历史的根本所在。有了种族才有了宗教；有了种族，才有了合法且合乎道义的战争。最能说明问题的例证，莫过于那个野蛮、天真而又令人讨厌的族群，也就是人们通常所说的凯尔特人[①]，你的朋友麦克纳布一家便是这个族群的现实样本。他们个子不高，皮肤黝黑，还有好幻想和四处漂泊的习性。他们轻信对任何事件的迷信解释，正如他们仍然接受——恕我直言——你和你的教会就各种事件给出的迷信解读。生活在前有教堂的嗡嗡宣教、后有大海的萧萧悲鸣的环境中，这些人总会给平常事涂抹上离奇玄妙的色彩，这也不足为奇。你负责一个小教区，眼界狭窄，只看到这位麦克纳布太太，知道她被两人的说话声和来自海上的大高个儿吓着了。但是有科学头脑的人看到的却不止这些，而是分散在世界各地的麦克纳布氏族，他们被视作一个整体，如同一群鸟那样整齐划一的族群。他眼里呈现着成千上万的麦克纳布夫人，住在成千上万的房子里，将病态魔药混进茶水里，让不知情的朋友喝下；他还看到——"

医生的话还没说完，便被门外响起的急切喊声打断了。紧接着便听到有人疾步穿过门廊。伴着那人身上的裙子发出的沙沙声，房门开了，一位年轻女子出现在眼前。她衣着体面，但有些凌乱，由于走得匆忙，脸上也泛起了红潮。她那一头金发被海风吹得有些散乱，要不是颧骨像苏格兰人那样凸起并显得颜色过深，她也算是个百里挑一的美人了。她道歉时态度唐突，简直就是在发号施令。

"先生，对不起，打扰了，"她说，"事关生死，我必须要找布朗神父。"

---

① 凯尔特人：公元前2000年活动在中欧的一些有着共同的文化和语言特质并有亲缘关系的民族的统称。主要分布在当时的高卢、北意大利（山南高卢）、西班牙、不列颠与爱尔兰，同日耳曼人并称为蛮族。

布朗神父忙不迭地欠身要站起来。“哎，玛吉，出了什么事？”他问道。

“我觉得詹姆斯被人害死了，”女孩子急急忙忙、气喘吁吁地回答，“那个格拉斯又来找詹姆斯了。我清楚地听到他们在门后面说话。我听到了两个声音：詹姆斯的声音很低，带着喉音，另一个声音很高，还一颤一颤的。”

“哪个格拉斯？”神父迷惑不解地重复着。

“我知道他叫格拉斯，”女孩子很不耐烦地答道，“我在门外听到他们在争吵，我想是为了钱，因为我听见詹姆斯一再说‘好的，格拉斯先生’，或者是‘不对，格拉斯先生’，然后又说‘二、三，格拉斯先生’。我们说得太多了，你快跟我走吧，也许还来得及。”

“什么还来得及？”胡德医生一直饶有兴趣地观察着这个年轻女子，此时忍不住问道。“格拉斯先生和他在金钱上的麻烦有什么大不了的，弄得这么紧张？”

“我想把门撞开，可是撞不开，”女孩子立刻答道，“然后我跑到后院，好歹爬到了窗台上。往屋里看的时候，里面一片昏暗，像是什么都没有，但我真的看见詹姆斯了，他蜷缩着躺在角落里，不知道是被人下药迷昏了还是让人给勒死了。”

“这事很严重，”布朗神父抓起他的帽子和雨伞，站起了身说，“其实，刚才我正跟这位先生说你的事，而他的看法是——”

“我的看法几乎完全变了，”这位科学家郑重其事地说，“我不再认为这位年轻女士像我想象的那样有凯尔特人的特点了。我没别的事可做，容我戴上帽子，咱们一起去镇里走一趟。”

这三个人走起路来各有特点：那女孩像个登山者一样，气喘吁吁但步伐坚定；犯罪学家步履从容却不失美洲豹式的敏捷；神父则迈着小碎步，两条腿飞快地交替倒动，像是踩着风火轮。几分钟后，他们便走近了麦克纳布家所在街道的街尾。医生曾暗示荒凉的心境与环境有关，小镇这边呈现的一派凋零景象在一定程度上也验证了他的说法。零星的房屋断断续续分布在海岸边上，相互间隔不断扩大。黄昏开始降临，在淡薄的暮色中，但见空中片片云霞通红而诡异；海面呈现出一片深紫色，大海深处传来不祥的幽幽轰鸣。麦克纳布家花木横生的后花园向沙滩那边伸展着，花园中死气沉沉的两棵树影影绰绰，有如受到惊吓的恶魔举起的两只手。麦克纳布太太沿街跑来迎接这三个人。她伸出瘦骨嶙峋的双手，看上去就像那两棵树。而她那张隐现在薄暮中的面孔，透着一股凶煞之气，令人不寒而栗。麦克纳布太太尖声重述她女儿讲过的故事，但却添油加醋，极尽渲染。她赌咒发誓，一方面要报复格拉斯先生，因为他杀人，同时又要报复托德亨特先生，因为他被杀了，或者说因为他胆敢提出娶她女儿，却又不能活着做到。她那边自顾自地絮叨，但医生和神父的心思却不在她身上，只是有一搭没一搭地应付。他们穿过房前狭小的通道，来到了后面房客的屋门前。胡德医生施展老侦探的技能，用自己的肩膀猛地撞开门板，冲进了屋里。

屋门打开了，眼前出现的是一幅无声的灾难场景。见到这副景象的人，哪怕只是匆匆一瞥，也会毫不迟疑地断定：有两个人，或不止两个人曾在这间屋子里激烈地厮打过。纸牌凌乱地摊在桌上，有些散落到了地上，表明有人曾在这里玩牌，却被中途打断。靠墙的桌子上摆着两只空酒杯，第三只酒杯摔在地毯上成了碎片。离摔碎的酒杯几米的地方，躺着一把匕首或是一把短剑。刀身笔直，刀柄装饰精美，从昏暗的窗户那里射进的灰色亮光正好映射在黯淡的刀片上，隐约可见灰蒙蒙的海面映衬出黑色的树影。一顶丝质高顶礼帽侧倒在屋内另一边靠近角落的地方，像是刚被人从一位绅士的脑袋上打落，这样说也没错，它的样子的确像是仍在滚动。在礼帽后方的角落里躺着詹姆斯·托德亨特先生，他蜷缩着，像是被人扔到那里的一袋土豆，又像是被捆绑好要托运的旅行箱。一条围巾勒住了他的嘴，另有六七根绳子捆绑在他的肘部和脚踝处，但他褐色的眼睛却是生气活现的，正机警地转动着。

奥里昂·胡德医生在门垫上驻足片刻，将无声的暴力场面完全收入眼中。然后他快步走过地毯，捡起那个丝质礼帽，并认真地把礼帽戴到被捆着的托德亨特的头上。可是这顶礼帽太大，帽檐几乎滑到了他的肩膀上。

“这是格拉斯先生的礼帽，”医生边说边取下礼帽，拿出一个手持放大镜仔细查看礼帽的内部，“格拉斯先生不在，可他的帽子却在这儿，该作何解释呢？格拉斯先生显然很讲究他的装束，不该忘记戴帽子。这顶礼帽虽然不是很新，但样式时髦，看样子保养得也不错。我想他或许是个老花花公子。”

“天哪，”麦克纳布小姐大喊道，“你怎么不先把他身上的绳子解开？”

“我有意用了一个‘老’字，但并不是很肯定，”医生继续解释说，“我的理由听来也许有些牵强。人们每天掉多少头发，这因人而异，但无一例外都会存在脱发现象。照理说，如果这顶帽子最近刚被戴过，通过放大镜我应该能看到几根头发。但这里面却一根头发都没有，因此我想到格拉斯先生是个光头。这是一点，再加上麦克纳布小姐生动描述的那个愤怒的高嗓门（别着急，亲爱的女士，别着急），如果我们将光头和老人发怒时通常发出的那种声调结合起来看，那么我可以大致推断出他是个上了年岁的人。不过，这个人很可能精力充沛，个子也很高。那个戴着礼帽的高个子曾经出现在窗前的传说，多少可以作为依据，不过我可以找出更确切的证据。屋里满地是酒杯的碎片，但在壁炉旁的托架上也有块碎片。假如是个矮个子打碎了酒杯，比如托德亨特先生，碎片就不会落到那个位置。”

“容我插一句，”布朗神父说，“能否请你先给托德亨特先生松绑？”

“从酒杯能得出的结论还不止这点，”这位专家不管不顾地继续说，“我还可以推断出，造成这位格拉斯先生秃顶或者神经质的，可能不是他的年纪，而是放荡不羁的生活。我们曾提到过，托德亨特先生性情温和，生活节俭，滴酒不沾。这里的纸牌和酒杯不符合他的日常生活习惯，应该是他用来招待一位特殊朋友的。但是，我们正好可以借此做出进一步的推断。托德亨特先生也许有酒杯，也许没有，可我们看不出他这里存放着任何酒。那么这些酒杯是用来盛什么的呢？我敢说一定是格拉斯先生随身带着一瓶酒，是白兰地或者威士忌，或许还是挺昂贵的那种。如此说来，我们大致可以知道格拉斯先生是个什么样的人了，或者至少知道他属于哪类人。他身材较高，上了年纪，衣着入时但可能有些磨损，肯定喜欢玩乐和饮酒，甚至还沉湎其中不能自拔。在处于混迹街市的人群中，格拉斯先生应该小有名气。”

“你给我听着，”年轻女子大叫，“你要是再不让我过去给他松绑，我就去外面喊警察了。”

“麦克纳布小姐，我给你的建议是，”胡德医生严肃地对她说，“不要急着去找警察。布朗神父，我真希望你能安抚一下你的教民，我倒无所谓，主要是为他们好。好了，我们大致知道了格拉斯先生的形象和性格；但对托德亨特先生的基本事实我们了解哪些呢？主要有三个方面：他很节俭；他多少有些钱；他有个秘密。很显然，通常被敲诈的人都有这三大特征，他全具备了。同样显而易见的是，格拉斯先生讲究却已褪色的衣着、恣意挥霍的生活习惯和动辄大喊大叫的表现，也正是敲诈者具有的几大特征。在这场花钱封口的悲剧中存在两个典型人物：一个是受人尊敬的人，但有不可告人的隐情；另一个是来自伦敦西区[1]的秃鹫，贪婪地四处寻找可以榨出油水的隐情。今天这两个人在这儿相遇，争吵起来，并大打出手，还动了家伙。”

“你到底去不去把那些绳子解开？”那位姑娘不依不饶地追问。

胡德医生小心地把礼帽放到墙边的桌上，走向被捆得严严实实的托德亨特。医生仔细打量着他，甚至还扳住他的肩膀将他挪动了一下，随后又把他转了半圈，但最终医生只回答说：“不，我想在警察没拿来手铐之前，这些绳子还有用处。”

一直呆呆地看着地毯的布朗神父此时扬起他的圆脸问道：“你这是什么意思？”

---

① 伦敦西区：英国伦敦西部地区是王宫、议会、政府各部门所在地，汇集众多大商店、剧院、娱乐场所和高档住宅，与伦敦东区形成鲜明对比。

医生捡起地毯上那把形状特别的匕首或者短剑，一边专心查看一边答道："因为你们看到托德亨特先生被捆住，"他说，"便想当然地认为，格拉斯先生把他捆起来，然后逃走了。对此我有四点不同的看法：第一，如果格拉斯先生是自愿离开的，为什么如此注重衣着的人会忘记自己的帽子？第二，"医生走向窗边，继续说，"这扇窗是唯一的出口，却是从里面锁住的。第三，刀尖上有一小滴血迹，但托德亨特先生身上并没有伤口。显然格拉斯先生负伤逃走了，现在生死不明。从种种情况来看，更有可能的是，被敲诈的人试图杀死令他噩梦连连的敲诈者，而不是敲诈者试图杀死能给他下金蛋的鹅。我看这差不多是整件事的真相了。"

"可那些绳子？"神父睁大眼睛问道，对这种推论并未表示任何赞赏。

"啊，那些绳子，"专家以一种奇怪的语调说道，"麦克纳布小姐很想知道我为什么不解开托德亨特先生身上的绳子。好吧，我这就告诉她。我没解绳子的原因是，托德亨特先生随时可以自己脱身。"

"什么？"在场的人都不同程度地发出一声惊呼。

"我查看了托德亨特先生身上的所有绳结，"胡德从容地进一步解释说，"幸好我对打结的方法略知一二，这些其实也是犯罪学研究的一个分支。他身上的每个绳结都是自己打的，他也能自己解开。没有一个结是真心想要捆住他的敌人打的。那些绳子完全是精心设计的假象，为的是让我们以为他才是这场斗殴的受害者，而不是可怜的格拉斯。或许格拉斯先生的尸体已被藏在花园里，或者被塞进了烟囱里。"

现场顿时陷入一片死寂，室内愈加昏暗，花园里的树木饱受海风摧残，此时更显得枝疏影暗，因而也变得更加清晰，仿佛离窗更近了。它们就像爬上岸来的恐怖海怪，如挪威传说中的北海巨妖或墨斗鱼，抑或蠕动的水螅般，阴沉地看着这场悲剧的结局。而这个悲剧中的反派和受害者，也就是那个可怕的戴着高顶礼帽的人，也曾经从海里爬上了岸。空气中弥漫着由敲诈滋生出的病态气息，它是人类最具病态的行为，因为敲诈是以一种罪行掩饰另一种罪行，如同黑色的药膏敷在更黑的伤口上。

小个子神父平常的表情总是一副满足、欢喜的模样，此刻却突然眉头紧锁，似乎有什么事正牵动着他的好奇心。这已不是最初他全无所知时的那种好奇，而是他经过深思熟虑有了初步想法之后，急于再进一步探究真相的好奇。“请你再说一遍，”神父简洁而又不无困扰地说，“你的意思是，托德亨特先生能把自己捆起来，也能自个儿松开绳子？”

“就是这个意思。”医生说。

“天啊！”布朗神父突然喊道，“难道真有可能是这样？！”

神父像兔子一样“嗖”的一声蹿到被捆的人那儿，他急切地打量着这个半遮着脸的俘虏，然后他转过自己呆板的面孔对着众人。“是的，的确是这样的！”他有些兴奋地说，“你们就不能从这个人的脸上看出来吗？哎，看他的眼睛！”

医生和女孩的目光都随着神父示意的方向看去。虽然又宽又黑的围巾遮住了托德亨特的下半张脸，他们还是能看到那上半张脸呈现出的某种痛苦难耐的神情。

“他的眼睛确实看着有些古怪，”年轻女子真的动了感情，她高声叱责，“你们这些人心真狠，我相信这是因为他被捆得太难受了。”

“我不这样看，”胡德医生说，“他的眼神确实有些异样。但我宁愿认定他脸上的横纹表现的是一些心理异常——”

“喔，别胡说！”布朗神父说，“你们没看出他在笑吗？”

“他在笑！”医生重复了一句，有些惊讶，“到底有什么会让他发笑呢？”

“噢，”布朗神父不无歉意地说，“毫不客气地说，我认为他在笑你。确实，在了解到实情后，我也有些想笑我自己了。”

“你了解到什么实情了？”胡德有点气恼地说。

“我终于明白托德亨特先生是干什么的啦。”神父答道。

神父慢吞吞地在屋子里踱来踱去，茫然地看看这样东西，又看看那一样，还不时发出一阵干笑，众人耐着性子看他莫名其妙的表现，不禁心生厌烦。他看着礼帽笑了一阵，随后又对着破碎的玻璃片大笑起来，匕首上的血迹更是让他笑得几乎岔气。然后他转向已经火冒三丈的专家。

“胡德医生，”他热情地喊道，“你有诗人一样的想象力！你竟能让一个子虚乌有的人横空出世！比起仅仅查清事实真相，这可显得伟大多了！的确，相比之下，事实本身其实既平常又很可笑。”

“我压根儿不明白你在说什么，”胡德医生傲慢地说，“我提到的事实都是必然会发生的，虽然目前看来未必完整。在相应的细节尚未确认的情况下，当然可以让直觉，或者你更喜欢说的想象力来发挥作用。在格拉斯先生缺席的情况下——”

“是这样，是这样，”矮个神父频频点头称是，“这正是首先要明确的一点：就是格拉斯先生不在场，他绝对不在场。我想，”神父边想边补充说，“从来没有人能像格拉斯先生那样不在现场。”

“你的意思是说他不在镇上吗？”医生追问道。

“我是说他根本就不存在，”布朗神父答道，“可以说，他就是个子虚乌有的虚构人物。”

“你不会是开玩笑吧，”专家微笑着说，“这个人真的不存在吗？”

神父点头示意，肯定了这个说法。“很遗憾，的确是这样。”他说道。

胡德不禁鄙夷地一笑。“果真如此的话，”他说，“在我们谈论众多其他证据之前，先看看我们发现的第一个证据，也就是我们进屋时看到的第一件事实。如果不存在格拉斯先生，那这顶礼帽是谁的呢？”

“是托德亨特先生的，”布朗神父答道。

“可这帽子不适合他，”胡德忍不住反驳道，“他根本不可能戴这顶帽子。”

布朗神父摇摇头，态度温和得有些不可思议。“我并没有说他能戴，”他回答说，“我只说是他的帽子。如果你一定要强调有什么区别的话，或者可以说，这是属于他的帽子。”

“那又有什么不同呢？”犯罪学家不无讥讽地说。

“我亲爱的先生，”和蔼的小个子说这话时，头一次表现出对他的不耐烦，“要是你走进街上最近的帽店，你就会明白‘一个人戴的帽子’和‘属于这个人的帽子’有什么区别了。”

“可是一个卖帽子的，”胡德反驳说，“能靠卖出新帽子来获利。但托德亨特先生能从这顶旧帽子里得到什么呢？”

“兔子。”布朗神父脱口而出。

“什么？”胡德喊道。

“兔子、丝带、糖果、金鱼，还有成卷的彩带，”神父飞快地说，“当你发现捆托德亨特的绳子有假时，就没想到这是怎么回事吗？匕首也有同样的问题。正像你说的，托德亨特先生身上没受任何外伤，他受的是内伤，但愿你明白我说的是什么意思。”

“你是说托德亨特先生的衣服里面吗？”麦克纳布夫人毫不客气地追问。

“我说的不是托德亨特先生的衣服里面，”布朗神父说，“而是他的身体里面。”

“哎，你说的到底是些什么呀？”

布朗神父平静地解释道：“托德亨特先生正在努力练习，希望成为一个职业魔术师，同时也想做一名杂耍艺人、口技演员和绳索戏法的专家。这顶礼帽本是用来练习魔术表演的。帽子里找不到头发，不是因为戴着它的格拉斯先生过早秃顶，而是因为从来就没有人戴过这顶帽子。那3个酒杯是用来练习杂技的，托德亨特先生用它们练习抛接手技。但是，由于他没练多久，掌握不好力度，其中一个酒杯碰到屋顶撞碎了。那把剑也是表演杂技用的，出于职业上的荣誉和义务，他要掌握吞剑的技巧。但是，他还是个新手，不慎擦伤了自己的喉咙内部。因此，我说他受了内伤。从他的面部表情看，我敢肯定这伤并不重。他也在练习怎样解脱绳捆的技巧，就像达文波特兄弟[1]表演的那样，正当他试图从绳中挣脱时，我们闯了进来。那些纸牌当然是用来练习纸牌戏法的，他正在练习隔空抛牌的技巧，在这当中，有些牌掉到了地上。他对自己职业保密的原因也很简单，仅仅是他要严守那些魔术花招的秘密，不想被人识破，任何魔术师都会这样做。但是，有个戴高顶礼帽的闲人曾通过后窗朝里张望过一次，被大发雷霆的托德亨特先生赶走了，这个简单的事实却将我们大家引入歧途，并产生了错误的联想，我们还以为头戴丝帽的格拉斯先生像幽灵一样纠缠着他，令他的生活困苦不堪。”

“那两种说话声又是怎么回事呢？”玛吉瞪大两眼问他。

“你没有听过口技表演吗？”布朗神父问道，“口技表演者先是以自己天生的嗓音提问，然后再以你听到的那种尖细、短促、造作的嗓音来回答。”

众人不再出声，沉寂良久。胡德医生审视着刚说完话的小个子神父，脸上露出诡秘而殷切的微笑。“你确实很能编故事，”他开口打破了沉默，“这要是出书的话，没有比这情节更精彩的啦。不过，你并没有说清楚涉及格拉斯先生的那部分。麦克纳布小姐曾亲耳听见托德亨特先生用这个名字称呼那个人。”

布朗神父像小孩子似的咯咯笑了起来。“呃，这个嘛，”他说，“这是这个荒唐故事里最荒唐的那部分。我们这位练杂耍的朋友在轮流抛起那

---

① 艾拉·伊拉斯塔斯·达文波特和威廉·亨利·达文波特：19世纪晚期美国著名的魔术师，合称“达文波特兄弟”。他们声称自己具有特异功能，表演的是超自然的魔术。他们表演的经典节目便是从被紧绑在衣柜的困境中脱身。

3个玻璃杯时，他每接到一个都要大声报数，失手没接到时也大声说没接到。其实他是这样说的：‘一、二、三——掉了个杯子（missed a glass）；一、二——掉了个杯子（missed a glass）[①]。’”

屋内众人愣了片刻，随后不约而同地爆发出一阵狂笑。就在他们乐不可支的时候，角落里的那个人已经解开了捆在身上的绳子，他得意地抖动身体，所有的绳子全落到了地上。然后，他大步走到屋子中央，鞠躬致意，从口袋里抽出一张印有红蓝字体的大幅海报，上面写着：“札拉丁，世界最优秀的魔术师、柔术家、口技家和飞人即将在斯卡伯勒‘帝国馆’推出全新系列魔术表演，时间：下周一晚上八时整准时开演。”

① 掉了个杯子的英文“missed a glass”与格拉斯先生的英文“Mister Glass”发音一致。

盗贼的乐园

在托斯卡纳的青年诗人圈中，伟大的穆斯卡里也算是个名人，他以独创性享有盛誉。此刻，他疾步迈进了最中意的那家餐厅。它坐落在地中海边，可以俯瞰海景，头顶有遮阳篷，四围拢着一圈柠檬树和橘子树，形成天然的篱笆墙。系白围裙的服务生早已开始布置一张张洁白的餐桌，为精美的早午餐做好准备。这种讲究的场面似乎又为优美的就餐环境添了不少光彩。穆斯卡里长着和但丁[①]一样的鹰钩鼻，他一头黑发，颈上的黑色围巾柔亮而飘逸，背上还披着一件黑色斗篷，令人不由得想到，他真该再配个黑面罩，那样的话便颇有些威尼斯情景剧的风范了。他举手投足间都像是一个走南闯北的行吟诗人，但同时又像主教那样拥有特定的生活圈子。他充分利用那个时代提供给人的活动空间，如同唐璜[②]携带细长剑和吉他周游世界那样，过着四海为家的生活。

---

① 但丁（1265—1321）：意大利中世纪诗人，文艺复兴的先驱。其代表作《神曲》举世闻名，被誉为中世纪文学的巅峰之作。

② 唐璜：生活在15世纪的西班牙贵族。他诱拐了一个少女，又谋杀了那个少女的父亲。英国大诗人拜伦写了一首题名为《唐璜》的长诗，令其闻名于世。

外出旅行的时候，他总要带上两只箱子：一只装各种宝剑，他凭着这些兵刃与无数人进行了精彩的决斗；另外一只装曼陀林琴，他曾在某个假日里用这把琴为恪守传统的埃塞尔·哈罗盖特小姐——一位约克郡银行家的女儿——弹奏小夜曲。然而他既不是江湖骗子，也不是幼稚无知的孩子，而是个思路清晰、热情奔放的拉丁人①，如果喜欢什么，他便会身体力行，全身心地投入其中。他的诗歌和别人写的散文一样直白。他渴望声名，他醉心于美酒佳人，热情如火，总是酣畅淋漓地表达自己的爱恨情仇，从来不会像北方人那样遮遮掩掩，畏畏缩缩。在那些内向的族群看来，他表现得太过激烈，让人觉得危险，乃至有犯罪倾向。他就像燃烧的烈火或者波涛汹涌的大海，单纯得让人无法信任。

英国银行家和他美貌的女儿就住在附属这家餐厅的酒店里，这才是穆斯卡里时常光顾这家餐厅的真正原因。他朝四处匆匆扫了一眼，就知道那家英国人还没有离开房间下楼来。餐厅里杯盘闪耀，但仍然是食客寥寥，显得空空荡荡。餐厅一角坐着两位正在闲聊的教士，穆斯卡里虽是个虔诚的天主教徒，此刻却也没多看他们一眼，只当他们是两只聒噪的乌鸦。更远处有个座位掩映在挂满金橘的矮树后面，原本坐在那儿的客人此时起身，朝他走了过来。他的衣着风格与自己的迥然不同。

只见来者穿着彩色格子图案的花呢服装，扎着粉红领带，衣领挺括，脚上则是惹眼的黄色靴子。他刻意搭配的这身装束，体现了地道的马盖

① 拉丁人：狭义“拉丁人”指古意大利拉丁姆地区的古代民族；广义“拉丁人”指生活在欧洲南部，特别是意大利、西班牙等地的民族。

特[1]乡间传统风格，花里胡哨却毫无新意。随着这个貌似伦敦佬的家伙渐渐走近，穆斯卡里惊异地发现：这个英式打扮的人分明长着一个意大利人的脑袋。一头密实的卷发，面孔黝黑但表情生动，兀然端立在硬挺的衣领和喜庆的粉红色领带之上。事实上，他太熟悉这副尊容了。那套令人眼花缭乱的英式度假装并不能妨碍穆斯卡里认出他：那个几乎已被他遗忘的老朋友埃萨。他在大学时曾是众所周知的奇才，刚满15岁便名噪欧洲。但他登上社会大舞台后，却一事无成。他最初的公开身份是个剧作家和蛊惑人心的政客，后来在私下里做过几年演员、旅行家、委托代理人或者记者。穆斯卡里最后只记得他是个演员，再后来就没了音讯。在聚光灯下大出风头令他陶醉，只是，据说他后来卷入了一桩大丑闻，把自己的舞台生涯断送掉了。

“埃萨！”诗人大叫着站起身，惊喜交加地握住他的手。“喔，我以前经常在演员休息室见你穿着各种戏装，可做梦也没想到你会打扮成英国人。”

“这个，”埃萨一本正经地回答，“可不是英国人的服饰，这是意大利人未来的服饰。”

“果真如此的话，”穆斯卡里说，“我得承认，我更喜欢意大利人过去的服饰。”

“这就是你的老毛病了，穆斯卡里，”穿花呢服装的埃萨摇摇头说，“当然，这也是意大利人的毛病。早在16世纪，我们托斯卡纳人就开创了

---

① 马盖特：英国东南部肯特郡的一座海边小城。以物产丰富的果园和风景如画的乡村而著名，距伦敦100多英里。

现代文明：最新的钢制品、最新的雕刻品和化学工艺。为什么我们现在就不该有最新型的工厂、最新款式的汽车、最新颖的财政学——最时髦的服饰？”

“因为没必要，”穆斯卡里答道，“意大利人很难真正进步，因为他们太精明了。一旦找到了过上舒适生活的捷径，他们就绝不会再看一眼那些复杂的新路。”

“是啊，在我看来，马可尼[①]，或邓南遮[②]才是意大利的骄傲，他们的光辉至今犹存。”埃萨答道，“所以我现在成了未来主义者——和一名导游。”

“导游！”穆斯卡里笑了起来，“这是你一连串职业中最新的一个？给谁做导游呢？”

“哦，一个叫哈罗盖特的人，应该还有他一家子。”

“难道是住在这家酒店的那位银行家？”穆斯卡里热切地追问。

“就是他。”埃萨答道。

“报酬不错吧？”行吟诗人不无天真地探问。

“会有一笔收入，”埃萨讳莫如深地微笑着说，“不过我可不是一般的导游。”接着，似乎是为了换个话题，他突然说道：“那个银行家是带着女儿和儿子来的。”

“他女儿真是个仙女，”穆斯卡里肯定地说，“至于父亲和儿子，我

---

① 伽利尔摩·马可尼（1874—1937）：意大利无线电工程师，实用无线电通讯的创始人。收音机即无线电接收机的发明者。1909年诺贝尔物理学奖得主。

② 加布里埃尔·邓南遮（1863—1938）：意大利诗人、小说家、戏剧家和民族主义者。主要作品有《初春》、《新歌》等。

想不过是俗人罢了。抛开他为人和善的优点不谈，难道你不觉得他真是我说的那种俗人？他的保险箱里放着几百万，而我的口袋却空空如也。但你不敢说——你不能说——他就比我聪明，胆子就比我大，更有活力。他并不聪明，那双蓝眼睛就像两粒纽扣，死气沉沉；人也没精神，像中了风，走两步就得找把椅子坐下。他倒也很守本分，是个和和气气的老傻瓜。他很有钱，可也不过是像小孩子收集邮票那样积攒起来的，没什么了不起。你太有商业头脑了，埃萨，所以你才不会像他那样成功。一个人要想拥有那么多钱，首先得傻到特别想要那么多钱的地步。”

“要这么说的话，我已经有那么傻了。”埃萨沮丧地说，“不过，我看你还是暂停对他的品头论足吧，银行家已经进来了。”

他说得不错。走进来的确实是著名的银行家哈罗盖特先生，可没有人看他。他是个魁梧的老人，那双蓝眼睛混浊无神，淡黄色的髭须泛着灰白。要不是背驼得厉害，说他是个上校也不为过。他手里拿着几封尚未开封的信。他儿子弗兰克长得很帅气，一头卷发，晒黑的皮肤，血气方刚。可周围同样没人关注他。像往常一样，至少是此时此刻，所有的目光都聚集在埃塞尔·哈罗盖特身上，紧盯着不放。她有着一副希腊式的面孔和满头的金发，肤色有如晨曦般柔美，活脱脱一幅女神从蔚蓝色大海中升起的画面[①]。诗人穆斯卡里不禁深吸了一口气，那感觉像是在纵情畅饮。确实可以这么说，他

① 此段描述暗指桑德罗·波提切利（1445—1510）于1482—1486年所绘的蛋彩画《维纳斯的诞生》。画中描述维纳斯诞生于大海的泡沫中，缓缓从贝壳中升起。她是罗马神话中的爱神和美神，同时又是执掌生育与航海的女神，与其相对应的阿佛洛狄忒是希腊神话中的女神，象征爱情与女性的美丽，被认为是女性体格美的最高象征。

畅饮着祖先所创的娉婷绝代的经典之作。埃萨也凝视着她，只是流露出了更多的迷惑。

哈罗盖特小姐光彩照人，很乐意融入这种场合与人交谈，她的家人则已适应了欧洲大陆轻松随和的习俗，允许陌生人穆斯卡里、甚至导游埃萨与他们同桌交谈。在埃塞尔·哈罗盖特身上，传统习性不仅得以完美体现，同时还闪耀着独特的光彩。她为父亲的成就自豪，也酷爱追求时尚，并乐在其中。她是个被娇宠的女儿，还是个调情的高手，这一切集于一身，再配上她天性中的善良，她的孤傲竟也变得令人愉悦，而她在世俗社会中享有的尊贵也显得那么清新和真诚。

此刻，他们激烈争论的议题是：本周他们去郊游时要经过的那条山路是否真如人们所说的那样危险。当然，他们提到的危险与滚石或者雪崩无关，而是一种更具浪漫色彩的情形。埃塞尔确信，当代的传奇故事是真实的，那些强盗是不折不扣的亡命徒，他们仍然在山梁上出没，把持着亚平宁山[①]上的隘口。

“他们说，”她就像个天真无邪的小女生那样说道，“统治整个意大利的不是国王，而是万贼之王。但他究竟是谁呢？”

“是个大人物，小姐，”穆斯卡里答道，“是可以媲美你们那位罗宾汉的大人物。大约十年前，万贼之王蒙塔诺的故事开始流传，那时的人们都以为山贼已经绝迹了。可就在这时，蒙塔诺出现在山里。像是一场无声

---

① 亚平宁山：意大利亚平宁半岛（又称意大利半岛）的主干山脉，是阿尔卑斯山脉主干南伸部分。

的革命，他很快就威名远扬。在每个山村，人们都能看到他言辞激烈的布告。在各个山谷，都闪现着他那些持枪哨兵的身影。意大利政府曾6次进行剿匪，但每次都在一场恶战之后以惨败告终，他们的对手就像拿破仑一样难以征服。”

“这种事，”银行家忧心忡忡地说，“在英国是绝对不容许的。既然这样，我们恐怕只能另选路线了。但我们的导游认为那儿很安全。”

“非常安全，”埃萨傲慢地说，“我在那儿来来往往20次了。在我们祖母生活的那个年代也许真有个惯犯占山为王，但这种事即便不是人们虚构的，也早就成了历史。拦路抢劫这种事早就被彻底铲除了。”

“根本不可能被彻底铲除，”穆斯卡里反驳道，“对于南方人来说，武装叛乱不过是家常便饭。我们的农民就像大山一样仁慈厚道，生机盎然，但他们内心深处燃烧着暗火。人一旦陷入绝境，通常会有两种反应：北方人习惯于借酒浇愁——我们南方的穷人就不同了，他们会拿起匕首。”

“诗人的确与众不同，”埃萨嘲笑着说，“如果穆斯卡里先生是英国人的话，他或许仍在伦敦的旺兹沃思自治市寻找劫匪吧。相信我，在意大利不再有被抢劫的危险，就像在波士顿不会再有被剥头皮的危险[①]一样。”

“你主张去那儿走一趟吗？”哈罗盖特先生皱着眉头问他。

“啊，这听起来真可怕！”埃塞尔叫了起来，她闪动着一双漂亮的眼

---

① 指以前的印第安人战胜对手后，以剥下敌人的头皮做战利品。

睛看着穆斯卡里，“你真觉得那个隘口很危险吗？”

穆斯卡里将他那头黑发往后一甩。“我知道那儿有危险，”他说，“明天我会去看看。”

一番争执之后，埃塞尔陪着老哈罗盖特起身离开了，埃萨和穆斯卡里则仍你来我往地高声讽刺挖苦着对方，小哈罗盖特一时遭到了冷落，独自一饮而尽杯中的白葡萄酒，然后点了根香烟。就在这个当口，一直坐在餐馆角落的那两位教士站起身来。那位高个、白发的意大利教士离开了餐厅，另一位矮个教士则转身朝银行家的儿子走来。小哈罗盖特惊奇地发现：这位罗马天主教教士居然是个英国人。他隐约记得似乎在他那些天主教朋友的一次聚会上见过这个人。但尚未等他想起来，那位教士便开口了。

“弗兰克·哈罗盖特先生，”他说，“我想我原来跟你介绍过我自己，不过我并不指望你还能记得我。我不得不说的这件怪事要是由陌生人来说可能更合适。哈罗盖特先生，我只有一句话，说完就走：照顾好你悲痛欲绝的妹妹！”

这话从何说起？尽管做哥哥的弗兰克平常根本就不在意自己的妹妹，却也避不开她那活灵活现的音容笑貌，讽刺挖苦之声仍清晰地在耳畔回响；此时此刻他还能听到妹妹的欢笑声从酒店花园那边传来。弗兰克大惑不解，紧盯着神情忧郁的劝告者。

“你说的是那些强盗？”他问道，又想起自己曾隐隐担心过的事情，“还是说需要提防穆斯卡里？”

“人从来都不会理会真正的悲伤，”这位古怪的教士说道，“只有事到临头时才会萌发善心。”

教士说完便匆匆离去。留下目瞪口呆的弗兰克，愣然地僵坐在那里。

一两天后，一辆马车满载着这群人上路了，一路颠簸，缓缓爬上森然兀立的山嘴尖坡。无论埃萨如何轻松地否认危险的存在，也不管穆斯卡里怎样激烈地予以反驳，哈罗盖特一家上山游玩的初衷都未受任何影响。穆斯卡里本想独自前来，但最终还是选择与众人同行，进山一游。更令人惊奇的是，当马车经过一个海滨小城的驿站时，那位矮个子教士突然现身，加入了他们的行列。他声称自己出公差，正好需要穿过中部山区。然而这不期而遇似乎没那么简单，小哈罗盖特不由想起了昨天他那神秘的警告，以及由此而生的恐惧。

他们乘坐的是四轮轻便游览马车，内部比较宽敞，是现代主义人才埃萨的杰作。事实上，为了促成这次旅行，埃萨跑前跑后地张罗，在整个活动中充分展现出他的科学才能和活泼机智的性格特点。此时，人们不再只是揣度或者空谈劫匪可能带来的危险，注意力开始转向行动上的防范。埃萨和弗兰克都带着上了子弹的转轮手枪，穆斯卡里（此时快活得像个小男孩）则在黑斗篷遮掩下，佩了把短剑。

上车的时候，穆斯卡里抢先一步，坐到了可爱的埃塞尔身边。在她的另一侧则坐着那位教士，他叫布朗，不太爱说话，这让穆斯卡里庆幸不已。埃萨和哈罗盖特父子则坐在后排座位上。穆斯卡里本来坚信此行凶多吉少，但一路上却兴致勃勃，谈笑风生，这种判若两人的表现，说不定会让他的聊天对象埃塞尔小姐以为他精神不正常。马车在郁郁葱葱的峭壁间不断向上攀行，两边的崖壁宛如果园覆盖的连片峻峰，步步登高的旅程展现出令人惊叹的无穷魅力，此情此景不由得感染了埃塞尔，她感到自己的灵魂被某种东西吸引着，随它一起上升，进入了异样的紫色天国，眼前是众多旋转、耀动的太阳。泛白的山路蜿蜒曲折，如同爬行在山间的一只白猫，时而像紧绷的绳索横跨阴暗的深渊，时而又如抛出的套马索缠住耸然凸出的山岬。

然而，不管他们爬得多高，眼前的荒原始终如玫瑰花绽放一般繁茂。微风拂过的田野在阳光映照下五彩斑斓，恍如翠鸟、鹦鹉和蜂鸟在其间轻飞曼舞，一派百花齐放，争奇斗妍的景象。谈到草甸和林地，没有哪处比英国的更可爱了；要说山峰和峡谷，哪里都比不过斯诺登峰①和格伦科②峡谷的壮美。但埃塞尔从未去过斯诺登峰风景区，也从未见过花木丛生的南坡公园背倚着山石嶙峋的陡峭北坡；她也从未亲历过格伦科峡谷的胜景，那里长满各种果树，居然盛产英国东南部肯特郡特有的水果。在英国人的印象中，高山峻岭和莽莽荒原往往意味着寒冷与荒凉，但这里的景色却别有一番风味。它更像是五彩画片筑成的宫殿，在地震中轰然倒地，支离破碎；又像是一个荷兰郁金香花园，被轰然炸起，花瓣纷纷落地。

“这简直是建在比奇角③上的邱园啊！”埃塞尔感叹道。

“它是大自然的神来之笔，”穆斯卡里说道，“是火山的杰作。就像人间发生的革命运动，充斥暴力，却又结出硕果。”

---

① 斯诺登峰：英国坎布里亚山脉的最高峰，位于威尔士西北部，海拔1085米。它的北坡陡峭，南坡较缓，大部分由火山岩、板岩与灰岩组成，是斯诺多尼亚国家公园内的著名游览区。

② 格伦科峡谷：苏格兰最有名的高山风景区，以庄严的高山和神奇的地理构造而闻名，位于苏格兰西部高地。

③ 比奇角：位于英格兰东萨塞克斯郡伊斯特本西南、七姐妹岩以东的英吉利海峡岸边，为一处白垩岩构成的海岸悬崖，高达162米，是英国最高的海岸悬崖。

“恐怕你自己就有暴力倾向。”她冲着他莞尔一笑。

“但是没有成果，”他承认说，“如果我今晚死去，我将永远是个光棍、一个傻瓜。”

“是你自己要来，又不是我的错。”埃塞尔一时不知如何应对，沉默了片刻才说道。

“当然不是你的错，”穆斯卡里答道，“特洛伊城失守，那也不是你的错。”

他们说话间，马车已行进到一处绝壁之下，堪堪欲坠的岩壁如展开的翅膀，投下巨大的阴影，笼罩着狭窄、惊险的岩脊，这场面令几匹马受到了惊吓，踯躅不前。车夫跳下车，想要牵着它们往前走，却发现它们不听使唤。一匹马奋力扬起前蹄，后腿力撑着庞大、骇人的身躯，几乎直立起来。这匹马的狂暴动作一下子打破了平衡，马车如惊涛骇浪中的一叶小舟，车头随之翘起，撞开路边的树篱翻了下去。穆斯卡里急忙伸出手臂揽住埃塞尔，她也紧紧抓着他，惊声尖叫起来。穆斯卡里脑子里闪过一个念头：他就是为这种时刻的到来而活着的。

穆斯卡里只感到壮丽的岩壁如同紫色的风车，在眼前不停地旋转，几乎就在同时，更加惊心动魄的一幕发生了。一直昏昏欲睡的老哈罗盖特，腾地站起身，在倾斜的马车翻下之前，径直跳下了悬崖。乍一看，他的举动简直与自杀无异，但转念一想，这再明智不过了。穆斯卡里此刻才明白，自己以前太小看这个约克郡的老人了，他动作敏捷，而且颇具洞察力；但见他不偏不倚，恰好跳到一小片平地上，上面覆盖着一层松软的草皮，长满三叶草，好像是特意安排了用来接住他的。碰巧的是，其他人也很走运，只不过是被甩出后，狼狈不堪地摔落到了地上。那段弯路的正下方，恰好是一块花草丛生的凹地，看上去就像个绿色天鹅绒口袋，缝缀在山丘披裹着的绿色长衣之上。正因为如此，众人滚落下来之后，并未受伤，只是一些小件行李、包括口袋里的物件散落了一地。出事的马车被路两侧的树篱死死缠住，悬在他们上方，那几匹马则吊挂在斜坡上，痛苦不堪。矮个子神父头一个坐起身来，他直愣愣地挠着头，一脸茫然。弗兰克·哈罗盖特听到他在自言自语："我们怎么偏偏掉在这儿？"

神父眨巴着眼睛，环视身边散落的物件，兀自捡起他那把笨重的雨伞。雨伞另一边躺着穆斯卡里掉落的宽边帽，帽子旁边还有一封尚未开启的商务信函。他扫了一眼收信人的地址，接着把它交给了老哈罗盖特。在神父的另一侧，埃塞尔小姐的遮阳帽半掩在草丛里，就在它的外侧有个奇怪的小玻璃瓶，大概有两英寸长。神父把它捡起来，若无其事地迅速拔出瓶塞，凑近瓶口嗅了嗅，他那张严肃的脸顿时变成了土灰色。

"天哪！"他喃喃自语道，"这不会是她的吧？难道她的悲痛已经降临？"他顺手把它放进了背心口袋里。"我想我这么做是对的，"他说，"我得多了解些情况。"

神父满脸痛楚地凝视着埃塞尔，穆斯卡里正把她从花丛中扶起来，只听她说："我们已然掉进了天国，这是一种征兆。凡人爬到高处后，会朝下掉落，只有众神才能掉向上方。"

确实，当埃塞尔从五颜六色的花丛中站起时，她显得如此漂亮，如此快乐。看着眼前的这个场景，神父不禁对自己最初的怀疑产生了动摇，脑子里又冒出另一个念头。"说不定，"他想，"这瓶毒药不是她的，也许只是穆斯卡里的一个夸张的鬼把戏吧。”

穆斯卡里小心翼翼地扶她站好，接着又像在舞台上似的，朝她滑稽地鞠了一躬，然后拔出短剑，使劲砍断了紧绷的缰绳，那几匹马这才挣扎着站立在草地上，身体还不住地颤抖着。穆斯卡里一通忙活之后，刚要喘口气，却发现了一件异乎寻常的事。一个衣衫褴褛、晒得黝黑的人，不声不响地从灌木丛里钻出来，走过去牵住了那几匹马。他腰带上系着一把宽大的弯刀，模样怪异。除此之外，也没什么特别之处，只是他悄无声息地突然现身，不免让人生疑。穆斯卡里张口问他是谁，那人也不理不睬。

穆斯卡里环顾左右，只见凹地里的众人，个个都是一副困惑和惊讶的表情。紧接着，他又发现另一个晒得很黑、破衣烂衫的人站在凹地下方突出的一块岩石上，他腋下夹着一枝短枪，胳膊肘支在草地的边缘望着他们。穆斯卡里抬头向上看去，只见在他们刚才摔下来的那个位置，另有4支卡宾枪的枪口指着他们，端着枪的那4个人也都是晒黑的面孔，目光如炬、纹丝不动地紧盯着他们。

“强盗！”穆斯卡里大叫一声，语气中居然透着几分兴奋，“这是个圈套。埃萨，你要是能先把那个车夫干掉，我想我们还能杀出去。他们只有6个人。”

“那个车夫，”埃萨站在那儿，双手插在口袋里，冷冷地说，“恰好是哈罗盖特先生的仆人。”

“那他更该被打死，”穆斯卡里不耐烦地叫着，“他拿了黑钱，陷害自己的主人。我们护着埃塞尔小姐，猛冲过去，把上面那几个人打散。”

面对头顶上方的卡宾枪口，穆斯卡里毫不畏惧，在野花草丛中艰难地攀爬。但他随后便发现，除了小哈罗盖特谁都没动。他转身挥舞着短剑，示意他们跟上。他看到埃萨依然站在那块草地中间，双腿跨立，两手仍插在口袋里。他一脸讥讽，瘦削的面庞在夜光中越拉越长。

“穆斯卡里，你以为我是同学中的失败者，”他说，“而你自己是个成功者。但我取得了比你大得多的成就，而且将会青史留名。我一直身体力行演绎着史诗，而你只会书写历史。”

“快行动吧，别瞎扯啦！”穆斯卡里居高临下大声吼道，“我们需要救助一名女士，有3个男人能帮着你，而你却站在那儿说废话。就这表现，你叫自己什么好呢？”

“我是蒙塔诺，”冷漠的埃萨声音洪亮，大喊道，“我就是那个万贼之王。欢迎来到我的避暑山庄！”

就在他说话的同时，又有5个人一声不响地从灌木丛中钻出来，都持枪望着埃萨，静候他的吩咐。其中一个强盗手握一大张纸。

“我们大家野餐的这个漂亮的小巢，”这个导游变身的强盗接着说，语气依然轻松，只是脸上露出了邪恶的微笑，“再加上它下方的几个山洞，就是远近闻名的‘盗贼的乐园’。这是我在山里的重要据点。原因嘛，你们无疑已经注意到了，无论从上面的马路上，还是底下的山谷里，都看不到这个地方。这个地方易守难攻，但最重要的是它不容易被发现。我大部分时间都住在这里，假如警察追踪到此处，我也必定会葬身此地。我可不是那种‘拼死抵抗’的罪犯，我比他们好很多，我会给自己备好最后一颗子弹。”

大家像被雷击了一样钉在原地，愕然凝视着他，唯独布朗神父表现不同。他长吁一口气，似乎放了心，同时又伸手摸到口袋里那个小玻璃瓶。

“谢天谢地！”他喃喃自语道，“这还差不多，毒药当然是这个强盗头儿的。有了它，他就能像加图[①]那样，永远不会被活捉了。”

万贼之王谈兴正浓，依旧以彬彬有礼却暗藏杀机的口吻继续着他的高谈阔论。“接下来，”他说，“我只想向我的客人们介绍一下，在我这里要做些什么事。赎金的事，无非是古已有之的老套路，就不必多加解释了，我身在其位，责任不可推脱。但即使是赎金也只适用于你们中的部分人。明天一大早，我将会释放布朗神父大人和远近驰名的穆斯卡里，并护送他们下山。恕我直言，诗人和教士从来就穷得叮当响。既然他们身上没什么油水可捞，不妨做个人情，借机向古典文学和圣教会表达我们的敬意。”

他停顿片刻，面露令人反感的微笑。布朗神父望着他，不断地眨着眼睛，似乎突然对他说的话产生了兴趣，开始凝神倾听。万贼之王从他身边那个喽啰手里拿过那张纸，迅速扫了一遍，继续说道：“至于我其他的意图，都已清楚地写在这份布告上了。过一会儿你们可以传看一下，看完以后，这个布告就要张贴在山谷中每个村子周围的树上和山里的每个路口。它的具体内容我就不详细说了，你们可以自己看。主要是两条：第一，我宣布英国百万富翁和金融巨头塞缪尔·哈罗盖特先生在我手上。第二，我宣布在他身上找到了价值2000英镑的钞票和债券，并说他已经把它们交给

① 马尔库斯·波尔基乌斯·加图·乌地森西斯（前95—前46）：又名小加图，以区别他伟大的曾祖父（老加图），是罗马共和国末期的政治家和演说家，斯多葛学派的追随者，曾任共和国执政官。他反对恺撒专权，在恺撒占领罗马后继续抵抗。共和军最终失败，他不愿苟活于恺撒统治的世界下，选择了自杀。

了我。问题是，我向轻信的公众宣布子虚乌有的事是不道德的。所以我提议马上兑现，老哈罗盖特先生现在就把口袋里的那2000英镑交给我。”

银行家紧皱眉头看着他，阴沉的脸涨得通红，但看上去他真被吓着了。马车倾覆时，他那纵身一跳似乎耗尽了所有的元气。当穆斯卡里和弗兰克采取大胆行动，想要突破劫匪的包围圈时，他只是垂头丧气地待在原地没动。现在，他红肿的手颤抖着，极不情愿地伸进胸前的口袋，掏出一叠纸和几个信封，递给了劫匪埃萨。

“很好！”埃萨高兴地说，“到目前为止，我们大家相处得很融洽。我再接着刚才的话题，谈谈很快就要向全意大利公布的布告要点吧。第三点涉及的是赎金。我要求哈罗盖特家族的朋友们支付3000英镑赎金。我想这肯定不算多，如此低估他家的身价，倒有些侮辱了人家。为了能高攀上这个富贵之家，有机会保持来往，谁会不愿意付出3倍的价钱赎他？实不相瞒，在布告的末尾是些套话，说的是如果收不到钱会产生什么样的不良后果。不过话又说回来了，女士们、先生们，我向你们保证，这儿就是我的安乐窝，我要在此过夜，享受美酒和雪茄，也请容我欢迎诸位，权当这是次郊游露营，享受一下‘盗贼的乐园’里的奢侈生活吧。”

就在他讲话期间，又有一些喽啰悄无声息地陆续聚拢过来，他们全都拿着卡宾枪，戴着脏兮兮的软边帽，神情可疑。他们的数量之多，使得穆斯卡里也不得不承认，要想挥舞着短剑冲出重围简直比登天还难。他四下张望，发现埃塞尔早已走到父亲身边，正在悉心安慰他。她以父亲的成就为傲，甚至到了有些势利的程度，但她对父亲本人怀有同样强烈的亲情之爱，或者说有过之而无不及。热恋中的穆斯卡里面对这种场景，心里有说不出的滋味，对她关怀父亲的拳拳之心不无赞赏，但同时又心生不满。他“啪”的一声将短剑插回剑鞘，闷闷不乐地走到绿茵茵的边坡那里，一屁股坐在地上。布朗神父也在离他不远的地方坐了下来，穆斯卡里转过头冲着他，心头涌上一团无名火。

“喂，”穆斯卡里尖刻地说，“还有人会认为我异想天开吗？你说说，山里的劫匪是不是真的被彻底铲除了？”

“也许是吧，”布朗神父模棱两可地回答道。

“你说什么？”穆斯卡里厉声问道。

“我是说，我也被弄糊涂了，”神父答道，“把我弄糊涂的是这个埃萨或蒙塔诺，管他叫什么名字呢。我总觉得他作为导游就够费解的了。强盗？这就更让我想不明白了。”

“这话怎么讲？”穆斯卡里追问道，“嗨！我还以为，他是盗贼这件事已经是显而易见的了。”

“我想不通的问题有三个，”布朗神父悄声说道，“我想听听你的看法。首先，我要告诉你，那天我也在那家海边餐厅吃午饭。你们四个人离开时，你和哈罗盖特小姐说笑着走在前面，老哈罗盖特和埃萨跟在后面，他俩很少说话，而且说的时候声音压得很低。不过我无意中听到埃萨说‘是啊，就让她有点儿快乐吧。你知道这种打击随时都可能把她击垮’。老哈罗盖特听了之后没有回答。所以，那句话里肯定有什么名堂。我一时冲动，就告诉了她哥哥，说她可能有危险。我没说到底是什么样的危险，因为我也不知道。但是，如果这个危险就是现在被劫，显然说不通。因为，既然这个强盗兼导游一心想要将老哈罗盖特诱入圈套，他为何要警告他的主顾，哪怕只是小小的暗示呢？所以肯定不会是这个。可如果不是的话，埃萨和老哈罗盖特又都知道，哈罗盖特小姐会大祸临头，会是什么样的灾难呢？”

“哈罗盖特小姐会大祸临头？”穆斯卡里忽地挺直了身，不禁脱口而出，“你接着往下说，快。”

“不过，我心里的谜团全都跟这位万贼之王有关，”布朗神父沉思着继续说，“接下来我要说说第二个疑问。在提出赎金要求时，他为什么要强调当场从受害者身上拿走了2000英镑？这种做法本身丝毫没有表现出他们真想要赎金。事实上，正好相反，反而会让哈罗盖特的朋友们觉得劫匪穷凶极恶，他很可能会发生不测。然而，他却极力渲染当场‘强抢’的事实，而且是他提出要求的第一条。为什么他要广而告之，让整个欧洲都知道：在他勒索银行家之前先掏了他的钱包？”

“我想不出来，”穆斯卡里这次没有异常举动，只是揉搓着自己的黑发，“你或许觉得在启发我，可实际上我越听越糊涂。关于万贼之王的第三个疑点是什么呢？”“第三个疑点，”布朗神父仍在苦思冥想，顺口说道，“就是我们现在坐着的这个地方。为什么这位强盗兼导游要说这里是他的重要据点，把它称作‘盗贼的乐园’呢？当然，这片空地确实软绵绵的，掉下来倒是摔不坏，景色也不错。而且，正如他所说的，不论从山顶上还是山谷里都看不到这里，的确是个理想的藏身之地。但它不是什么据点。绝不可能成为据点。如果真把它当据点的话，只能算是世界上最糟糕的一个。因为，穿越整个山脉的一条大路就在它上方，警察最有可能经过的地方就是这里。你想想看，半个小时前，他们用5条破旧的短枪就把我们制伏了。现在只要有一个排的士兵，就足以把这里所有的人打下悬崖。无论这个长满花草的奇怪角落意味着什么，它绝对不是据点，而是别的什么东西。它具有某种奇怪的重要性，另有利用价值，至于到底有什么价值，我还没弄明白。它更像是被意外发现的天然剧场或者演员休息室；它就像是个演出浪漫喜剧的舞台；它就像是——”

神父很认真地越讲越多，渐渐显得有些单调，几近梦呓。穆斯卡里听得有些不耐烦了，但他一直保持着高度警觉，此时隐约听到山里传来异样的声响。这声音非常微弱，但他敢发誓，习习晚风中确实夹杂着某种声音，似乎是奔腾的群马，依稀还有叫喊声。

此时那几个英国人并没有感觉到任何异样，因为他们缺乏在这种环境下的生活经验，耳朵没那么灵敏；但蒙塔诺则不同，他已跑到边坡的高处，在被马车撞坏的树篱后，靠着一棵树站稳，顺着那条路张望。他站在那里时显得很滑稽：为了突出他的匪首身份，他已戴上了一顶怪模怪样两边耷拉着的帽子，佩戴着来回晃荡的肩带和一把短剑，但他这副行头掩饰不住他那身导游身份的粗花呢衣服，鲜亮的斑斑块块显得异常刺眼。

过了片刻，他转过茶青色的面孔，一脸不屑地打了个手势。众劫匪迅速有序地向四处散开，可以明显看出他们接受过游击战术的严格训练。但他们没去占据那条沿山脊而行的马路，而是藏身在路边的林子里和树篱后面，像是在暗中监视着敌人。远处的声音越来越大，可以感到路面开始震动，已经能清晰地听见有人在大声发出命令。劫匪们纷纷躲进更隐蔽之处，缩成一团，低声咒骂着，有人扣上手枪的扳机，有人解下腰刀拿在手里，枪套或剑鞘划过岩石，令夜晚的空气中到处回响着细微的金属碰撞声。转眼间，两处的声响汇集到空地上方的马路上，只听见折断的树枝噼噼啪啪作响，马的嘶鸣声和人的呐喊声乱作一团。

“救援来啦！”穆斯卡里大喊一声，腾地站起身，挥舞着他的帽子，“警察开始收拾这些劫匪啦！为了自由，冲上去！一起去干掉他们！来吧，别什么都推给警察，那种现代社会推崇的做法是不对的。咱们从后面袭击那帮恶棍。现在，警察来救我们了。来吧，朋友们，一起上去帮一把吧！”

穆斯卡里说着话，随手把帽子朝树后扔了过去，他再次拔出短剑，开始沿着斜坡向上面的马路爬去。弗兰克·哈罗盖特也跟着跳了起来，手握转轮手枪，跑过去帮他。但他愕然听到父亲开口阻止他，老哈罗盖特声音沙哑，似乎心烦意乱到了极点。

“我不同意，”老哈罗盖特用近乎窒息的声音说，“我命令你不要参与。”

“可是，父亲！”弗兰克满怀热情地说，“这位意大利人冲到了前面，难道你想让人笑话我们英国人畏缩不前吗？”

“没有用，”老哈罗盖特一边说，身体一边在剧烈地颤抖，“没有用。我们只能听天由命了。”

布朗神父看着这位银行家，然后本能地把手放在胸前，实际上是去摸那只装着毒药的小瓶子。他的脸上突然闪现出一道光芒，如同得到了天主的启示。

此刻，穆斯卡里没再停下来等待后援，他冲上边坡，到了大路上，照着万贼之王埃萨的肩膀狠狠一击，埃萨不由得打了一个晃，拔出短剑转过身来。穆斯卡里二话不说，又挥剑劈向他的脑袋，埃萨赶忙招架、抵挡。就在俩人你来我往，刀光剑影拼杀之际，埃萨故意半途收剑，闪在一边笑了起来。

“何必要这样，老伙计？”埃萨用地道的意大利俗语冲他说道，“这场该死的闹剧很快就要收场啦。”

“你什么意思？想蒙混过关？”步步紧逼的穆斯卡里气喘吁吁，“难道你不仅不诚实，连胆量都是冒牌的？”

“有关我的一切都是假的。”埃萨已彻底放松，他愉快地答道，“我是个演员，早就丢掉了我的本来面目。我既不是真的导游，也不是真的强盗，我只是一堆假面具，你不能与这些面具决斗。”这话一说完，他就像个小孩子那样天真地笑了起来，然后又恢复了双腿跨立的姿势，背对着马路上的战场。

绝壁下夜色渐浓，很难看出冲突双方的胜负，只是依稀可见那些高大的警察催马向前，冲击那群顽抗的盗贼，而后者似乎无意厮杀，只是不断地骚扰，推搡他们。在穆斯卡里眼里，这场面简直就像一群市民围着警察不让他们通过一样，根本不像是大祸临头、负隅顽抗的歹徒该有的表现。穆斯卡里转动着双眼，大惑不解地望着眼前的场景。就在这时，有人碰了碰他的肘部，是小个子布朗神父，他就像小一号的诺亚戴着顶大号的帽子，神情诡异地站在那里，他表示想跟穆斯卡里说几句话。

“穆斯卡里先生，”神父说，“在这场奇怪的危机中，任何不当言辞都是情有可原的。我无意冒犯，只是想告诉你，有件事能让你显得更有用，你不用帮警察，他们迟早会赢。请允许我冒昧地干预你的私生活，我想知道，你爱那个姑娘吗？我是说真心爱她，要娶她，做她的好丈夫，是吗？”

“是的。”穆斯卡里的回答很干脆。

“她喜欢你吗？”

“我想是的。”这回答同样很庄重。

“那就过去帮帮她吧，”神父说道，“为她献出你的一切，为她献出天和地——假如你有的话。时间已经不多了。”

“为什么？”诗人惊奇地问道。

“因为，”布朗神父答道，“她的厄运就要来了。”

“除了救兵，”穆斯卡里反驳道，“什么都不会来。”

“好吧，你快过去，”神父说道，“从你说的救兵那里把她救出来吧。”

正当神父说着话时，溃败的劫匪们彻底冲开了路边的树篱。他们俨然是一群丢盔卸甲的残兵败将，纷纷钻入灌木丛和草丛深处；透过破损的树篱，人们可以看见骑马走过的警察戴着的三角帽。然后是一声令下，只听到众人纷纷下马的嘈杂声。紧接着，在树篱的缺口处，也是“盗贼的乐园”的入口处出现了一位身材高大的警官，他头戴三角帽，蓄着已显灰白的帝髯，手里还拿着一纸公文。大家一时间都静了下来。但老银行家异乎寻常的举动打破了现场的沉默，他像被扼住了喉咙般地嘶吼起来：“抢劫！我被抢劫了！”

“是啊，你被抢了2000英镑，”他的儿子弗兰克惊讶地说，“但那都是几个小时前的事了。”

“不是2000英镑，”银行家说道，突然镇静得让人害怕，“只是一个小瓶子。”

那位蓄着花白帝髯的警官阔步走过绿草如茵的凹地，中途与万贼之王打了个照面，伸手拍了拍他的肩膀，像是安抚又像是警告，然后使劲一推，埃萨不由得打了个趔趄。“你要是不想惹麻烦，”警官说道，“就别耍这些花样。”

穆斯卡里再次发现，这根本不像是抓获走投无路的万贼之王的场面。警官走过他身边，在老哈罗盖特一家人面前停了下来，说道：“塞缪尔·哈罗盖特，你涉嫌盗用赫尔—哈德斯菲尔德银行的资金，我现在以法律的名义宣布逮捕你。”

这位大银行家以一种公事公办的古怪表情微微点了点头，似乎琢磨了一会儿。然后他半转过身，迈出一步站在了悬崖边上，还没等他人做出任何反应，他就像当初跳出马车时一样举起双手纵身跳了下去。但他这次没有跳到下面那一小片草地上，而是跳进了300多米深的峡谷，摔了个粉身碎骨。

意大利警官憋着一肚子气，对着布朗神父唠叨个没完，但他的钦佩之情也溢于言表。“看来他这次是彻底地逍遥法外了，”他说，“要我说的话，他才是个大强盗。我想，在他一生所设计的骗局中，最后这个绝对无与伦比。他挟带公司的巨款潜逃到意大利，然后出钱找人扮成劫匪，自导自演了这场绑架闹剧，想以这种方式掩盖巨款和他本人失踪的真相。当时大多数警察都信以为真，觉着确实发生了绑架案。可是，他多年来一直变着法耍弄人，跟这次差不多，只是不如这次巧妙。对他的家人来说，他的死确实是个重大的损失。”

穆斯卡里牵着埃塞尔的手，准备离去，她很悲伤，紧握着他的手，多年以后，他们依然会这样相依相伴。就算刚才发生了不幸，穆斯卡里还是情不自禁地露出了微笑，半开玩笑地向已解除武装的埃萨表达着友情。“接下来你准备去哪儿？”穆斯卡里回过头来问他。

“伯明翰，”演员埃萨一边喷云吐雾地吸着烟，一边回答说，“我不是告诉过你，我是未来主义者吗？如果说我有什么信仰的话，就是这些东西：变化、忙碌和每天早晨起来都有的新事物。我要去曼彻斯特、利物浦、利兹、赫尔、哈德斯菲尔德、格拉斯哥、芝加哥——总之，去开化的、文明的、充满活力的地方！”

“总之，”穆斯卡里说，“是去真正的盗贼的乐园吧。”

希尔施博士的决斗

莫里斯·布兰先生和阿尔芒·阿马尼亚克先生正穿过阳光照耀下的香榭丽舍大街。两个人精神饱满，衣着体面，个子都不高，浑身散发着活泼、自信的气息。他们都蓄着黑色胡须，却被弄成古怪的法式时髦造型，像是粘上去的假胡子。布兰的楔形胡须嵌在下唇处，而阿马尼亚克则别出心裁，在轮廓分明的下巴上，各有一绺黑须从下巴顶端两侧伸出。他们都还年轻，都是无神论者，虽然他们在思想上不懂得变通，但灵活善辩，能从不同角度加以阐述。他们都是伟大的科学家、政论家和伦理学家希尔施博士的学生。

布兰曾因一项提议而出名，他提议抹去所有法语经典作品中的常用词“Adieu”，并对任何在日常生活中使用该词的人处以小额罚款。“这样一来，”他说，“你就不会再听到臆想的上帝之名整天萦绕在耳边了。”[①]阿马尼亚克先生则专注于反对军国主义。他希望《马赛曲》中的“武装起

① 在法语中，“Adieu”（再见或永别之意）一词可分析为“A”和“Dieu”，后者意为“上帝”，故有此说。

来，公民们”改为“一起罢工，公民们”。但是他的反军国主义有种法国人特有的古怪表现。曾有一位极富有的知名英国贵格会[1]教徒来找他，探讨全球性裁军问题，但他对阿马尼亚克的建议深感失望，因为他提出，裁军的第一步是由士兵将他们的长官处死。

的确，从这些方面来看，这两个年轻人与他们在哲学上的导师和前辈迥然不同。希尔施博士虽然出生于法国，并一直受到他所青睐的法式教育的熏陶，但在气质上却属于另一种类型。他性情温和，富于幻想，且心地仁慈，尽管秉承怀疑论思想体系，但也不乏对先验主义的认同。总之，与其说他是法国人，不如说更像德国人。虽然他深受法国人的爱戴，然而在潜意识里，这些法国人对他如此温和地争取和平的表现大为不满。但在整个欧洲，对这个圈子里的人来说，保罗·希尔施是个科学圣徒。他的世界观宏伟而沉勇，向世人显示了他苦行僧式的生活和略显刻板的纯真品德。博士兼收并蓄了达尔文和托尔斯泰的一些观点和立场，但他既不是一个无政府主义者，也不是反爱国主义者，在裁减军备的问题上，他持温和立场，主张循序渐进。就一些化学制品的研发而言，共和国政府相当信任他。他的最新发明是一种无声炸药，政府将此视为机密，严加保护。

他的住所坐落在一条优雅别致的街道上。这条街距爱丽舍宫很近，仲夏时节，这里郁郁葱葱，像是一座公园。沿街是一排栗子树，浓荫蔽

---

① 贵格会：基督教派，又称公谊会或者教友派，成立于17世纪的英国，因一名早期领袖的号诫“听到上帝的话而发抖”而得名，中文意译为“震颤者”。该派不尊称任何人也不要求别人尊称自己，不起誓，反对任何形式的战争和暴力，主张和平主义和宗教自由。

日，只在一处被打断，那里有个规模颇大的临街咖啡馆。希尔施博士的住宅正好在咖啡馆的斜对面，装着白绿相间的百叶窗，横贯二楼的铁艺阳台也被漆成了绿色。阳台下方是庭院的入口，瓷砖铺就的小道两旁是从生的灌木，显得生机勃勃。布兰和阿马尼亚克兴致盎然地交谈着，走进了庭院。

来开门的是博士的老仆人西蒙，他穿着笔挺的黑色西服，戴着眼镜，头发灰白，一副深藏不露的样子，很容易被人误以为他本人就是个博士。事实上，他更符合科学家的形象。相比之下，希尔施博士长得就太没样了，身材看上去像个分叉的萝卜，只是他硕大的圆脑袋更显突出，才转移了人们的视线，不再关注他的躯干。西蒙就像一位老医师对待药方那样，一脸严肃地将一封信递给阿马尼亚克先生。阿马尼亚克先生表现出法国人典型的急躁，他立刻撕开信，快速浏览起里面的内容：

我不能下楼去见你们。这所房子里有一个人，我不想见到他。他是个沙文主义[1]军官，名叫迪博斯克，正坐在楼梯上。他在所有其他房间里冲着家具乱踢一气，我把自己反锁在正对着咖啡馆的书房里。如果你们还爱戴我，请去对面的咖啡馆，找个露天的桌子坐下等着，我会想办法把他支过去。我希望你们回答他的问题，应付他。我本人不能见他，我也不想见他。

① 沙文主义者：极端、狂热的爱国主义者。传说拿破仑手下一名士兵尼古拉·沙文，因获得军功章对拿破仑感恩戴德，盲目崇拜拿破仑以军事力量征服其他民族的政策，亦指狂热自大，极端民族主义者。

又将出现一个德雷富斯案[1]。

P. 希尔施

阿马尼亚克看看布兰。布兰接过信，读完后，又看看阿马尼亚克。然后，他俩快步走向对面栗子树下的一张小桌子，各要了一大杯绿色的苦艾酒。显然，喝这种酒可以不分季节，不分场合。咖啡馆里人很少，只有一张桌边坐着个喝咖啡的军人，另外那张桌旁，有个大个子喝着小杯果汁，身边坐着个什么都没喝的教士。

布兰干咳了一声，说："当然，我们必须尽力帮助老师，但是——"

他戛然而止，沉默片刻后，阿马尼亚克说："老师不见那个人肯定是有原因的，不过——"

他俩都没来得及把自己的话补充完整，就见那位闯入博士家的人被从对面房子里赶了出来。拱形门廊下的灌木摇晃着，猛然分向两边，那个不受欢迎的客人像发炮弹一样被射了出来。

他长得很壮实，戴一顶小提洛尔毡帽[2]，模样也确实有些像提洛尔人。他肩膀宽大，不过两条腿显得匀称、敏捷，穿着齐膝马裤和针织长袜。他的面孔呈坚果般的褐色，一双栗色眼睛炯炯有神，显得焦虑不安；

① 阿尔弗雷德·德雷福斯（1859—1935）：法国军队的一名犹太军官。1894年9月，他被控向德国出卖新式武器的秘密。受当时军界排犹主义影响，军事法庭判他终身监禁。数年后被证明是冤案，以作家左拉为首的社会各界人士要求为他平反，引发社会大讨论。重审后，军事法庭仍判其有罪，刑期减为10年，总统下令特赦。1906年，最高法院判定德雷福斯无罪。

② 提洛尔毡帽：或称巴伐利亚帽和阿尔卑斯帽。以毛毡制作，形状为尖头帽顶，前低后高的帽檐缀以羽毛等装饰品。源自阿尔卑斯山区的提洛尔人。

他一头黑发，并从发际处生硬地梳向后面，留着小平头的发型，勾勒出有棱有角的硬脑壳；他还蓄着浓密的黑色八字胡，像野牛角一样支在那。按理说，支撑这样一颗大脑袋的应该是粗壮的脖颈，可它却被一条又长又大的杂色围巾连耳朵一起包得严严实实，围巾从前面垂下来，抄在夹克衫里，就像是里面又穿了件怪模怪样的背心。围巾的颜色死气沉沉，混杂着暗红、暗黄和紫色，很可能是来自东方的物产。这一切令这人身上散发出一股子野蛮气息，与其说他像个法国军官，不如说更像个匈牙利的土财主。但他一开口便可以听出，他是个地地道道的法国人，一副法兰西爱国人士的慷慨激昂，那种劲头甚至显得有些荒唐。他刚从拱门那里钻出来就朝街上尖声大叫，“这儿有法国人吗？”

阿马尼亚克和布兰闻声站了起来，可是晚了一步。人们已从街头巷尾朝这边涌来，一小群人很快汇集起来。蓄着八字胡的人表现出法国人特有的对街头政治活动的敏感，他很快跑到咖啡馆的一角，跳上桌子，又抓住一根栗子树枝稳住身形，然后开始大声疾呼，就像当年卡米耶·德穆兰①向大众散发橡树叶帽徽呼吁他们革命那样。

“法兰西同胞们，”他开始滔滔不绝地讲演，“我本无资格发言。我能在此发言，全靠天主助我。在肮脏的议会里，那些人不仅学会了发言，还学会了噤声——正如躲在对面房子里的那个间谍。无论我怎样捶打他的

---

① 卡米尔·德穆兰（1760—1794）：法国记者、政治家。1789年7月12日，德穆兰站在巴黎一间咖啡馆外的桌子上，向人群宣布改革者雅克·内克尔被国王路易十六解职的消息，呼吁人们“准备战斗，戴上帽徽以便可以相互辨认”。他主办的期刊和撰写的小册子在大革命期间颇有影响。大革命后期，他与罗伯斯庇尔产生分歧，被送上断头台。

卧室门，他都沉默不语！虽然他隔着一条街都能听到我的声音，却只会缩在那里发抖，他现在依然保持沉默。噢，他们的沉默也能变成善辩——这些政客们啊。但时机已经来临，我们这些没有发言权的人，必须发声。你们被出卖给了普鲁士人。就在此刻，被那个人出卖了。我叫朱尔·迪博斯克，是驻贝尔福的炮兵上校。昨天我们在孚日山里抓住了一名德国间谍，从他身上搜出了一张纸条，现在就在我手上。嘿，他们想要掩人耳目，但我拿着这张纸条直接来找写它的人了——就是对面房子里的那个人！是他亲手写的，上面有他的签名。写的是如何得到无声炸药的秘密。希尔施发明了无声炸药，又写了这张纸条。纸条是用德语写的，是在一个德国人的口袋里找到的。上面写着：告诉那个人，炸药配方放在陆军部秘书办公桌右边柜子的第一个抽屉里，是个灰信封，用红墨水写的。叫他小心行事。——P.H."

他像机关枪似的一口气吐出成串的短句。看来，要么他在说实话，要么他就是疯了。聚在这里的那些人都是民族主义者，他们开始发出威胁的吼叫。以阿马尼亚克和布兰为首的少数知识分子对他们的非理性同样感到愤怒，但这只是刺激着大多数人变得更加好斗。

"如果这是军事机密，"布兰大声质问，"你为什么还在大街上大喊大叫？"

"我可以告诉你为什么！"在众人的喧闹声中，迪博斯克咆哮着，"我光明正大、平心静气地去找这个人。如果他这样做是有道理的，他可以告诉我，我绝对会保密。但他拒绝做任何解释。他让我到咖啡馆找两个陌生人，他的两个仆役。他把我赶出来，但我要回到那里去，而且有巴黎人民做后盾。”

一声呐喊冲天而起，两块石头飞向房子，其中一块砸碎了阳台上的窗玻璃。义愤填膺的上校再次冲进了拱门，只听房子里传来阵阵喊声和吼叫。人越聚越多，如潮水般涌向卖国者的家门前，挤上了栏杆和台阶，眼看着巴黎市民攻占巴士底监狱的那一幕就要重演。千钧一发之际，被砸碎玻璃的落地窗打开了，希尔施博士出现在了阳台上。顷刻间，愤怒的人群几乎大笑起来，因为他的形象在这种场面中看起来非常滑稽。他光秃秃的长脖子配着溜肩膀活像一个香槟酒瓶，但这还算是好的。他身上的外套就像挂在衣帽钩上一样，毫无生气地耷拉着；长长的红发犹如一团杂草，面颊和下巴上的胡须连成一圈，但嘴巴周边却是寸毛不生的开阔地，看着异常别扭。他脸色苍白，戴着一副蓝色眼镜。

希尔施博士铁青着脸，说话时显露着些许拘谨，但态度果决，因此在他说第三句话时，骚动的人群便安静了下来。

“……现在只对你们说两件事。第一件是对我的敌人说的，第二件是对我的朋友说的。对敌人我想说：没错，我不会见迪博斯克，即便他正在屋外暴跳如雷。没错，我找了两个人替我去见他。我告诉你们为什么！因为我不愿也不可能见他，因为见他有违我的尊严与原则。法庭终将证明我清白无辜，但在那之前，作为一名绅士，这位先生还欠我一次公断，我要和他决斗，在将他介绍给我的副手时，我严格地——”

阿马尼亚克和布兰拼命挥动着他们的帽子，甚至博士的敌人们也为这意想不到的挑战欢呼喝彩，淹没了博士随后说的几句话，但他们还是听到了下面这段话：“我要对朋友说的是，我个人偏爱的武器是纯智力的，而一个文明高尚的人必会自我控制，以此为限。但既身为人，我们又难免受到物质世界和遗传因素的拖累，并常常成为指导我们行为的准则。我写的书很成功，我的理论无懈可击，但在政治上我受到法国人极大的歧视，并几乎受到人身攻击。我不可能像克列孟梭[①]和德鲁莱德[②]那样讲话，因为他们手里有枪，说话才硬气。法国人喜欢决斗就像英国人喜欢运动。既然如此，我只能顺势而为，姑且给出我的证明：我不妨为野蛮之举添上一笔，然后再回归理性，度过我的余生。”

迪博斯克很快走了出来，感到很满意。人群中当即有两个人挺身而出，愿做迪博斯克上校的助手。其中一人是那个独坐一桌喝咖啡的普通军人，他只是简单地说了一句：“先生，我愿做你的助手。我是瓦洛涅公爵。”另外一人是那个大个子，他的牧师朋友起初还试图劝阻，后来便独自走开了。

入夜时分，在查理曼咖啡馆的后院，人们开始享用简单的晚餐。虽然没有玻璃顶棚或镀金的天花板，但客人们几乎都坐在参差不齐却精致幽雅的浓荫之下，周边和餐桌之间遍布着园艺花木，人们恍如进入了眼花缭乱、处处清幽的小果园。在中间的一张桌子旁，一位矮胖的教士独自坐在那里，极其专注地享用着面前的一盘小银鱼。他平日生活简约节制，但也独好这种偶尔为之、不期而至的奢侈享受。他是个有节制的美食家，两眼紧盯着盘子，盘子边上整齐地摆满了红辣椒、柠檬、黑面包、黄油等等佐

---

① 乔治·克列孟梭（1841—1929）：法国政治家、新闻记者、第三共和国总理。曾促成《凡尔赛合约》的签订。

② 保罗·德鲁莱德（1846—1914）：法国政治家和诗人。

餐调料。就在他一心一意大饱口福的时候，一个高大的影子落在桌上，就见他的朋友弗朗博坐到了对面，显得很是沮丧。

“恐怕我不能掺和这事了，”他郁闷地说，“我完全站在像迪博斯克这样的法国军人一边，而且我坚决反对希尔施这样的法国无神论者。但在这件事上我们犯了错。我和公爵认为最好先调查一下迪博斯克提出的指控。我不得不承认，还好我们这样做了。”

“这么说，那张纸条是假的？”神父问。

“奇怪的正是这个，”弗朗博答道，“那张纸条确实像希尔施的笔迹，没人能看出破绽。但它不是希尔施写的。假如他是个爱国的法国人，他不可能写这张纸条，因为这是给德国人提供情报。假如他是个德国间谍，他也不可能写这张纸条，哦——因为纸条并没有给德国人提供任何有价值的情报。”

“你是说情报是错的？”布朗神父问道。

“是错的，”弗朗博答道，“而且恰好错在希尔施博士本该写对的地方，也就是关于他的秘密配方在他自己办公室的准确位置。希尔施和有关部门对我们大开方便之门，允许我和公爵去查看了希尔施在陆军部保管配方的那个秘密抽屉。除了发明者本人和陆军部长之外，只有我们俩知道这个秘密。不过，陆军部长之所以这样做，只是为了阻止希尔施去决斗。这样一来，如果证明迪博斯克的指控是假的，我们就不能支持他了。”

“是假的吗？”布朗神父问。

“是假的，”他的朋友沮丧地说，“那纸条是个毫不知情的人胡乱编造的。纸条上写的是，文件放在秘书办公桌右边的柜子里。事实上，那个秘密抽屉的柜子在办公桌左边稍远些的位置。纸条上还说，一份用红墨水写的长文件装在灰色信封里。可实际上，那份文件不是用红墨水写的，而是普通的黑墨水。这份文件除了希尔施外，没有任何人知道。很明显，希尔施很清楚那份文件的情况，不可能犯这种低级错误。再说了，他误导一个外国窃贼去翻腾一个完全不对的抽屉，总不能算是在帮忙吧？这太荒谬了。我想我们必须就此罢手，并向希尔施道歉。”

布朗神父似乎在沉思，他叉起一条小银鱼。“你能肯定灰色信封是在左边柜子里吗？”他问道。

“肯定没错，”弗朗博答道，“灰色信封——其实是白色的——是在——”

布朗神父放下了小银鱼和叉子，直视着对面的同伴。“什么？”他追问时声调都变了。

“嗯，怎么？”弗朗博重复了一句，开心地吃着。

“不是灰色的，”神父说，“弗朗博，你吓了我一跳。”

“怎么吓着你了？”

“我被你说的白色信封吓着了，”布朗神父严肃地答道，“要真是灰色的就好了！真该死，它最好是灰色的。但是如果真是白色的，这件事就糟透了。恐怕博士真的在玩火。”

“可我跟你说了，他不可能写这种纸条！”弗朗博喊道，“纸条上写的根本不符合事实。不论希尔施博士无辜还是有罪，他完全清楚这些事实。”

“写纸条的人掌握了所有事实，”神父冷静地说，“否则的话，他不可能错得如此精确。你必须知道很多才可能在每个方面都犯错——能处处都错很不容易。”

“你是说——？”

“我是说一个人碰巧撒谎的话，他的谎言里会有些真实的成分，”布朗神父毋庸置疑地说，“假如有人让你去找一幢房子，并告诉你它有绿色的大门，蓝色的百叶窗，有个前花园，但没有后花园，有只狗但没有猫，里面的人只喝咖啡，不喝茶。如果你没找到这个房子，你就会说它根本就不存在。但我要说不对。我说如果你找到一幢房子，门是蓝色的，百叶窗是绿色的，有后花园，但没有前花园，到处都有猫，但狗一露面就被射杀，人们大量喝茶却被禁止喝咖啡，那么你知道你找到了那幢房子。只有那个人对这幢房子了如指掌，他才可能描述得恰好相反。”

“那会意味着什么呢？”弗朗博继续追问。

“我想不出来，”布朗说，“我对希尔施这事一点儿都不明白。如果只是左抽屉被写成右抽屉，黑墨水被写成红墨水，那么，如你所说，我以为那不过是伪造者疏忽大意，写错了。但事不过三，‘三’是个很神奇的数字，它能终结一切。它让这件事露出了马脚。抽屉的位置，墨水的颜色，信封的颜色，没有蒙对哪怕一个，这就不可能是巧合了。这不是巧合。”

“那会是什么呢？叛国罪？”弗朗博问过后，又接着吃饭。

“我也不知道，”布朗神父一脸迷惑地说，“唯一能想到的是……

嗯，我一直就没弄明白德雷富斯案件。我总能从道德方面把握一些事，这比其他方面容易些。你也知道，我通过察言观色判断一个人的状况，他的家庭是否幸福，他喜欢什么，不喜欢什么之类的。不过，在德雷富斯案件上，我感到无能为力，让我迷惑不解的并不是双方都做了很可怕的事，我知道（尽管不时兴这样说），即便身居高位，人的本性还是不变，依然能像钦契[①]或博尔吉亚[②]那样作恶。不——，让我困惑的反而是两派表现出的诚实。我指的不是政治党派。普通民众总是保持着淳朴的诚实，经常被愚弄。我指的是这个案件的参与者。我指的是那些阴谋策划者，如果他们真是阴谋家的话。那个卖国者，如果他真是个卖国者的话。我要说的是那些肯定知道事实真相的人。如今德雷富斯依然认定自己含冤，而法国的政治家和军人们则仍然认为德雷富斯并不冤，本来就是个坏人。我并没有说他们是对的，只是说他们表现得好像自己很确定。我说不清楚这些事，但我知道自己想要说什么。”

“但愿我能明白，”弗朗博说，“那这件事和希尔施有什么关系？”

“想想看，假定一个备受信任的人，”神父接着说，“开始向敌人提供情报，因为那只是假情报；假定他甚至以为自己是在通过误导外国

---

① 钦契：16世纪末的一位意大利伯爵。他害死儿子，强暴女儿，却逍遥法外，最终被女儿雇用的刺客杀死。他女儿因杀父被处以绞刑。雪莱以此为题材，创作了《钦契一家》。

② 波吉亚：又译“博尔吉亚”、“博尔吉”或“博尔贾”。此处指15世纪和16世纪影响整个欧洲的西班牙裔意大利贵族家族，尤其是笼罩在财富、阴谋、毒药和乱伦阴影中的教宗亚历山大六世及其子女。亚历山大六世原名罗德里戈·波吉亚，于1456年取得红衣主教之职，并于1492年以贿选得任教宗。他行为放荡、不择手段，被视为文艺复兴时期教廷腐败堕落的象征，行为最为放荡和不择手段的教宗，他疯狂聚敛财富，违背教义私养情妇并育有4个子女。1503年，死于罗马，据说是食用了被下毒的苹果。

人的方式拯救他的国家；假定这使他打入了间谍圈子，且没人给他提供经费，跟任何人都没有牵连；假定他一直处于这种矛盾、混乱的境地，从不将真情报出卖给敌人，只是让他们不断去猜测。他善的一面，如果还有的话，会说：‘我没有帮助敌人，我说的是左边抽屉。’而恶的一面则会说：‘但他们也许能察觉其实我说的是右边。’我想这从心理学的角度是说得通的。我们毕竟生活在一个开化的时代，你该明白我是什么意思。”

“从心理学的角度看，也许是可能的，”弗朗博答道，“而且这肯定可以解释为什么德雷富斯认定自己是冤枉的，而法官们确信他有罪。但历史是不可改变的，因为德雷富斯的情报（如果确实出自他手）从字面上来看是准确的。”

“我心里想的不是德雷富斯。”布朗神父说。

他们身边人去桌空，已经安静了下来。天色已晚，但阳光仍处处可见，恰似不慎被枝叶缠住了，脱不了身。在一片寂静中，弗朗博猛然挪动了一下椅子，发出了巨大的响声，他把胳膊肘搭在椅背上，粗声大气地说：“噢，如果希尔施真是一个怯懦的卖国者……”

“你不能苛求他们，”布朗神父温和地说，“这不完全是他们的过错；但他们缺乏直觉。我是说那种促使一个女人拒绝和某个男士跳舞，或一个男人回避某种投资的那种直觉。人们一直受到这样的教诲：任何事都要把握分寸。”

“不管怎样，”弗朗博不耐烦地叫起来，“这种人根本不值得与我的决斗者相提并论，而且我要有始有终，办完这事。迪博斯克也许有些疯狂，但他毕竟也算是个爱国者。”

布朗神父继续吃他的小银鱼。

他吃鱼的时候表现出的那种无动于衷的样子，让弗朗博不由得重新打量起神父来，黑眼珠里几乎冒出了火。“你到底怎么啦？”弗朗博毫不客气地追问，“迪博斯克是个爱国者，你怀疑他吗？”

“我的朋友，”神父几乎有些绝望地放下刀叉，“我怀疑一切，我是说怀疑今天发生的一切。虽然我亲眼目睹了整个过程，但我怀疑所有这一切。我怀疑从今天早晨开始我看到的一切。这件事与一般的刑事案件截然不同。在一般的案件中，一个人或多或少在撒谎，另一个人或多或少会说真话。而我看到的这两个人……好吧，我已经把我能想到的，能使任何人满意的解释告诉给你了。但它无法令我满意。”

“我也不满意。”弗朗博皱着眉头答道。而神父则是一副你自己看着办的样子，继续吃他的鱼。“如果你只能提出那张纸条上的内容是正话反说，我把它当成绝顶聪明，但……嗯，你叫它什么呢？”弗朗博问道。

“我该说它无法令人信服，”神父马上答道，“我该说它绝对无法令人信服。但正是这一点让整件事显得很奇特。它像是个小学生撒的谎。这里只有三种解释：迪博斯克的、希尔施的、还有我想象的。这纸条或者是一个法国军官为了诋毁法国官员写的；或者是一个法国官员为了帮助德国军官写的；或者是一个法国官员为了误导德国军官写的。好吧，你会觉得，在不管是政府官员还是军官之类的人中间传递的这张秘密纸条，总该有些不同吧。你会想：这其中或许隐藏着暗语，必定存在含义不明的缩略词。很可能会有些严谨的科学或专业术语，但这个纸条的内容却是经过刻意斟酌，内容显而易见，一目了然：简直是‘此地无银三百两，’它就像是……就像是故意要让你一眼看透似的。”

他们还没来得及细想，一个穿法国军服的矮个子像一阵风似的来到他们桌前，一屁股坐了下来。

“我有条惊人的消息，”瓦洛涅公爵说，“我刚从上校那里来。他正收拾行李准备离开这个国家，他请我们去现场代他向大家道歉。”

“什么？”弗朗博叫了起来，怀疑自己的耳朵出了毛病——“道歉？”

“是的，”公爵生硬地说，“当着每个人的面，就在宝剑本该出鞘的时候。你和我必须去替他道歉，而他已然出国。”

“这是什么意思？”弗朗博喊道。“他不该怕那个小个子希尔施！真该死！”弗朗博很生气，但并未失态，“谁都不该怕希尔施！”

“我想这肯定是个阴谋，”瓦洛涅急切地说，“是犹太人和共济会的人玩弄的阴谋。他们想借此提高希尔施的声望——”

布朗神父的表情平静如常，但表现出莫名其妙的满足。他的表情有时显得很无知，有时又散发着睿智。但在愚笨面具脱落并转换成睿智面具的那个瞬间，总会有一道光亮闪过，弗朗博非常了解他的朋友，知道布朗神父此时已恍然大悟了。布朗神父什么都没说，只是自顾自地吃光了盘里的鱼。

“你最后见到这位金贵的上校是在哪里？”弗朗博急躁地问。

“他在爱丽舍宫旁边的圣路易饭店附近，我们和他一起坐车去的。我告诉你了，他正在收拾行李。”

“你觉得他会不会还在那里？”弗朗博蹙起眉头，看着桌子说道。

“我想他应该还没有离开，”公爵回答道，“他要出远门得收拾不少行李——”

“不，”布朗神父简短地说，但突然站起来，“是一次短途旅行。实际上，可以说是一次最短的旅行，但如果我们坐出租车去，也许还能赶得上他。”

一路上，布朗神父不肯再多说一个字，出租车径直开到圣路易饭店附近的一个拐角处停下。下车后，神父带着他们走入了旁边的一条小巷。暮色愈加浓了，小巷里已经一片幽暗。当公爵一度不耐烦地问希尔施博士到底有没有犯叛国罪时，布朗神父心不在焉地答道：“不，只是有些野心——像恺撒一样。”然后，又有些不相干地补充说：“他独自生活，很孤单，一切都要自己动手。”

“呃，如果他有野心，他现在应该满意了，”弗朗博尖刻地说，“所有的巴黎人都会欢呼，该死的上校夹着尾巴逃走了。”

“别那么大声，”布朗神父低声说，“你诅咒的上校就在前面。”

另外两个人吃了一惊，缩回墙边的阴影中，因为他们确实看到了那个临阵脱逃的决斗者壮实的身影，他两只手里各提了一个包，在夜幕中一步一拖地朝前走着。他的样子跟他们第一次见时没什么不同，只是一条传统式样的长裤换下了花哨的登山运动短裤。很明显他是从旅馆偷着溜出来的。

他们跟着走进去的这条小巷似乎是什么建筑的背面，就像走在舞台布景的背后。小巷一侧绵延着单调无趣的一堵墙，中间偶尔出现阴暗、脏污且全都紧闭的房门；除了在此经过的流浪儿留下了一些粉笔涂鸦，个个都那么寡然无味。有时能看到墙头上露出的树冠，大多是令人压抑的常青树；再往后，在灰紫色的天幕映衬下，可以看到巴黎人居住的高楼背面长长的平台屋顶，那些高楼彼此相当接近，仿佛连为一体的大理石山脉。小巷的另一侧是幽暗的公园，中间隔着高高的镀金栏杆。

弗朗博朝四下里看看，神情有些诡异。“你知道吗？”他说，“这个地方让人感觉有些——”

“喂！”公爵失声叫道，“那个人消失了。就像个该死的精灵，没影儿了。”

“他有钥匙，”布朗神父解释道，“他准是从哪扇花园门溜进去了，”说话间，众人便听见他们前面有个不显眼的木门“咔嗒”一声关上了。

弗朗博疾走几步赶到近前。那门几乎是当着他的面关上的。他在门口站了一会儿，既好奇又恼怒地捻着他的黑色八字胡。然后他伸长胳膊，猴子般噌地一下翻上了墙头，他站在那里，在紫色夜空的映衬下，犹如黑乎乎的树冠。

公爵看着神父。“迪博斯克的逃跑计划比我们预想的复杂得多，”他说，“但我想他正准备逃离法国。”

“他要逃离人间。”布朗神父答道。

瓦洛涅的眼睛一亮，但声音却沉了下去，“你是说他会自杀？”

“你不会找到他的尸体的。”神父答道。

墙头上的弗朗博发出一声惊呼。“天呐，”他用法语说道，“我认出这地方了！哎，这是老希尔施家后面的那条街。我觉得我能认出一个人的背影，也能认出一幢房子的背面。”

“这么说迪博斯克真进去了！”公爵使劲拍着屁股叫道，“啊，他们终究是要见面的！”他突然爆发出法国人的活力，麻利地跃上墙头，在弗朗博身边坐下，兴奋地踢着腿。神父独自留在下面，倚着墙，背对着将要上演一出好戏的剧场。他若有所思地望向远处的公园围篱和暮光下隐现的小树林。

公爵的贵族本性不改，他觉得这很刺激，就想大大方方地观察那栋房子，而不是偷窥，但弗朗博却有窃贼（和侦探）的本能，早已从墙头纵身一跃跳到一棵枝杈横生的树上，这样他就可以顺着一根树杈匍匐着接近一扇窗子，那里是这座高大的房子黑黢黢的背面唯一透出灯光的地方。红色的窗帘已拉下，但有一边没完全垂下，露出一个缺口。弗朗博冒险沿着一根树枝爬过去，几乎到了末端。他伸长脖子透过那个缺口朝里看，只见迪博斯克上校在明亮豪华的卧室里走来走去。虽然弗朗博离房子很近，但他仍然可以听见同伴在墙那边说的话，并低声重复了一遍。

“是的，他们终于要见面了。”

“他们永远也不会见面，”布朗神父说，“希尔施说得对，像这样的事情，决斗者不能见面。你读过亨利·詹姆斯[①]那篇奇特的心理小说吗？

---

① 亨利·詹姆斯（1843—1916）：19世纪伟大的作家。心理分析小说的开创者。主要作品有长篇小说《一个美国人》和《一位女士的画像》等。

有两个人总是阴差阳错地与对方失之交臂，这使两个人都开始害怕对方，认为这是命中注定的。我们这个故事就属于那种情形，只是更令人感觉诡异。”

“在巴黎，有人能治好他们这种妄想症，”瓦洛涅公爵恶狠狠地说，“如果我们抓住他们，逼着他们决斗，他们就不得不见面了。”

“哪怕在审判日[①]，他们也不会见面，”神父说，“就算万能的主举起权杖，发出了开始战斗的信号，就算圣弥额尔[②]吹响了战斗的号角，即使到那时，他们其中一人已经站在那里，准备迎战了，另一个还是不会来。”

“哎，这也太神乎其神啦，”公爵不耐烦地叫起来，“他们为什么就不能像正常人一样见面呢？”

“他们是彼此的反面，”布朗神父答道，脸上挂着诡异的微笑，“他们是相互对立的矛盾体，也可以说，他们会相互取代。”

他继续盯着对面越来越黑的树林。弗朗博抑制不住地发出了一声惊呼，瓦洛涅一下子扭过头去。一直朝着亮灯的那个房间张望的弗朗博，正好看到上校走进房间，朝前走了一两步，开始脱掉外套。弗朗博脑子里冒出的第一个念头是：真的要发生决斗了，但他很快改变了想法。迪博斯克坚实、宽阔的胸膛和肩膀原来全是一些衬垫，它们随着外套脱了

---

① 审判日：又译作“最后的审判”或“大审判”，是一种宗教思想，在世界末日之时神会出现，将死者复生并对他们进行裁决，分为永生者和打入地狱者。

② 圣弥额尔：天主教圣徒（基督教译名“圣米迦勒”），其名称意指“谁能相似天主”。《启示录》中记载他率领众天使战胜撒旦及其追随者，被视为教会保护者。

下来。只穿着衬衣和长裤的他却是个瘦削的人。他穿过卧室，朝卫生间走去，除了要洗漱，看不出一点儿要决斗的样子。他弯腰洗脸，用毛巾擦干湿漉漉的手和脸，重新转过身来，明亮的灯光照在了他的脸上。他原本棕色的面孔不见了，浓密的八字黑须也不见了。这是一张刮得干干净净、苍白的脸。除了那双鹰隼般锐利的褐色眼睛外，浑身上下丝毫看不到上校的影子。墙下的布朗神父仍然沉浸在苦思冥想中，似乎在自言自语：

“正如我对弗朗博说过的那样，这些对立面不合常理，它们不成立，它们不会有冲突。如果双方非黑即白，不是固体就是液体，诸如此类的方面统统相反——那么一定有什么地方出问题了，先生，一定有什么地方不对劲儿。这两个人，一个金发，另一个黑发；一个矮胖，另一个瘦削；一个强壮，另一个虚弱。一个有八字须但没有山羊胡，因此你看不见他的嘴唇；另一个有山羊胡但没有八字须，所以你看不到他的下巴。一个人剃短了头发，却用围巾裹住脖子；另一个人穿着低领衬衫，却一头长发。凡此种种的对应关系实在是严丝合缝，先生，这里面一定存在问题。如此截然相反的两个人不可能发生争吵的情况。无论何时何地，一个亮相，另一个就不见了。两者的关系就如一张是面孔，另一张是面具；一个是锁，另一个是钥匙……”

弗朗博脸色煞白，凝视着屋里。房间主人背对着他站在一面镜子前，他已经在脸上贴好了一圈茂密的红发，那圈红发歪歪扭扭地从头上垂下来，紧贴着下巴，只露出带着讥讽意味的嘴。他看到镜中反射着一张苍白的脸，像犹大一样狞笑着，地狱之火在他周边熊熊燃烧。目睹眼前的景象，弗朗博不由得心头一紧。他看到一双凶光毕露的红褐色眼睛，随即又被一副蓝色眼镜遮住了。他披上一件宽松的黑色外套，朝房前走去，很快便消失了。不一会儿，对面街上传来一阵欢呼声，宣告希尔施博士又一次出现在阳台上。

通道里的男人

两个男人同时出现在一条通道的两端。这条通道顺着伦敦阿德尔菲区的阿波罗剧院一侧而建。此刻的街上落日还很耀眼，散射的余光泛着乳白色，给人空旷的感觉。相对而言，狭长的通道里显得有些幽暗，双方只能依稀看见对方的轮廓。虽然他们仅能看到对面黝黑的剪影，但都已分辨出对方是谁，因为他们的体形特征都很突出，而且彼此憎恶。

这个遮顶的通道一端直通阿德尔菲的一条陡街，另一端的出口则在泰晤士河沿岸阶地的平台上，俯瞰着落日映照下的河水。通道的一面是光秃秃的墙，依存于它的建筑原是老旧的剧院餐厅，因经营不善已关门歇业。另一面有两扇门，正好在通道的两头，但两道门都不是人们通常所指的剧院后门，而是一种特殊、隐秘的剧院后门，专为特殊演员提供方便。这一天，它们专供出演莎士比亚戏剧的明星演员进出。知名演员们大多喜欢这种专门的出入口，方便他们会见或避开一些朋友。

我们所说的这两个男人就属于这类朋友。他们都从容不迫、信心十足地朝着高处那扇门走去，他们显然都知道这种门的存在，而且确信门会为他们而开。但俩人的步伐有快有慢，从通道远端过来的那位走得较快，这就使他俩几乎同时到达那扇隐秘的后门前。他们彬彬有礼地相互致意，然后在门前等待，但步伐较快的那位似乎更缺乏耐心，不愿多等，便伸手去敲门。

从这方面以及任何其他方面来看，两个人的特点完全相反，却也拥有旗鼓相当的成就。就个体而言，两人都很英俊、能干、广受欢迎。作为公众人物，两人都是响当当的名流。但无论是他们的辉煌成就，还是堂堂相貌，却又如此迥异，难以比较。大凡认识威尔逊·西摩爵士的人都知道他是个重要人物。在各种涉及政治和学术的核心圈子里，他的身影总是随处可见。他聪明过人，却在20个平庸的委员会中任职，这些委员会五花八门，面面俱到，从皇家艺术院的改革到在大英帝国实施金银复本位制的研究项目等，不一而足。在艺术界，他更是个能呼风唤雨的大人物。他这种人实在罕见，没人能说清他到底是个从事艺术的伟大贵族，还是个被贵族们赏识的伟大艺术家。但只要你跟他聊上几分钟，你便会意识到，他完全影响着你人生的方方面面。

他的外表也同样“出类拔萃”，既有传统韵味又富于独特魅力。要论时尚，他头戴的高顶礼帽无可挑剔，却又确实与众不同，或许略高，令他显得更加挺拔。他瘦高的个子，略有些驼背，但丝毫不会给人弱不禁风的感觉。他的头发是银灰色的，却并不显老；他留着长发，却没有女人气；一头卷发，但看上去并不明显。精心打理的山羊胡令他显得更有男子气概，英姿勃发，就如他家里悬挂的委拉斯开兹[①]肖像画中的古代海军将领

---

① 迭戈·委拉斯开兹（1599—1660）：文艺复兴后期西班牙最伟大的画家，对后来包括印象派在内的画家影响很大。代表作有《教皇伊诺森西奥十世》和《镜前的维纳斯》等。

那样。与绅士们在剧院和餐厅里四处拍打和挥舞的手套和手杖相比，他的灰色手套颜色更深，银头手杖则更长一些。

另一位个头没那么高，但绝不会让人觉得矮，同样健壮、英俊。他也有一头卷发，却是金黄色的，剪得很短，显露出一颗硬实的大脑壳，就像乔叟笔下那个磨坊主说的那样，他有个适合撞开任何大门的脑袋[①]。他蓄的军人式的八字须和平端双肩的姿势表明他是一个军人，但那双特别坦然、敏锐的蓝眼睛又让人觉得他更像海员。他脸盘方正，长着端正的下巴和肩膀，就连他的那件夹克看起来也是方方正正的。在当时风行于世的漫画作品中，马克斯·比尔博姆[②]曾将他描绘成欧几里得的第四条公理，即“所有直角都相等”。

他同样是个公众人物，只不过成功的路径不同。你不必身处精英阶层就能听说卡特勒上尉的事迹，不管你走到哪里都能听到人们在议论他。半数的明信片都印着他的肖像，半数的插图版作品中都附着他的作战地图和他参加的战役。半数音乐厅或手摇风琴演奏会把称颂他的歌用作转场曲目。虽说这些都只是风行一时，但他的名声远超威尔逊爵士，更受大众欢迎和发自内心的爱戴。在众多英国家庭里，他的声名甚至可以与纳尔逊[③]并驾齐驱。可是，他在英格兰享有的权力却远远不及威尔逊爵士。

给他们开门的是个年老的仆人，或者说是“化妆师”。他形容憔悴，

---

① 乔叟的《坎特伯雷故事集》中有个磨坊主，他体型粗壮，自称可以用头撞开任何大门。

② 马克斯·比尔博姆（1872—1956）：英国漫画家、散文家和剧评家。

③ 霍雷肖·纳尔逊（1758—1805）：英国著名海军中将，被誉为“英国皇家海军之魂”。在1805年的特拉法加海战中击溃法国和西班牙联合舰队，但自己也中弹阵亡。

身体衰弱，一身破旧的黑衣服，和女明星流光溢彩的化妆间形成强烈的反差，极不相称。化妆间里按不同角度安装了多面镜子，恍若置身于一颗巨型钻石的内部，眼前有无数向内折射的切面。房间里另有几样透着奢华气息的装饰物——几束花、几个彩色靠垫和丢在一旁的戏服，诸如此类的东西在镜子的多重反射下充满了整个空间，而在那个仆人慢吞吞地将一面镜子向外挪动或推到墙边时，镜中的场景便跳跃着、变幻着反射出无限重叠的影像，宛如《一千零一夜》故事中的疯狂场景。

面对这个邋里邋遢的化妆师，两个人都异口同声地叫出他的名字帕金森，并提出要见奥萝拉·罗梅小姐。帕金森说她在另一个房间，不过他可以去通告。一丝愁云浮上两位来访者的眉间，因为那个房间属于与罗梅小姐配戏的男明星，而且她还是那种不仅要让人欣赏她，更要让人为她妒火中烧的人。然而过了大约半分钟，化妆间里面的一道门开了，她走了进来。就像往常那样，即使是在私下里她也要摆出明星的架子。此刻，房间内的静寂也被她当成了欢声雷动，而她也理应领受这种待遇。女演员身着一种怪异的丝质服饰，颜色介于孔雀绿和孔雀蓝之间，闪烁着孩子们和美学家为之兴奋的蓝色、绿色的金属光泽。她浓密的棕红色头发勾勒出一张令所有男人——尤其是小男孩和中老年男性神魂颠倒的妩媚面庞。她与伟大的美国演员伊西多尔·布鲁诺一起，将《仲夏夜之梦》[1]演绎得如诗如画，如梦如幻，突出表现了奥布朗和提泰妮娅[2]

① 《仲夏夜之梦》：英国剧作家威廉·莎士比亚青春时代最为成熟和最著名的喜剧作品，讲述了有情人终成眷属的爱情故事。此剧在世界文学史特别是戏剧史上影响巨大。

② 奥布朗和提泰妮娅：《仲夏夜之梦》剧中的仙王和仙后。

这两个艺术形象，换句话说也就是布鲁诺和她自己。置身于舞台上仙境般美妙的布景中，跳着曼妙神秘的舞蹈，绿色服饰犹如铿亮的甲虫翅膀，所有这些都出神入化地表现出仙后提泰妮娅难以捉摸的个性。但在依然还是大白天的现实场景之中，一个男人见到她时，只会被她的面容所吸引。

她微笑着迎接两位男士，这笑容灿若晨星又令人困惑，曾使众多男士望而却步，不约而同地与她保持一定的安全距离。她接过卡特勒献上的鲜花，这些鲜花热烈地绽放，如同他曾取得的胜利那样代价高昂。稍后，她又接过威尔逊爵士若无其事地献上的另类礼物。威尔逊爵士的教养令他举止矜持冷静，同时他又总表现得超凡脱俗，对献花这种俗套不屑一顾。他解释说，他挑选了一件小玩意儿，看着很新奇，是一把古希腊迈锡尼[1]时期的匕首，忒修斯[2]和希波吕忒[3]时代的人都可能佩带过它。像任何展现英雄气概的武器一样，这把匕首也是铜制的，但奇特的是它很锋利，完全能刺伤任何人。威尔逊爵士还说自己很喜欢它叶片状的刀身，如同古希腊花瓶那样，精美绝伦。如果罗梅小姐看得上眼，或在剧中能派上用场，他希望她会——

---

① 迈锡尼文明：希腊青铜时代晚期的文明，由伯罗奔尼撒半岛的迈锡尼城得名，《荷马史诗》等大多数的古希腊文学和神话历史皆设定在此时期。

② 忒修斯：传说中的雅典国王，曾解开米诺斯的迷宫并战胜了半人半牛的怪物弥诺陶洛斯，和希波吕忒结婚。与朋友劫持海伦后，又试图劫持冥王哈得斯的妻子珀耳塞福涅，结果被扣在冥界，后由赫拉克勒斯救出。

③ 希波吕忒：传说中的亚马逊人女王。忒修斯看中了美丽的希波吕忒，将她骗到雅典并成婚。她也心甘情愿做英雄的妻子，但亚马逊人异常愤怒，发兵攻打雅典。希波吕忒与忒修斯一起参加了战斗，被投枪刺中身亡。

就在这时，里边那扇门一下子被重重推开，闯进来一个身材高大的人，其体貌特征与正说话的西摩如此不同，甚至超过了卡特勒上尉与西摩之间的差异。此人便是伊西多尔·布鲁诺，身高约2米，膀大腰圆、肌肉发达，与他的演员身份不大相称。他一身剧中人物奥布朗金褐色的华丽豹皮服饰，犹如一位野蛮神灵。他倚着一支狩猎用的长矛站在那里，若在舞台上挥舞，它看上去不过是根轻巧的银色魔杖，但在这狭小拥挤的房间里，就显得格外刺眼，寒气逼人。他的一对黑亮的眼睛热切地转动着，在他英俊的古铜色脸庞上显露出高高的颧骨和整齐洁白的牙齿，不由得让人猜测，说不定他祖上是美国南方种植园中的黑奴。

“奥萝拉，”他开口了，他的浑厚嗓音曾打动过无数的观众，“你能不能——”

他刚开口，便犹疑地打住了，因为此时第六个人突然出现在这个房间的门口，这人的模样与此情此景反差极大，几乎让人觉得有些滑稽可笑。此人个头不大不高，一身罗马天主教会的黑色教士服，模样看起来（特别是在布鲁诺和奥萝拉的衬托下）很像从方舟里走出的木制诺亚。不过，他似乎并没有意识到自己有什么不合时宜之处，木讷又不失礼貌地说：“我想是罗梅小姐叫我来的。”

有心人可能会察觉到，正是这种不带丝毫情感的突然造访，反倒激得原本暗藏的情感更加热烈。一个职业禁欲者的超脱无疑让其他人猛然意识到，他们竟然是围绕在那个女子身边的一群情敌，这就如同浑身结满冰霜的陌生人走进一个房间，让人恍然觉出原来这房间里竟像火炉一样温暖。一个对她根本不在意的人的出现使罗梅小姐更强烈地感受到其他人对她的爱慕之情，而且每个人爱慕她的方式都隐含着某种危险：男演员表现出露骨的欲望，像个野蛮人和被宠坏的孩子；那位士兵展现的是一种被意志而非理智左右的纯粹的自私；威尔逊爵士则像年事渐高的享乐主义者那样找到新嗜好，专注度与日渐增；不仅如此，可怜的帕金森在她功成名就之前便已相识，如影随形地跑前忙后，也像只忠犬一样依恋着她。

有心人还会觉察到更奇怪的一件事。那位像黑色木头诺亚的人（他并非全无精明之处）注意到了这一点，正憋不住地暗自发笑。很明显，伟大的奥萝拉就算很在意异性的仰慕，但她此刻也只想摆脱眼前这些仰慕者，以便与并不欣赏自己——至少欣赏方式完全不同的那个人单独相处。她为了达到目的运用了刚中有柔的外交手腕，小个子神父对此种方式不仅欣赏，甚至乐在其中。也许奥萝拉·罗梅只在一件事情上很聪明，那就是她深谙人的另一半——男人的心理。神父看着她迅速、精确地一一出击，迫使他们不得不自行退下，却又不得罪任何人，这场面就像是拿破仑指挥的战役一样。大个子演员布鲁诺非常孩子气，只要把他惹毛了，他就会一气之下摔门而去。英国军官卡特勒脑子反应迟钝，是个行动派，他或许对各种暗示无动于衷，却会义无反顾地听从女士的调遣。对于老西摩，她得另想招数，只能留到最后对付。劝他离去的唯一方法是以老朋友的名义私下请求他，让他知道为什么要请众人回避。当罗梅小姐一举实现了3个目标时，神父对她佩服得五体投地。

只见她来到卡特勒上尉面前，柔情似水地对他说：“我非常珍爱你送给我的这些花，因为它们一定是你最喜欢的。可你知道吗？这里面没有我最喜欢的花，还算不上完美。就请你去街上拐角的那家花店买些铃兰配上，那就太好不过了。”

说完这些话，她的第一个目的立刻就实现了，怒容满面的布鲁诺拂袖而去。当时，布鲁诺已将那根被他当成权杖的长矛傲然交给了可怜的帕金森，然后将一个有靠垫的椅子当成他的宝座，正要坐上去的时候，却看到奥萝拉公然向他情敌献媚的场面，这刺痛了他敏感的神经，两只乳白色的眼球燃烧着奴隶般的桀骜不驯和逆反怒火。他棕色的双手一下子攥成了巨大的拳头，只在片刻之间便破门而出，消失在后面他自己的房间里。与此同时，罗梅小姐支开英国军官的目的实现起来却不如想象的那么容易。的确，卡特勒就像听到一声号令，忽地一下站得笔直，连帽子都没戴就走向门口；但是，西摩懒洋洋地靠在一面镜子上，有意炫耀的那种优雅姿态令他心里犯了嘀咕，于是刚要出门的卡特勒上尉情不自禁地收住脚步并回头看着这边，像一只不知所措的斗牛狗。

“我得去告诉这个笨家伙该怎么走。”奥萝拉悄声对西摩说，然后跑到门口，催着上尉赶紧走。

西摩仍然保持着优雅的姿态，似乎在漫不经心地听着。他听到奥萝拉最后又对上尉大声交代了几句，便猛地转过身，笑着跑向通道的另一头，也就是对着泰晤士河岸边阶梯的那边，他这才松了口气。但紧接着西摩又皱紧眉头犯起了愁。他知道，以自己的处境来看，有很多对手。他想起通道的另一头有一道供布鲁诺进出他房间的门。他仍然保持着自己的风度，寒暄着对布朗神父说了一些有关威斯敏斯特大教堂正在修复其拜占庭式建筑的情况，然后就很自然地出了门朝通道上端出口走去。此刻房间里只剩下了布朗神父和帕金森，他们都不是那种没话找话的人。帕金森在房间里走来走去，把那些镜子拉出来又推回去。他手里仍然拿着仙王奥布朗闪亮的长矛，更显得他那身黑色外套和裤子又黑又脏。他每拉出一面镜子，上面便会反射出又一个布朗神父的黑影，使得这间荒诞的镜子屋充满了布朗神父的身影，呈现出各种形态，如头朝下悬在空中的天使，翻着筋斗的杂技演员或后背对着他人的粗鲁之人。

对于这些影像，布朗神父似乎视而不见，他只是无所事事地用目光追随着四处走动的帕金森，直到他拿着那支可笑的长矛走向布鲁诺的房间。然后，他才像往常一样放松身心，沉浸在抽象的思考中：计算镜子的角度、反射影像的角度、镜子嵌在墙上的角度……突然，他听到一声被压抑住的呼叫。

他一下子跳了起来，直愣愣地站在那儿仔细聆听。与此同时，威尔逊爵士冲了进来，脸色惨白。“通道里那个人是谁？”他大叫着，“我的匕首呢？”

布朗神父还没转过身，威尔逊爵士已经开始在屋子里四处翻找他的匕首。但他怎么也找不到那个匕首或任何类似的物件，就在这时门外响起一阵急促的跑步声，卡特勒那张方脸庞随即出现在门口。他手里仍荒唐地抓着一把铃兰花。“怎么回事？”他叫道，“通道那边是个什么东西？是不是你耍的花招？”

“我耍的花招！”脸色煞白的西摩从牙缝里吐出几个词，朝卡特勒跨了一大步。

就在他俩剑拔弩张的一刻，布朗神父走出门站在高处朝通道那边张望，他被什么东西吸引着疾步走了过去。两个男人停止了争吵，去追赶神父。卡特勒边跑边大喊着：“你要干什么？你是什么人？”

“我叫布朗，”布朗神父悲伤地说着，弯下腰去查看，随后直起身，“罗梅小姐派人叫我过来，我马上就赶来了。可惜还是晚了。”

仨人同时朝那边看去，他们中至少有一人将在那个下午的夕阳里心痛欲绝。夕阳射入通道，像是开出了一条金色的小径，铺洒在奥萝拉·罗梅身上，她穿着熠熠闪光的黄绿色长袍，脸朝上躺在那里。她的衣服像是在厮打中被人扯破了，右肩裸露，但汩汩淌出鲜血的伤口却在左肩。黄铜匕首横躺在离那摊血约一步远的地方，闪闪发光。

几个人一声不响，久久地沉默着，他们能听到远处查令十字街上卖花女的笑声，还有人招呼出租车的尖利口哨声。然后不知是情绪失控，还是演戏给别人看，卡特勒上尉突然跨前一步，掐住了威尔逊爵士的喉咙。

西摩冷静地看着他，既不反击也不害怕。“你不必杀我，”他冷冰冰地说，“我会自我了结的。”

上尉迟疑了一下，松开手。西摩依旧冷冰冰地、坦然地说道：“就算我没有勇气用匕首结束自己的生命，我也会在1个月内饮酒过量而死。”

“借酒浇愁对我来说还不够，”卡特勒答道，“在我死之前，我要以血还血。不是你的血——但我想我知道是谁的。”

其他人还没来得及弄明白他的意思，他已抓起那把匕首，朝着通道下坡方向的那扇门跑去，他撞开门冲进去要找布鲁诺算账。就在上尉找到布鲁诺对质时，老帕金森跌跌撞撞走出门，看到了躺在通道里的尸体。他颤抖着走过去，脸颊抽动，软弱无力地看着她，然后又颤巍巍地回到化妆间，跌坐在有厚靠垫的椅子上。布朗神父立刻向他跑去，丝毫没留意拳脚相向、争抢匕首的卡特勒和大个子演员。西摩头脑还算清醒，站在通道出口处吹口哨呼叫警察。

警察赶来拉开了像猿猴一样扭打的两人。经过例行公事的询问，警察依据暴怒的卡特勒提出的谋杀指控逮捕了伊西多尔·布鲁诺。一想到当今伟大的民族英雄亲手抓住了歹徒，警察不能不重视这个案件，要知道他们也不乏记者具有的那种职业敏感。他们不敢怠慢卡特勒，郑重其事地指出他手上有轻微的划伤。就在卡特勒背靠倾斜的桌椅勉力支撑的时候，布鲁诺趁机抢过他手中的匕首并按住他的胳膊使他不能动弹。划伤就是那时造成的。伤口很浅，但直到这个有些野蛮的囚犯被带出房间，他一直微笑着盯着卡特勒流血的手腕。

“真像食人族，对吧？”一名警员悄悄对卡特勒说。

卡特勒当时没搭茬儿，但过了一会儿，突然冒出一句：“我们得去照料一下……死者……”他含糊不清地说着，没人听得出他下面说的是什么。

“两个死人，”房间远处传来神父的说话声，“我跑到他跟前时，这个可怜的人已经死了。”他站在那里，俯身看着老帕金森。帕金森蜷缩成黑黑的一团坐在那把漂亮的椅子上。他以这种方式向死去的女人表达了自己的哀思，不发一言却胜过千言万语。

卡特勒首先打破了沉默，他似乎被这朴素的柔情打动了。他声音嘶哑地说：“真希望我是他。我记得，不管她去哪里，他都关照着她，付出的努力超过——任何人。她就是他的空气。空气消失了，他便死了。”

“我们都死了。”西摩望着路的另一头，以一种奇怪的声音说。

他们在路的拐角处向布朗神父告别，顺势为他们可能表现出的粗鲁道了个歉。他俩都面带悲痛，但同时也显出某种神秘感。

小个子神父脑子里充斥着各种想法，但常常是一闪而过，难以把握，就像在养兔场里，明明眼前有很多兔子，却一只都抓不住。突然，他脑子里灵光一闪，出现了一个新念头：他们的悲伤都不是装出来的，至于他们是否清白就难说了。

“我们最好都走吧，”西摩沉重地说，“我们也都尽力做了该做的了。”

“如果我说你们已尽力造成了伤害，”布朗神父语气平静地问道，“你们能明白我的意思吗？”

两人都像自知有罪似的打了个寒战，卡特勒厉声质问：“伤害谁？”

“伤害了你们自己，”神父答道，“假如不是为了公平正义警告你们，我其实不用再给你们添麻烦。如果那位演员最终无罪释放的话，你们的所作所为几乎是将自己送上绞架。他们肯定会传唤我，而我也只能实话实说，告诉他们在我听到一声惊叫之后，你们两个都疯了似的冲进房间，开始为那把匕首争吵。只要我的证词得到认可，你们俩都有杀人嫌疑。你们因此害了自己。卡特勒上尉就是用匕首弄伤自己的。”

“弄伤自己！”卡特勒上尉不屑地说，“就那么一点儿擦伤？”

“可毕竟出了血，”神父点着头回答道，“我们知道黄铜匕首上现在有血迹，如此一来，我们就永远不会知道在这之前匕首有没有沾上血。”

一阵沉默之后，西摩用跟他平常完全相同的腔调强调说：“但我看见通道里有一个男人。”

“我知道你看见了一个人，”布朗神父面无表情地答道，“卡特勒上尉也看见了。这看起来似乎不太可能。”

两人还没想清楚，更来不及回答，布朗神父便不无礼貌地道了别，拿着他那把粗笨的旧伞噔噔有声地走了。

就现代新闻业而言，有关刑事案件的消息才是最重要、最诚实可信的。假如在20世纪新闻报道最多的是谋杀而不是政治这种说法属实的话，那么出现这种状况的理由也很充足，因为谋杀确实是一个更为严肃的议题。但即使是这样，仍然很难解释伦敦乃至地方上的报刊对“布鲁诺案”或“通道谜案”所作的如此广泛而详细的报道。在持续数周的群情亢奋当中，媒体如实报道了所发生的一切，而对盘问与交叉盘问的报道虽然冗长，甚至繁复到令人无法忍受的地步，但至少做到了真实可靠。当然，该案引发广泛而持久关注的真正原因是：涉案人物的身份非常特殊。受害者是个女明星；被告是个男明星；而当场抓住被告的，又是当今爱国风潮中最受大家爱戴的一名军人。种种情况都使得新闻界只能对此案加以诚实和准确的报道。有关这件奇特案件的其他方面，实际上完全可以从对布鲁诺审判的各种记述中窥见全貌。

主持庭审的是蒙克豪斯法官，他属于那种因诙谐幽默而被人嘲笑的法官，但一般来讲，他们比那些貌似严肃的法官更认真，因为他们表现出的轻佻实在是因为他们对职业上的严谨刻板不耐其烦，而要以轻松活泼的方式加以调节。相反，那些总是板着面孔的法官本质上其实很轻率，因为他们需要表面上的威严来维护自己极强的虚荣心。由于涉案各方均属重量级人物，出庭律师的配备也都旗鼓相当。公诉方是沃尔特·考德雷爵士，一位体态笨重但却很有影响力的出庭律师，他深谙众人心理，善于表现自己以赢得人们的信任，并且知道在何种情形下运用夸张的手法反击对手。替被告辩护的是皇家大律师帕特里克·巴特勒先生，他的形象很容易被不了解爱尔兰人性格，或者未曾被他盘问过的那些人误以为是个浪荡公子。涉及医学鉴定方面的证词并没有分歧，西摩召到现场的医生与后来查验了尸体的著名外科医生一致认定：奥萝拉是被某种利器刺中致死的，可能是刀子或匕首，至少是一种刀身较短的凶器。伤口位于心脏上方，她当场死亡。当医生到达现场时，她死亡的时间尚未超过20分钟。因此，布朗神父发现她时，她大约刚死了不到3分钟。

随后呈堂的是警方侦探的证言，主要涉及现场是否有搏斗的痕迹，而唯一表明存在搏斗的证据是肩膀上的衣服被撕破，但这似乎与致命一击的方向不太吻合。这些细节情况只是呈上了法庭，并没有做进一步解释，之后，第一位重要证人被传出庭。

威尔逊爵士出庭作证和他做其他任何事一样，表现不只出色，简直是无可挑剔。虽然他的知名度远高于法官，但在代表公平正义的法官面前，他态度谦逊，没有丝毫要出风头的表现。虽然每个人看待他时与看待首相或坎特伯雷大主教无异，但他们除了说他不过是个说话带口音的普通人以外，还真找不出他把自己当成显赫人物的自傲。另外，他的头脑也特别清醒，就像他出席各种委员会的会议时一样。他一一陈述了当时的情况：去剧院拜访罗梅小姐；在那里碰见了卡特勒上尉。被告过来和他们待了很短一段时间，然后又回到了他自己的化妆间。后来有位自称叫布朗的罗马天主教会神父来了，要见罗梅小姐。再后来，罗梅小姐出了剧院走向通道的出入口，当时卡特勒上尉正要去给她买花，她出去告诉卡特勒上尉该怎么走；他本人则留在屋里，与神父闲聊了几句。然后，他清楚地听见死者送走上尉以后，笑着转身朝通道的另一头跑去，也就是被告化妆间所在的那头。他当时对朋友匆忙的举动有些好奇，便出了化妆间来到通道的上端，朝被告那扇门望去。当被问到他是否看见通道里有什么东西时，威尔逊爵士回答说“是的”，他看到通道里有某种东西。然后，他不再说话，低下了头，尽管他还是保持着一贯的风度，但脸色变得更苍白了。沃尔特爵士静静地等了很久，然后说不清是同情还是要制造紧张气氛，他压低了声音问：“你看清楚了吗？”

无论威尔逊爵士情绪如何不稳定，他的头脑仍然保持着清醒，他说：“轮廓很清楚，但看不清细节或者说根本就看不到细节。通道很长，不管是谁背光站在中间，另一头的人都只能看到一个黑影。”证人再一次垂下眼睛并补充说，“当卡特勒上尉第一次走进走廊时，我就注意到了这种情况。”法庭又一次陷入静寂，法官倾身向前，做了些记录。

“哦，”沃尔特爵士耐心地说，“那个轮廓看着像什么？比如说，像不像受害人的身影？”

“一点儿都不像。”西摩平静地说。

“那么在你看来它像什么？”

“在我看来，”证人答道，“像个高个子男人。”

法庭里的每个人都目不转睛地盯着自己的笔，或伞把，或书籍，或靴子，或任何碰巧在眼前的东西。他们似乎在极力避免正眼去看被告席上的犯人，但他们能感觉到被告庞大的身影。在人们眼里，布鲁诺身材本来就很高大，而一旦你的目光从他身上移开，他在想象中的形象更是不断膨胀，愈加高大了。

沃尔特爵士一脸严肃地坐回自己的座位，抚平他的黑丝袍，又捋了一下银丝般的胡须。威尔逊爵士又提供了许多证人可以佐证的几个细节，便要离开证人席，这时辩护律师巴特勒先生跳起来，叫住了他。

“我只占用你一点儿时间，”巴特勒先生说，他看起来很粗俗，长着红眉毛，一副半梦半醒的样子，“请你告诉法官大人，你怎么知道那是一个男人呢？”

西摩的脸上似乎掠过一丝淡淡的微笑。“恐怕跟裤子有关，”他说，“当我看到两条长腿之间的光线时，我才最终确定那应该是个男人。”

巴特勒惺忪的睡眼突然睁得溜圆，似乎有了重大发现。“最终！”他缓缓地重复道，“这么说你最初以为那是个女人喽？”

西摩头一次显得有些不安。“话不能这么说，”他说，“但如果法官大人要我说出我的印象，我当然会。是有些地方看着不完全像女人，但也不完全像男人。身材的曲线不同，还有就是看起来像是有一头长发。”

“谢谢，”皇家大律师巴特勒先生说完这句话便突然坐下，仿佛已如愿以偿。

卡特勒上尉远不如威尔逊爵士那样镇定自若，能说会道，但他对起初情况的描述与西摩所说的没有出入。他叙述了布鲁诺如何回到自己的化妆间，他又如何被打发去买铃兰花，他回到通道时看见了什么，还有他对西摩的怀疑以及他与布鲁诺厮打等情况。至于他和西摩曾看到的那个黑影，他描述不出任何更多的细节。当被问及影子的轮廓时，他说他不懂艺术，说不太清楚——这显然是在讥讽西摩。当被问到是男是女时，他说看着更像头野兽——这显然是把矛头指向了被告。看来上尉真的已被悲伤和愤怒搅得心烦意乱，考德雷很快就结束了盘问，事实显而易见，再追着他去证实也没什么必要了。

辩护律师的盘问也很简单。尽管如此，他似乎还是花了很长的时间（他一贯如此）。“你用了一个很不寻常的词，”他睡眼惺忪地看着卡特勒说，“为什么你说那个影子更像头野兽，而不是男人或女人？”

卡特勒显得异常焦躁。“也许我不该这样说，”他说，“但那畜生长着像黑猩猩一样的肩膀，头上长着猪鬃一样的毛发——”

巴特勒急不可耐地插话。“别管他的头发像不像猪毛，”他说，“我只问你像不像女人的头发？”

“一个女人的？”上尉叫道，“天哪，不可能！”

“可刚才那位证人说是女人的长发，”辩护律师劈头盖脸地追问，“那身影看起来是否呈现出曲线或者像刚才那位证人暗示的有点儿女人样？没有？没有女人那种曲线？如果我的理解正确的话，照你的说法，那个身影显得很强壮看起来方方正正的对吗？”

“他也许弓着腰，”卡特勒的声音有些嘶哑，而且相当微弱。

“也可以说，他也许没有。”巴特勒说着，再次突然坐下。

沃尔特爵士传唤出庭的第三个证人是那个小个子天主教神父。与其他证人相比，他的个子确实很矮，站在证人席上几乎露不出头，就像一个儿童在接受交叉盘问。但不幸的是，沃尔特爵士已先入为主地认为（主要受他家庭的宗教影响）布朗神父会站在被告一边，因为被告是邪恶的，又是一个外国人，甚至还有一部分黑人血统。因此每当那位骄傲的神父想要解释什么时，他都会毫不客气地打断他，逼着他回答“是”或“不是”，只讲事实，不需任何解释。当布朗神父简洁明了地说他认为通道里的人是谁时，沃尔特爵士却对他说，他并不想听他的那套推论。

“大家看见了通道里有个黑乎乎的人影。你说你也看见了。那么，那个影子是什么形状？”

布朗神父好像受到责难似的眨眨眼，但他早已深知服从这个词的字面含义，便说道：“从形状上说，那个影子又矮又粗，但它脑袋两侧或者头顶上伸出两个黑色带尖的东西，向上卷曲着，就像两只角，而且——”

“啊，长角的魔鬼，毫无疑问，”考德雷大叫着，语气中不无讥讽，得意洋洋地坐下，“一定是魔鬼来吃清教徒啦。”

“不，”神父不动声色地说，“我知道是谁。”

法庭中人们的心一下子收紧了，他们感受到了某种荒谬但又那么真切的骇人情境。他们已将被告席上的那个人抛到了脑后，一心想着通道里的那个身影。而那个身影，有三个人见过，有三个才华横溢、受人尊敬的人描述过，它就像变幻莫测的噩梦：一个人说那是个女人，另一个人称那是头野兽，第三个人则说那是魔鬼……

法官锐利的目光直视着布朗神父。“你是一位极不寻常的证人，”他说，“但你给我的感觉是你想说出真相。好吧，你在通道里看见的人到底是谁？”

“是我自己。”布朗神父回答道。

法庭上一片寂静，但皇家大律师巴特勒腾地站了起来，很冷静地问：“可否请法官大人允许我盘问证人？”紧接着他向布朗神父抛出了一个显然不相干的问题：“你知道这把匕首，你是否知道专家们说案犯用的是刀身较短的凶器？”

“刀身是很短，”布朗神父严肃地点头表示同意，“但刀柄很长。”

难道神父居然真的亲手用一把长刀柄（这似乎让这场谋杀变得更加可怕了）短刀身的匕首杀了人！就在这个念头仍然萦绕在听众心头的时候，神父继续解释说：“我是说匕首并不是唯一有短刀身的东西。长矛的矛头也很短，握住长矛矛头的底端，就像握着一把匕首，尤其是剧院里的那种花哨长矛，也就是可怜的老帕金森用来杀死他妻子的那支长矛。她已派人去叫我来解决他们的家庭纠纷——但我晚到了一步，愿天主宽恕我！但他也因悔罪而死，他无法容忍自己做的事。”

法庭中人们普遍的印象是，那位滔滔不绝的小个子神父在证人席上真的发疯了。但法官仍旧饶有兴味地望着他，而辩护律师则不为所动地继续盘问。

“如果帕金森是用那支道具长矛作的案，”巴特勒说，“那他肯定是从4码以外刺过去的。你怎样解释那些搏斗的痕迹，比如衣服从肩膀处撕开了？”他已自然而然地把他的证人转换成了鉴证专家，但现在人们已无暇他顾了。

“这位可怜的女士，”神父解释说，“刮在恰好从她身后伸出的一块玻璃板上，撕破了衣服。她挣扎着要脱身，可就在她这么做的时候，帕金森从被告的化妆间出来，用长矛朝她刺去。”

“一块玻璃板？”辩护律师好奇地重复道。

“其实是另外一边的镜子，”布朗神父解释道。“我在化妆间里就注意到了，有些镜子是可以滑到通道里边去的。”

法庭内再次陷入一片异乎寻常的死寂，而这一次法官开口打破了沉默。“这么说，你的意思是，当你朝通道那边张望时，你看到的那个人其实是镜子中的自己？”

“是的，法官大人，这正是我要说的，”布朗回答道，“但他们问我影子的形状，我们教士的帽子上有折角，就像动物的角一样，所以我——”

法官探身向前，一双老眼异常明亮，以一种异常的语调问道：“你是说，当威尔逊爵士看见那个不管你叫他什么，反正是显出曲线、似乎长着像女人的头发、穿着男人裤子的那个人时，其实他看到的是他自己？”

“正是，法官大人。”布朗神父回答道。

“你是说当卡特勒上尉看见那个双肩高耸、长着像猪鬃一样头发的黑猩猩时，他看见的其实是他自己？”

“是的，法官大人。”

法官舒适地向后靠在椅子上，那样子让人很难分辨他是在讥笑还是在赞赏。“你能说说，”他问道，“为什么你知道那是你自己在镜子中的影子，而另外两位杰出人士却不知道呢？”

布朗神父更加痛苦地眨着眼睛，结结巴巴地说：“说真的，法官大人，我也不知道，或许我不经常照镜子才会这样吧。”

机器的错误

黄昏时分，弗朗博和他的教士朋友布朗正坐在神殿区[①]的花园中，也许是受到四周的氛围影响或是一时兴起，他们的话题转到了法律程序上。他们从盘问的方式谈起，聊到古罗马和中世纪的酷刑，一直到法国的地方预审官和美国的刑讯逼供。

“我一直在读，”弗朗博说，“与一种新的心理测试方法有关的文章，那种方法最近很热门，尤其是在美国，受到了广泛的讨论。你知道我指的是什么。他们在人的手腕上绑上测量计，对其朗读一组特定的词语，并观测对方的心率变化。对此你怎么看？”

“我觉得这非常有趣，”布朗神父回答说，“它使我想起了‘黑暗时代’[②]一个有趣的观点，说是如果凶手碰到尸体，死者的血液就会流动起来。”

“你真的认为，”他的朋友质疑说，“这两种方法有同样的价

① 神殿区：指位于伦敦市中心的神殿教堂周围区域，该地区是英国的法律中心，英国的四间律师学院中的两间都位于该区，分别是内殿律师学院和中殿律师学院。

② 黑暗时代（约476—1000）：欧洲中世纪的早期，被认为是愚昧的黑暗时代。

值吗？”

“我认为它们同样没价值，”布朗回答说，“血液的流动，或快或慢，不论在死者体内还是在活人身上，其原因远远超出我们已知的可能性。血液的流动是不可思议的，除非血液能流上马特洪峰[1]，否则我不认为能从里面发现什么意义。”

“那个方法，”另一位争辩道，“已经得到了几位最了不起的美国科学家的承认。”

“科学家是一群感情用事的人！”布朗神父大声说，“美国科学家更是如此！除了美国佬，还有谁会去利用心跳作证？他们这是自作多情，好比是一个男人仅凭一个女人羞红了脸，就认为对方爱上了自己。那种测试源自不朽的哈维[2]发现的血液循环，但测试本身一无是处。”

“但是，”弗朗博坚持说，“它确确实实可以直接指明某些事情。”

“能直接指明方向的手杖有一个缺点，”神父回答说，“知道是什么吗？那就是手杖的另一端永远会指向相反的方向。你能否握住正确的一端才是最重要的。我曾经见识过那个测试，打那以后我就再也不相信它了。”接着他开始讲述使他幡然醒悟的那个故事。

那是将近20年前的事了。当时他作为专职神父在芝加哥的一所监狱中为教友们服务，他的工作相当繁忙，因为对那儿的爱尔兰人来说，无论犯罪还是忏悔都是家常便饭。典狱长的副手是一位前警探，名叫格雷伍

---

① 马特洪峰：位于瑞士境内，海拔4478米，被誉为阿尔卑斯山最美的山峰。

② 威廉·哈维（1578—1657）：他发现了血液循环和心脏的功能，1628年，他发表了著作《心血运动论》，标志着现代生理学的开始。

德·厄舍，一脸的死气沉沉，是个谨言慎行的人，就是总爱推销他那套美国思想，偶尔也会露出一脸苦相。他喜欢布朗神父，但总带着点屈尊纡贵的傲慢劲儿。布朗神父也喜欢他，可打心里厌恶他那套理论。他的理论异常复杂，而其论据又总是异常粗陋。

某晚，他请来了教士，按照他的习俗，教士坐在一张堆满文件的桌子旁安静地等着他开口。狱官从文件中挑出一张剪报递给神父。神父认真地读了一遍。这段摘录来自《美国社会报》，讲的是社会名流的花边新闻，内容如下：

“社交界最知名的鳏夫将重拾怪诞晚宴的把戏。看过我们独家新闻的读者自然会想到那次婴儿车巡游晚宴，在他位于朝圣者池塘的宫殿般富丽堂皇的家中，‘新花样’托德为我们的各位社交名媛增添了几分稚气。‘新花样’去年的表演同样颇有品位，而且在大众看来，内容更丰富也更有气势，那就是广受欢迎的食人族大聚餐。在餐会上，侍者递送的糖果都讽刺性地做成人手人腿的样子，不止一位兴奋过度的宾客宣称要拿自己的伙伴打牙祭。而托德先生把最新的晚宴创意悄悄地藏在他聪明的脑袋里，或许了解内情的还有城里某些社交名流，只是他们都三缄其口，没人知道他们光鲜亮丽的外表下隐藏着什么。也有传言说，这一次要着意模仿社会最底层的生活方式。还不止于此，据说好客的托德是要取悦于福尔肯罗伊勋爵，他是位著名的旅行家，来自英格兰西部，有着纯正的贵族血统。在恢复爵位前，福尔肯罗伊勋爵就开始了旅行，年幼时他曾在美国生活过，社交圈中纷纷议论着他此次归来的小秘密。埃塔·托德小姐是一位地道的纽约人，她或许将得到一笔近12亿美元的收入。”

“好了，”厄舍问，“你对这事有兴趣吗？”

“哦，我真不知道说什么好，”布朗神父回答说，“此时此刻，这世界上恐怕再找不到比这事更无聊的了。而且，除非愤怒的美国人要把写这报道的记者绑到电椅上处死，否则我也看不出你怎么会对这事有兴趣。”

“啊！”厄舍先生干巴巴地说，紧接着又递过来另一张剪报，“好吧，你对这个有兴趣吗？”这段文字的标题是《狱警遭野蛮杀害，囚犯越狱》，内容如下：“今早黎明前夕，在本州瑟奎尔的监狱传出一声呼救。当局立即出动，循声赶到现场，发现了一名狱警的尸体。他是负责北面高墙的巡警，那一面是监狱最陡、最难逃脱的出口，通常一个人执勤就够了。不幸的警官被人从高墙上推了下来，头部似遭到棍击导致脑浆迸裂，佩枪也丢失了。进一步的调查显示，确实有一间牢房人去屋空，之前关押在那里的是一名神情阴郁的囚徒，自称奥斯卡·里安。他因轻微暴力袭击被临时收押，但他给每个人留下的印象却是，他有不光彩的过去，将来也必犯大事。天终于亮了，人们看清了整个犯罪现场，只见在尸体上方的墙上有一段断断续续的话，明显是用手指蘸着血写的：‘他有枪，我只是自卫。我不想伤害他，除了我的仇人，我不想伤害任何人。我要把子弹留到朝圣者池塘再用。O.R.（凶手名字的缩写）’一个人必定是极端的残忍狡猾，而且拥有最惊人的蛮勇，他才敢不顾荷枪实弹的守卫，向如此一座高墙发起攻击。”

“嗯，这一篇的文风有所改进，”教士欣然承认，“可我还是不知道你叫我来干什么。难道要我用这双小短腿，狼狈不堪地追着健壮的杀手跑遍全州？我怀疑是否有人能抓得住他。瑟奎尔的监狱离此地有30英里，而且两处之间的野地里杂草丛生，荆棘遍布。再往前更是人迹罕至的荒野，直通向大草原。我想那才是他真正会去的地方。他可能藏进任何一个洞里，躲在任何一棵树上。”

“他没藏进洞里，”副狱长说，“也没躲到树上。”

“哦，你怎么知道？”布朗神父眨着眼睛问。

“你想跟他谈谈吗？”厄舍探问道。

布朗神父瞪大了率直的双眼。“他在这儿？”他惊呼道，“怎么会呢，你的人是怎么抓到他的？”

“我亲手抓住他的，”美国人一边慢条斯理地说着，一边起身走到炉火前，懒洋洋地活动着他细瘦的双腿，“我用手杖的弯柄抓住了他。别太惊讶。我确实办到了。你知道，我有时会走出这个阴沉沉的地方，到乡间小路上溜达一圈。嗯，今晚早些时候我正好在一条陡斜的小路上散步，路两旁是密实的篱笆和刚犁过的灰色田野。空中悬着一轮新月，小路完全浸在银色的月光里。借着月光，我看到有个人穿过田地向小路跑来。他猫着腰，像个长跑运动员般一路小跑着。他的样子精疲力竭，但他闯过浓密的树篱，却像钻过蜘蛛网那么轻松——或者说（我听到粗壮的树枝像被劈开一样破碎断裂），也许他生得一副钢筋铁骨。他出现在月光下，正要穿过小路，就在那一刹那，我将带钩的手杖掷到他的腿上，绊倒了他。然后，我用力吹响我的警笛，声音又长又亮，我们的人立即跑来抓住了他。”

“假如他真是个在练习长跑的运动员，”布朗评论道，“那可就尴尬了。”

“他不是，”厄舍冷冷地说，“我们很快就查清他是谁了，但其实他在月光下一露面，我就猜到了。”

“你认为他就是在逃的囚犯，”教士直截了当地说了出来，“就因为你今早读过剪报，报上说有个囚犯逃跑了。”

“我有更确凿的证据，”副狱长冷静地回答，“太明显的疑点我就不细说了——我的意思是像样的运动员不会到犁过的田地上跑步，也不会硬钻过会刮伤自己的树篱。更不会像条狗似的猫着腰跑。我这双老练的眼睛看出了更确切的证据。那人一身的破衣烂衫，而且又不光是破烂。那衣服根本就不合身，样子实在可笑。他黑魆魆的身影出现在月光下的时候，脑袋埋在衣领下面，活像个驼背，宽松的长袖子甩来甩去，就跟没有手一样。我当时就明白了，他脱掉囚服，找人换了一件不合身的衣服。还有一点不能不提，他当时是顶着风跑的，他的头发一定剃得很短，否则我应该能看到头发被吹起来的样子。接着我想起了田地的那一边就是朝圣者池塘，囚犯要把子弹（如果你还记得的话）留到那里再用，于是我就把手杖抛了出去。”

“出色的快速推断，”布朗神父说，“但是他有枪吗？”

厄舍突然停下了脚步，教士又抱歉地补充说，“据我所知，没了它，子弹半点用处都没有。”

“他手里没有枪，”厄舍严肃地说，“但这毫无疑问是由于某些很自然的意外或是计划的改变造成的。说不定他出于同一种考虑才换了衣服，并把枪扔掉。他也开始后悔不该把沾有受害人鲜血的外套丢掉。”

“嗯，很有可能。”教士回答说。

“这种小事不值得费脑筋去推测，”厄舍说着转身去拿其他的报纸，

“因为到了这个时候，我们已经知道抓对人了。”

他的教士朋友轻声问：“可你是怎么知道的？”格雷伍德·厄舍扔下报纸，又拿起那两条剪报。

“好吧，既然你这么固执，”他说，“我们就从头说起。你会注意到这两张剪报只有一个共同点，都提到了朝圣者池塘，你也知道那是大富翁艾尔顿·托德家的家产。你还知道他是个了不起的人物，他爬上现有的地位是靠——”

“生物的遗骸，”神父表示赞成，“是的，我知道。我想，那指的是石油。”

“不管怎样，”厄舍说，“‘新花样’托德靠着这种古怪玩意儿大赚了一笔。”

他又在炉火前舒展了一下身体，继续他的夸夸其谈。

“这么说吧，从表面上看，没有任何神秘的地方。一个犯人拿着枪跑去朝圣者池塘，完全不神秘，甚至说不上古怪。我们和英国人不一样，不会因为一个人把钱捐给医院或者花在赛马上，就原谅他的富有。‘新花样’托德凭借他出众的本领出人头地，可以肯定的是，那些领教过他本事的人也都惦记着拿上把枪，向他显示显示他们的本事呢。托德完全有可能被他从未听说过的人袭击，可能是被他辞退的劳工，也可能是被他击垮的企业的雇员。‘新花样’是个头脑灵活又交游广泛的人，但在这个国家，劳资双方的关系总是很紧张的。

“假设里安就是跑去朝圣者池塘杀托德的，那整件事就是这样了。起初我确实这么认为，直到另一个小发现唤起了我的侦探本能。确认犯人被抓住后，我又捡起手杖，沿着小路散了会儿步，拐过两三个弯，我就到了托德庄园的侧门，那里距离与宅子同名的池塘最近。大概是两个小时以前，以现在的时间推算也就是7点钟。月色愈发的皎洁，我能看到神秘的池塘上，月光在湖上投下长长的白色纹影，水岸边是灰蒙蒙、油腻腻的泥地，据说我们的父辈曾在那里将女巫赶到水里，直到她们沉到湖底。我不记得传说的确切内容了，但你应该能明白我说的是哪里。它就在托德的宅邸北面，向着荒野，旁边有两棵干巴巴的怪树，阴森的样子不像是正常的植物，倒像是巨大的蘑菇。我盯着笼罩在雾中的池水，隐隐好像看到有个模糊的身影正从房子往水边走，但是从这么阴暗又遥远的地方很难看得真切，更别提观察什么细节了。此外，我的注意力很快又被近处的东西吸引住了。我俯身躲在围栏后面，那儿距离豪华别墅的一侧边房不超过200码，围栏上恰好有几处裂缝，似乎是特意为窥视准备的。房子左侧的黑影中有扇门开了，一个人影背对着屋内的灯光出现在门口——蒙着头，向前探出身子，显然在黑夜中张望着什么。身后的门倏然关上了，我看到那人手里提着一盏灯，摇曳的灯光照亮了持灯者的衣着与身形。似乎是个女人，披着破烂的斗篷，显然是为了掩人耳目。穿着这样一身烂衣服的人居然从一座金碧辉煌的豪宅里走出来，她鬼鬼祟祟的样子实在可疑。她小心翼翼地走过蜿蜒的花园小径，走到离我不足50码的地方，随即停下了脚步，站在草地上一处面向泥泞湖边的平台上，她将油灯举过头顶，故意前后晃了三晃，应该是在发信号。在她晃第二下的时候，火光一闪，映出了她的相貌，我认出了她。她脸色憔悴，头上包着模仿平民样式的披巾，但我能肯定那人是大富翁的女儿埃塔·托德。

“然后她又偷偷摸摸地折返回去，随手关上了门。我真想翻过围栏跟上去，但我突然意识到对侦破案件的狂热险些诱使我陷入有失尊严的境地。我有充分的理由，完全凭借官方身份展开调查。我正要转身离开，又一阵声音划破了夜空。楼上有一扇窗子被人推开了，但它在房子的另一面，从我这里看不到，有人冲着黑咕隆咚的花园大声喊话，可以清晰地听出，那是在询问福尔肯罗伊勋爵是否在院子里，因为宅子里的任何一个房间都不见他的踪影。绝对不会错，那是艾尔顿·托德本人的声音，我在各种政治论坛与董事大会上不止一次听到过他讲话。楼下有人打开窗子或是站到台阶上回话，说大约1小时前，福尔肯罗伊勋爵去朝圣者池塘散步，打那时起就再没见过他。接着便听托德喊着：‘要出人命了！’他猛然关上窗户。随后我又听到他冲下楼梯的脚步声。我最初的目的达到了，再加上他们展开了大范围的搜索，我尽快离开了现场，我回来的时候还不到8点钟。

“现在我请你再回想一下那一小段社会新闻，就是你觉得万分无聊的那条。如果逃犯并不打算朝托德开枪，这是显而易见的，那么他的目标就很可能是福尔肯罗伊勋爵，而且恐怕他已经做到了。那个池塘周边环境奇特，是个再方便不过的杀人场所，然后将尸体抛到水中，它就会在厚厚的淤泥中越陷越深，神不知鬼不觉。那么，我们就假设那名逃犯是来杀福尔肯罗伊的，不是托德。但是，正如我曾说过的那样，很多美国人有各种理由想杀托德。但不会有人想要谋害一位刚到美国不久的英国勋爵，除了社会杂志上提到的理由——勋爵在打富翁女儿的主意。抛开他不合身的衣服不谈，咱们的那位逃犯必定是个殷切的追求者。

“我知道我的见解你听不进去，甚至感到可笑，那是因为你是英国人。这对你来说，好比是坎特伯雷大主教[①]的女儿，要在汉诺威广场的圣乔治教堂，下嫁给一个处于假释期的马路清洁工。你没有公正地评价我们可敬的公民们奋发向上的劲头。见到一位灰白头发、身着礼服的绅士显出一副很有权势的样子，你就认为他是这国家的栋梁，并且幻想他是从父辈那里继承来的。大错特错。你不会知道，就在几年以前他还住在出租屋里或者（十分有可能）在蹲大狱。你没有考虑到我们这个国家里人们飞黄腾达的速度。很多受到我们敬重的公民都是最近才获得他们的地位的，甚至可以说是在他们的晚年了。托德的女儿满18岁时，她父亲才掘到第一桶金。因此她有个来自底层的追求者绝非荒谬，甚至有可能她也爱他，从她拿着灯给那人发信号这件事就能看出来。如此说来，提灯的手与持枪的手也并非没有联系。先生，这个案子准会轰动的。”

“既然这样，”教士耐心地问，“接下来你又干了什么？”

“我敢说一定会吓到你，”格雷伍德·厄舍回答说，“据我所知你对科学在这方面的发展不抱好感。我在这监狱里拥有不小的自由裁量权，甚至稍稍越界也无妨，而且我认为这是一个绝佳的机会，可以检验我向你提到过的心理测量仪。现在我确定，那机器可不会撒谎。”

“机器不会撒谎，”布朗神父说，“但它也不能说出实情。”

“这次它就说出实情了，我会说给你听的，”厄舍斩钉截铁地继续说道，“我让那个穿着不合身衣物的男人坐在舒服的椅子上，然后在黑板上

① 坎特伯雷大主教：英国国教中地位最高的神职人员。

随意地写下一些单词，仪器简单地记录下他脉搏的变化，我只是观察他的表现。测试的方法是将一个与案件有关联的词混进一组相近的词语中，整组词要显得自然。因此我写下了‘苍鹰’、‘老鹰’、‘猫头鹰’，就在我写出‘猎鹰’的时候，他的表现极为激动，而等我在‘猎鹰’后面又添了个‘r’时，仪器的读数达到了最大值。在这个国家里，除了凶手以外，还有谁会对福尔肯罗伊这位新来的英国人的名字有如此强烈的反应？[①]这不是最好的证据吗？一台可以信赖的机器提供的证据不比一群证人的七嘴八舌强吗？”

“你没想到的是，”他的同伴评论说，“可靠的机器总是要由不可靠的机器来操作的。”

“你这话什么意思？”侦探问。

“我说的是‘人’，”布朗神父说，“据我所知，人类是最不可信赖的机器。我不想无礼，不过我想，你不会将我所提到的‘人’理解成专指你是有意冒犯，或是用词不当。你说你在观察他的表现，但你凭什么认定你观察到的是正确的呢？你说的那些词语都有自然联系，但你能说你表达的方式是自然的吗？你在观察他，你又怎么知道他没有在观察你呢？谁又能证明你当时没有表现出不安的情绪呢？又没有机器在测量你的脉搏。”

“我告诉你，”美国人火冒三丈地大叫，“我那时冷静得很。”

“犯人也可以镇静自若，”布朗笑着说，“就像你一样。”

“可这家伙并不是那样的，”厄舍说着把报纸扔到一边，“哦，你真

---

① “猎鹰”一词的英文“Falcon”与福尔肯罗伊的英文“Falconroy”的前几个字母拼写相同。

够烦人的！”

“我很抱歉，”布朗神父说，“我只是指出最合理的可能性。在那个可能送他上绞架的词出现时，如果你能从他的表现中看出来，他为什么不能从你的表现中看出那个词是会要他命的？我不会仅凭只言片语就把人绞死。”

厄舍一拍桌子站了起来，愤怒中透着得意。

“没错，”他大声说，“我正要告诉你这些。我先用机器只是试探一下，为后面的工作做个准备，而且，先生，机器是正确的。”

他停顿了一下，冷静下来继续说。“说到这个，我要强调一下，到目前为止，除了那个科学实验以外，我不知道还能做什么。根本没有任何不利于他的证据。尽管他的衣服不合身，这我也说过了，但好歹他还有的穿，比他所处的那个阶层的其他人好多了。此外，虽然他跑过一片新犁的田地，又钻过满是尘土的树篱，沾了不少土，但是那人身上还挺干净。当然了，这说明他可能才从监狱里跑出来，但是这也使我想起了一些本来还算正直的穷人，只是走投无路，才孤注一掷。我得承认，他的举止表现与他们完全一样，同样的沉默而有尊严，心中同样埋藏着冤屈。他宣称自己对犯罪和整个事件一无所知。他只是表现得烦躁不安，似乎等着有人来帮他摆脱困境。他不止一次向我要求打个电话，他要找一位律师，那人在很久以前的一次贸易纠纷中帮过他，他的一举一动都装得像个无辜的人。除了记录下他脉搏变化的小指针，这世上再没有对他不利的证据了。”

“先生，机器通过了考验，它是对的。当时，我和他一起从单间走进前厅，在那里有形形色色的人物在等候接受测谎，就在这时，我想他应该或多或少下定决心，准备坦白一切，供认不讳了。他转过来，低声说：‘噢，我再也受不了了。如果你非要打探我的事——’”

“与此同时，一个可怜的女人突然从长凳上站起来，用手指着他大喊大叫，我从来没听过这么吓人的声音。她枯瘦的手指像小手枪一样指着他。尽管那声音已近于嚎叫，但每个音节还是像报时的钟声似的清晰可辨。”

“‘下药的戴维斯！’她高喊，‘他们抓到下药的戴维斯了！’”

“那群可怜的女人大多是小偷和妓女，其中有20个都转过脸来，又是欣喜又是愤恨地张大了嘴。即使我从没听过那个名字，我也能从所谓的奥斯卡·里安身上看出点端倪来，他吃惊不已，显然听到了自己的真名。你可能不了解，但我可没有那么无知。下药的戴维斯是困扰我们警方的最可恶最卑鄙的罪犯之一。在他杀害狱警之前，早就不止一次干过谋杀的勾当。很奇怪，他每一次被治罪都是因为更轻微的——或者说更卑鄙的——罪行，但其实他用的是同样的犯罪手法。他是个外表英俊，看似教养良好的畜生，某种程度上看来，现在依然如此。他经常去引诱酒吧女郎或者导购小姐，然后骗她们的钱。通常他做的不止这些，她们总是被下了药的香烟或者巧克力迷昏，财产就全部失踪了。然后还多了一宗女子被杀案，可是又侦查不出个结果，更关键的是，也找不到凶手。最近有传言说他又出现了，但是换了个身份，不再借钱而是放债，对象是那些被他迷惑的寡妇，结果依然是被他骗了。好了，这就是你所谓清白的人，这些就是他清白的过去。从那时起，已经有4个犯人，3名狱警指认他，并证实了这件事。现在你对我那可怜的小机器还有什么话说？不是机器识破了他吗？或者你宁可说是那女人和我识破了他？”

“你在他身上花的一番工夫，”布朗神父一边回答一边懒洋洋地站起来摇着头，“反而是把他从电椅上救了下来。我不认为他们能仅凭关于毒药的那些含混不清的老故事就处决下药的戴维斯，而那个杀害狱警的囚犯嘛，我想你显然没有抓到。不管怎么说，戴维斯先生没杀那个狱警，他是清白的。”

“你什么意思？”厄舍质疑道，“他怎么会是清白的？”

“哎，我的天哪！”小个子的声音里透出少有的激动，“为什么呢，因为他犯的是其他的罪！我不知道你们的人都是怎么想的。你们好像喜欢把所有的罪行都混为一谈。你说的就好像一个星期一还是吝啬鬼的人到了星期二竟会变得挥霍无度一样。你说过那个人曾经不惜耗费数周，甚至是数月的时间哄骗那些穷女人，不过是为了骗到少得可怜的一点儿钱，用点迷药算是好的，狠一些的时候还有可能下毒，然后他摇身一变成了最不入流的那类放债者，又拿出同样的耐心去蒙骗穷人。就算这是真的——为了避免争执，我们姑且这么认为，假设这些都是他干的。如果是这样，我会告诉你，哪些事不是他干的。他没有爬上带尖刺的高墙去袭击全副武装的狱警；他没有用手在墙上写字，招认自己的罪行；他没有辩解说自己是自卫；他没有解释说自己和狱警没有私仇；他没有指出他要持枪闯到哪一家富豪的宅邸；他没有沾着血写下自己名字的缩写。圣徒在上！你就看不出来吗？无论好坏，这根本就不是同一个人干的事。就像你和我没有一点儿相像之处一样。你就是不会承认自己的错误。”

瞠目结舌的美国人正要开口表示抗议，便听到有人粗暴地对他单间办公室的门又捶又打，这令他相当不快。

门开了。那一刻，格林伍德·厄舍正要做出布朗神父疯了的结论。那一刻，他已经感到自己被逼疯了。一个穿着破衣服的人闯进办公室，他那身打扮脏得不能再脏了，他头上斜扣着一顶油乎乎的扁帽子，一只眼睛上缀着一块绿色的镜片，两眼好似猛虎。脸上的其他部分根本无法辨认，都遮在乱蓬蓬的唇须与络腮胡子下面，只能勉强看见鼻子，剩下的地方用一块脏兮兮的红色围巾或是手帕裹了起来。厄舍先生自以为见过美国最邋遢的人，可他也认为自己还从没见过一个这样邋遢、狼狈不堪的野蛮人呢。而且不光如此，他也从没遇见过一个这样的人竟敢首先对他开口说话。

“看着我，厄舍你这个老东西，”裹着红围巾的人大喊，“我受够了。别再和我玩你那套捉迷藏的把戏了，我不想再被愚弄了。放了我的客人，我就不会再这么急躁了。你要敢多扣押他哪怕一小会儿，我就让你吃不了兜着走。我可不是个无足轻重的人。”

杰出的厄舍打量着那个大喊大叫的怪物，吃惊的情绪超过了其他一切感受。眼睛看到的景象太令人震惊，搅得耳朵都不好使了。最后他拼命地按传唤铃。伴着大作的铃声，传来了布朗神父柔和却清晰的声音。

“我有个想法，”他说，“但可能有些复杂。我不认识这位先生——但是——但是我认为我知道他是谁。而你呢，你认识他——你很熟悉他——但你不了解他——这很自然。我知道这话听起来很费解。”

“要我说，一切全都乱套了。”厄舍说着，跌坐在办公椅上。

“行了，你听着，”大呼小叫的陌生人拍着桌子，但他的语气更加神秘了，尽管还是很大声，可态度竟变得温和而理性了，“我不想找你的麻烦。我只想——”

“你到底是谁？”厄舍猛地站起来咆哮道。

“我想这位先生就是托德。”教士说。

然后他拿起了那份写社会名流的剪报。

“恐怕你没有好好读这份社会新闻，”他说着，开始用单调的语气读起报纸，“‘或许了解内情的还有城里某些社交名流，只是他们都三缄其口，没人知道他们光鲜亮丽的外表下隐藏着什么。也有传言说，这一次要着意模仿社会最底层的生活方式。’今晚在朝圣者池塘举办了一场盛大的贫民窟晚宴，而有个人，其中一位客人，失踪了。艾尔顿·托德先生是位负责任的主人，他一路追踪至此，都没来得及换下他参加化装舞会的服装。”

“你指的客人是哪一位？”

“就是穿着不合身的可笑服装跑过田野的那一位。难道你不该尽快去核实一下吗？恐怕他早就等不及回到宴会上去喝香槟酒了，他之所以匆忙跑出来，就是因为他看到有人拿着枪。”

“你是认真——”狱官说。

“厄舍先生，你想想看，”布朗神父平静地说，“你说机器不会犯错，从一方面来说，它确实没犯错。但另一台机器犯了错，就是操纵它的那台机器。那个穿着破衣烂衫的人对福尔肯罗伊勋爵这个名字有反应，因此你断定是他杀害了福尔肯罗伊勋爵。他对名字有反应，是因为他就是福尔肯罗伊勋爵。”

“该死，他怎么不说呢？”厄舍瞪着眼睛问道。

“他觉得自己的样子实在不成体统，”布朗神父回答说，“最初他打算隐姓埋名。但是等他想要告诉你的时候，”布朗神父低头看着他的靴子，“有个女人叫出了他的另外一个名字。”

“你不是疯了吧，你怎么会说，”格林伍德·厄舍脸色煞白地说，“福尔肯罗伊勋爵就是下药的戴维斯。”

神父真诚地望着他，脸上的表情高深莫测，使人捉摸不透。

“我没这么说，”他说，“我把其余的事情说清楚，你自己判断好了。你那张报纸上说，直到最近他家族的爵位才被恢复并由他继承，但这种小报通常是不可信的。它说他是在美国长大的，这整件事就很奇怪。戴维斯和福尔肯罗伊都是胆小怕事的人，当然了，这样的人多得是。不能为了这种事就把人绞死。但我想，”他继续柔和地往下讲，“我想你们美国人太谦虚了。你们对英国贵族的看法过于理想化——你们对所谓的贵族气质太过向往。你看到一位穿着晚礼服、相貌堂堂的英国人，你就认为他是来自上议院，是贵族出身。你不了解我们国家里人们飞黄腾达的速度。很多受到我们敬重的贵族都是最近才获得他们的地位的，而且——”

“好了，别说了！”格林伍德·厄舍大喊道，他看着神父讽刺的神情，不断地摆手。

“别跟这个疯子废话了！”托德粗鲁地大喊，“带我去见我的朋友。”

第二天早晨布朗神父又拿来一份八卦小报，脸上依然是一副平静的表情。

“我恐怕你没注意到最新的消息，”他说，“但这一段，你会有兴趣的。”

厄舍读了标题，《新把戏的游民聚会：朝圣者池塘的趣事》，文章内容如下：“昨天在威尔金森的车库外发生了一件可笑的事。一位执勤的警察注意到有个穿着囚服的恶棍大大咧咧地钻进一辆漂亮的潘哈德牌轿车，坐到驾驶座上，他身边还有个裹着破披肩的女子。警察上前盘查，女士摘下了披肩，她居然是富豪托德的女儿，她才参加过怪诞的贫民窟晚宴，刚离开池塘边的别墅，在那里的嘉宾们都穿着类似的便装。她和穿着囚服的先生正要像往常那样开车出去兜兜风。”

翻过小报，厄舍先生又看到一份更新的剪报，标题是：《富翁之女竟与囚犯一起逃跑，她组织了这次怪诞的晚宴。目前已经躲到——》

格雷伍德·厄舍先生抬起头，但布朗神父已经离开了。

恺撒的头像

在布朗普顿或是肯辛顿某处，有一条漫无尽头的大道，两旁全是高大的房屋，富丽堂皇但大都空无一人，仿佛一排排的坟墓。通向阴暗大门的石阶像金字塔的侧面一样陡斜。上前叩门的人可能还得犹豫一下，生怕来开门的会是具木乃伊。更令人压抑的是，这些灰蒙蒙的建筑物似乎延绵不绝，一眼望不到头。外地人走在路上，会疑心自己永远也无法走到尽头或是碰到个转弯，但是且慢，那边有一个例外——一个非常小的例外，但足以令人雀跃了。两栋高大的宅邸中间，夹着个小马棚似的建筑，和整条街一比，也就算是门上的一道缝，只能说是家矮小的酒铺或者饭铺，档次刚够富人家的马夫落脚。但是这寒酸的地方却透出欢乐，尽管毫不起眼，却显得自由自在，古灵精怪，宛如一群灰石巨人脚下亮着灯光的矮人小屋。

倘若有人在一个秋夜路过此地，这件事本身就够虚幻的了，可他还可能看到红色窗帘（玻璃上面写着白色的大字）遮掩的窗子，有只手拨开窗帘，一张脸向外张望，样子就像是天真的哥布林[1]。实际上，那个纯真朴

---

① 哥布林：一种源自民间传说的生物，常见于奇幻故事中，个子矮小，样貌丑陋，生性狡猾，喜欢搞恶作剧。

实的人叫布朗，他曾在埃塞克斯的科霍尔担任神父，目前在伦敦工作。他的朋友弗朗博，是名半官方的侦探，他刚了结了附近的一桩案子，正坐在神父对面整理笔记。他们坐在一张紧挨着窗户的小桌旁。教士拉开窗帘向外望着，直等到街上那陌生人走过窗前才放下窗帘。接着，他圆溜溜的眼睛转向头顶窗子上的白色字母，接着又瞟了眼邻桌。那边坐着一个工人，面前摆着啤酒和奶酪。还有一个红头发的年轻姑娘，手里握着杯牛奶。过了一会儿（看见他的朋友把笔记本收好），神父低声说："你要是有个十来分钟的话，我希望你能去跟着那个戴假鼻子的人。"

弗朗博吃惊地抬起头，那个红发姑娘也抬起头，但她的神情就远不止是惊讶了。她穿着浅棕色的粗布服装，样式简单，甚至有点过于随意，但她是个贵族小姐，而且细看之下，有点盛气凌人。"戴假鼻子的人！"弗朗博重复道，"他是谁？"

"我还不清楚，"神父回答，"我想要你去查一查，算是帮我个忙。他往那边去了，"接着用拇指向肩后做了个不易察觉的动作，"距离不超过3根灯柱。我只想知道他往哪个方向去了。"

弗朗博盯着他的朋友看了片刻，表情说不清是困惑还是觉得可笑，之后才起身离席。他巨大的身形挤出矮人酒馆的小门，接着便融入了暝暝的暮色之中。

布朗神父从口袋中掏出本小书，安安稳稳地读了起来。红发女士离开她的位子，坐到了他对面，可他假装没注意。最后，她只好探过身子，小声却又气势逼人地说："你为什么要那样说？你怎么知道鼻子是假的？"

他撑起沉重的眼皮，尴尬地眨巴着。然后他犹疑的眼神又飘向酒馆玻璃上的白色字母。年轻姑娘的眼神跟随着，也停留在字母上，但还是困惑不解。

“不对，”布朗神父回答了她的疑虑，“不是‘Sela’[①]，与《圣经》诗篇没有关系，我刚才没太在意，才会那样理解，应该是‘Ales’[②]。”

“什么？”姑娘瞪大了眼睛问。“上面写些什么有关系吗？”

他思索着，眼光转到了姑娘浅色的帆布套袖上。手腕处，一圈纹路很浅的艺术图案显示出来，这不是普通妇女的工作服，倒像是一件进修艺术的女士的工作服。他似乎找到了很多值得思考的细节，但他的答复缓慢迟疑。“女士，你知道，”他说，“从外面看这地方——可以说是个不错的去处——但是像你这样的女士一般不会——不会这么想。你们从不会主动走进这样的地方，除非——”

“除非什么？”她再次问道。

“除非个别心里有事的人，他们不是来喝牛奶，而是另有所图。”

“你真有意思，”年轻的女士说，“说这些做什么用呢？”

“我不想给你添麻烦，”他颇有风度地回答，“只是为了做好准备，以防你需要的时候我能帮你一把。”

“可我为什么需要帮助呢？”

他继续着他那梦呓般的独白。“你来这里不是要约见女门徒，或是身份卑微的朋友，否则你会选择雅座……你也不会是身体不适，不然你就会

---

① Sela：士拉，以东的首都，以东是位于死海之南的古代西南亚王国或其地区。

② Ales：麦芽酒。

找店里的女主人求助，显然她比较可靠……另外你看着不像是身体不舒服，只是心情不好……这条街笔直笔直的，没有一处拐弯，两侧的房子都门窗紧闭……我只能推测，你是遇到了不想见的人。在这一片巨石建筑里，你只有这个小酒馆能进来避一避……我仔细观察了刚才走过去的那个人，我想我这么做并不过分……而且，我觉得他是坏人……而你应该是好人……我已经做好了准备，如果他胆敢纠缠你，我一定会出手相助，我要说的就这些。我的朋友很快就会回来，他那样笨手笨脚地在街上晃荡，一定不会有什么收获的……我想他是不会有的。”

“那你为什么还派他去？”她大声说，显得更加好奇了。她的表情鲁莽自负，脸上泛着红光，那副高鼻梁仿佛玛丽·安托瓦内特[①]的鼻子。

他头一次直视着她，然后说：“因为我希望给你创造找我说话的机会。”

她看了他一会儿，脸上浮现的红晕中带着一丝愠怒。不过，尽管她内心有些不安，但眼中与嘴角随即又流露出了笑意，她冷冷地回答道：“好吧，要是你这么想和我聊天，也许你会回答我的问题。”她停顿了一下，补充说：“我能否有幸问问，你怎么看出那人的鼻子是假的？”

“在这种天气里，蜡质的东西很容易沾上露水。”布朗神父简洁地回答说。

“但是怎么会有人戴着这么个歪鼻子？”红发姑娘反驳道。

轮到教士答话时，他笑了起来。“戴这么难看的鼻子，倒不是为了扮

① 玛丽·安托瓦内特：法王路易十六的王后。

靓，”他承认，“我想，那个人戴上它，恰恰是因为他自己的鼻子太漂亮了。”

“那又何苦呢？”她追问道。

“你听这像不像一首童谣？”布朗一副心不在焉的样子。“有个歪歪扭扭的人走过歪歪扭扭的路……我想那人跟着他的鼻子也走了歪路了。”

“什么意思，他干了什么？”她有些害怕地问。

“我不想强迫你对我有丝毫的信任，”布朗神父非常平静地说，“但我认为，你比我知道得更多。”

姑娘突然跳了起来，安静地站在那里，但双拳紧握，一副恨不能马上走开的样子，然后她慢慢松开手，又坐了下来。“你比任何人都神秘莫测，”她如释重负地说，“但我能感觉到，你不仅神秘，还挺有同情心的。”

“我们最害怕的，”教士低声说，“是在精神上茫然无助。因此，无神论只是一场噩梦。”

“虽然我说不清为什么会信任你，”红发姑娘下定了决心，“但我还是会把这一切都告诉你。”

她手里摆弄着编织的桌布，继续说：“你应该能分清什么是势利，什么不是。要是我说自己出身世家，你该明白我必须这样说，不然就说不清楚。其实，我害怕的主要是我兄弟不可救药的老观念，什么位高任重之类的。我叫克里斯特贝尔·卡斯泰尔斯，或许你听说过我父亲卡斯泰尔斯上校，他是出了名的罗马硬币收藏家。我没法跟你说他，唯一能说的就是，他本身就像一枚罗马硬币，一样的外表精致，一样的货真价实，一样的价值连城，但同时又一样的铁石心肠，一样的陈旧过时。他对自己的收藏比对自己家的盾形徽章还要得意——简直是无出其右了。你要看到他的遗嘱，他的特立独行就表现得更明显了。他有两个儿子，一个女儿。他和我兄弟贾尔斯吵过一架，然后就把他赶到了澳大利亚，只给了他一小笔钱。这之后，他立下遗嘱，把卡斯泰尔斯家的收藏连同另一笔更少的钱留给了我另一个兄弟亚瑟。他把这当作一种奖赏，当作是给予亚瑟的最高荣誉，以此嘉奖亚瑟的忠诚与正直，以及他在剑桥求学期间在数学和经济学上的优异成绩。他把他的巨额财产大都留给了我，我知道他蔑视钱财，所以才留给了我。

“这么安排，你可能会觉得亚瑟一定会怨天怨地，但他简直就像是我父亲又活过来了一般。尽管年轻时他与我父亲有些分歧，可接手收藏后，他就像一个异教教士投入了他的圣殿。他将那些罗马小硬币与卡斯泰尔斯家族的荣誉相提并论，那股固执、盲目崇拜劲儿跟我父亲一模一样，好像罗马式的硬币必须用罗马式的美德来捍卫似的。他没有别的嗜好，从不在自己身上花钱，他只为收藏而活。平时，他也不会为他的便餐更衣打扮，总是穿一件老旧的棕色睡衣，在那堆扎得紧紧的棕纸包中间走来走去，任谁想碰一下都不行。睡衣上的系带与流苏配上他苍白清瘦、温文尔雅的面孔，简直是位老苦行僧。时不时地，他也会打扮成一位时髦的绅士，但只限一种情况，那就是要去伦敦的拍卖场或者店铺为卡斯泰尔斯家的收藏再添上一笔。

“要是你了解年轻人的话，现在你就不会奇怪我对这一切有多么讨厌。我讨厌那些人对古罗马人的闻必称是。我不像我兄弟亚瑟，我无法放弃追求享乐。我的浪漫天性以及一些不值一提的小处，包括一头红发，都遗传自我的母亲。可怜的贾尔斯也一样，我认为硬币的影响倒算是他会那样的一个理由，虽然他确实做错了事，差点就进了监狱。但他也没有犯下我这样的大错，我马上讲给你听。

“这就是我要说的整件事里最荒唐的部分了。我想，你这么聪明，肯定能猜出，像我这样一个不安分的17岁女孩，生活在一个如此单调乏味的地方，到底什么样的事情才能让我轻松一些吧。但我总被一些更可怕的事情困扰着，不知道自己到底想怎样，说不清该恨自己因轻佻种下苦果，还是活该忍受心碎的感觉。那时我家住在南威尔士的海滨度假区，隔几户人家的房子里住着一位退了休的船长，他有一个比我大5岁的儿子。贾尔斯去澳大利亚前，他们经常来往。他叫什么名字无关紧要，但我既然打算把一切都告诉你，说出来也无妨，他叫菲利普·霍克。我们常一起去捕虾，而且觉得我们都爱着对方，至少他说过他爱我，而我也觉得我爱他。他有一头古铜色的卷发，还有一副鹰一样的面孔，也在海边晒成了古铜色。我向你保证，我告诉你这些不是为了赞美他，而是这些都跟这件事有关系，那场离奇的巧合就是由此而来的。

“夏天的一个午后，我和菲利普约好去沙滩上捕虾，我在前厅不耐烦地等着，亚瑟正在把新买来的几包硬币抱进他昏暗的书房兼博物馆里，一次一两包。当他终于关上厚重的大门时，我匆忙抓起捕虾网，戴上便帽就要溜出去。就在这时，我看到他落下的一枚硬币正在窗户前面的长凳上闪闪发光。那是一枚铜币，上面有恺撒的头像，那色泽，那带弯的罗马式鼻子，那又瘦又长的脖子，简直就是菲利普·霍克的翻版。我突然记起，贾尔斯曾经说过，有一枚硬币很像菲利普，而菲利普也很想得到它。也许你能理解我当时脑子里那种又疯又蠢的想法，我觉得那简直是仙女送给我的礼物。那时我觉得，要是能拿着它跑去送给菲利普该多好啊，它可以作为类似结婚戒指那样的信物，可以让我们永远联系在一起，我一时间思绪万千。然而从内心深处，我为自己所做的事感到害怕，更重要的是，一想到亚瑟对这件事的反应，我就像挨到红烙铁一样倍感煎熬。卡斯泰尔斯家的贼，偷窃卡斯泰尔斯家宝物的贼！我相信我兄弟恨不得马上让我像女巫一样被烧死。但很快，这种臆想的残酷情景激发了我对他的憎恨，我恨他整天泡在古物堆里。而我渴望回应来自大海的呼唤，那里充满了青春与自由。外面阳光炽烈，花园里有棵黄色的金雀花在微风吹动下敲击着窗户。我想到，那些生机勃勃的金色花朵正从世界的每一个角落呼唤着我——而我兄弟那死气沉沉的金币、银币、铜币随着岁月的推移终将蒙上厚厚的灰尘。一边是我的本性，一边是卡斯泰尔斯家族的收藏，我在中间苦苦挣扎。

“人的本性远比卡斯泰尔斯家的收藏古老，于是本性成了最后的胜利者。我一路跑向大海，手中攥着那枚硬币，我感到整个罗马帝国与卡斯泰尔斯家的家世血统都压在我身上。不只是我家那头老雄狮在我耳中咆哮，恺撒也放出了所有的老鹰，全都扑扇着翅膀，一边尖厉地嘶鸣，一边追逐着我。我的心像小孩子放的风筝一样越升越高，直到我翻过起伏的干燥沙丘，来到平坦而潮湿的沙滩上。就在几百码以外的海中，菲利普已经站在波光粼粼的潮水中了。红色的夕阳壮美绚丽，大片的水域刚刚没过脚踝，而夕阳的倒影足有半英里远，仿佛一座湖泊，红宝石般鲜艳。我甩掉鞋袜，向他走去。在水里走了很远之后，我才朝四周看了看。在海水与沙滩的环绕之中，只有我们两人，我把带有恺撒头像的硬币交给了他。

“就在一瞬间，我被一股直觉吓到了：有个人从远处的沙丘上目不转睛地盯着我。我很快就冷静下来，知道自己是紧张过度了。从那么远的地方看过去，只能看到一个小黑点，我只能看出他站在那里，略略偏过头在观望而已，根本不能认定他是在看我。他也许在看轮船，或者夕阳，或者海鸥，甚至可能是海岸上闲逛的任何一个人。然而，我才摆脱掉的胡思乱想却成了现实。我看见他大步流星地径直穿过宽阔潮湿的沙滩，朝我们走来。随着他越走越近，我看清了他的长相，皮肤黝黑，蓄着胡子，戴着墨镜。他一身黑色打扮，从头上老式的黑色礼帽，到脚下结实的黑色鞋子，老旧但还算体面。他不管不顾地直接走进海里，没有一丝犹豫，像一颗子弹般直射过来。

“我实在无法向你形容我当时的恐惧与惊奇，他就那样一声不吭地闯到海里。就像是径直踏出悬崖边，却仍在空中稳稳前行。那感觉好像看到房子飘到天上，或者人头落到地下一样。他只沾湿了鞋子，那样子仿佛一只无视自然法则的恶魔。就算他曾在下水前有过一点点的犹豫，那也没有什么。他的注意力完全在我身上，根本就没把大海放在眼里。菲利普当时在几码以外，背对着我，正在俯身放网。陌生人一直走到离我不足两码的地方，海水就要漫到他的膝盖了。接着，他开口说话了，声音明显是经过修饰的，完全是在装腔作势：‘如果我想从你这里取走一枚带有特别铭文的硬币，不知会不会给你添麻烦？’

“除一点以外，他的样子没有任何反常之处。他的墨镜并非完全不透明的，而是很常见的那种蓝色，可以看到镜片后的眼睛一动不动，直勾勾地盯着我。他的黑胡子既不长，也不杂乱——但还是一副毛发浓密的模样，因为他的胡子与脸颊的鬓角连在了一起。他的脸色既不是土黄色，也不是铅灰色，而是恰恰相反，显得十分干净、年轻，可他红润的面色却是蜡像一般（我不知道为什么），反倒更显得恐怖。唯一奇怪的地方就是他的鼻子，形状很漂亮，可就是鼻头有些歪，似乎是有人在它还没成型的时候，用小锤子从边上敲了一下。这点小毛病甚至算不上是畸形，可我无法向你描述这对我来说是怎样一个活生生的梦魇。他站在被夕阳染红的水中，在我眼里就像是从血海中咆哮而出的地狱海怪。我不清楚为什么那鼻子引发了我这么多的胡思乱想。我感觉他的鼻子看起来似乎能像手指一样活动。而且刚刚就动过。‘一点儿小小的资助，’他用同样古怪生硬的腔调继续说，‘就可以避免我向你的家人提及这件事。’

“我猛然惊觉，我因为偷拿硬币的事被勒索了，然而在我感到恐惧与疑虑的同时，心中又产生了一个强烈又实际的疑问。他是怎么知道的？我偷东西只是一时起意，我完全是独自一人。每次这样溜出来见菲利普时，我都要确认没有人看到。我在街上也没有被人跟踪，至少表面上看是这样的；就算有人跟着我，他们难道用X光透视出了我手中攥着的硬币？站在沙丘上的人也不可能看见我给了菲利普什么东西，除非他是童话中的人物，能射中苍蝇的一只眼睛。”

“‘菲利普，’我无助地喊道，‘去问问那人到底想干什么。’”

“菲利普抬起头，不再补他的网了，他涨红了脸，不知是生气还是难为情，也许只是一直弯着腰憋红的，或者是给夕阳映红的，又或者，这只是在我眼前舞动的又一个病态的幻象。他只是对那人生硬地说：‘你离她远点儿。’然后就示意我跟着他，蹚水走向岸边，再也没多瞧那人一眼。他一踏上从沙丘脚下延伸出来的石筑防波堤，便急着往回跑，可能他认为不速之客在这些粗糙的石头上跑不快，毕竟这些石头被海草搞得又湿又滑，而我们要比他年轻，也早就习惯了。可是我的冤家对头走起来和讲话一样考究。他仍然跟着我，边选择脚下的路边选择措辞。我听到他柔和又恶心的声音从身后传来，终于，在我们到达沙丘顶上时，菲利普的忍耐达到了极限（这种情况从来没有这么明显过）。他突然转过身，说：‘滚回去。我现在没工夫搭理你。’那人犹豫了一下，刚要开口，菲利普用力一击打在他嘴上，他从丘顶直落到了坡底。我看见他从下面的沙堆中爬了出来。

“这一下我心里舒服多了，不过也可能会给我惹来更多的麻烦，而菲利普也没有为自己的英勇行为洋洋得意。尽管他还像平常一样充满温情，但似乎还是有些情绪低落。我还没来得及问他怎么回事，他就在自家门前与我告别了。临别前，他的表现有些反常。他说，按理说我应该把硬币还回去，但他想‘暂时’留下它。随后他突然转变了话题，补充说：‘你知道吗？贾尔斯从澳大利亚回来了。’

酒馆的大门开了，侦探弗朗博高大的影子落在桌上。布朗神父把他介绍给了女士，接着以他那种轻描淡写却很有说服力的口气，提到弗朗博了解这类案件并愿意出手相助。几乎在不经意间，姑娘很快又向两位听众把她经历过的事情又描述了一遍。弗朗博俯身坐下，同时递给教士一张小纸条。布朗惊奇地接过来读了一下：“乘出租车去了帕特尼的马弗京大街

379号沃加沃加大楼。”姑娘则继续讲述她的经历。

“我头晕脑涨地走在回家的斜路上，等我走到门阶前时，才稍稍感觉有些清醒过来，我看见门口放着个牛奶罐——歪鼻子男人也在那里。牛奶罐放在那里，说明仆人们都不在家，而亚瑟一定正穿着棕色的睡衣，躲在他棕色的书房里欣赏他那些收藏呢，他才听不见什么门铃声。家里没人能帮我，只有我兄弟在家，但他要知道了这事，我就完了。我在绝望中塞给他两个先令，并且告诉他过几天再来，容我再想想。他闷闷不乐地走了，然而他还是比我预想的温顺多了——也许他摔下去的时候给吓到了——我望着他的背影，看他背上的沙子簌簌地落在地上，心里满是复仇的快意。他走过了6栋房子后，才消失在拐弯处。

“然后我走进屋，给自己泡了杯茶，想要理出个头绪。我坐在前厅的窗前，看着花园映在最后一点霞光之中。但我着实心烦意乱，又晕头转向，根本无心去欣赏草坪、盆栽与花坛。因此，当我无意间看到那个人影时，我可真吓坏了。

“我才打发走的那个人或是怪物就站在花园正中，一动不动。我们都读过不少关于黑暗中苍白的幽灵的故事，但眼前这个比那些更可怕。因为，尽管在夕阳下，他身后拖着长长的影子，可他毕竟是站在温暖的阳光下。而他的面孔也不苍白，只是脸色像理发店展示发型用的蜡质假人一样。他纹丝不动地站在那里面向着我，而我简直无法形容那可怕的一幕，他就站在郁金香丛中，站在那些高大、俗艳，像是来自温室的花朵之间，似乎我们花园中央立的不是石像，而是蜡像。

“就在他看见我在窗内走动的那一刻，他转身跑出了花园后门，那门一直敞着，毫无疑问，他就是从那里进来的。他居然也有胆怯的一面，这与他冒冒失失闯进海里时的表现简直判若两人，我不禁感到一丝安慰。我猜想他是不敢面对亚瑟，所以比我所预想的还要胆怯。不管怎么说，我的心算是放下了，自己一个人安安静静地吃了晚餐（在亚瑟整理他的博物馆时绝对不能打搅他，这是规矩），而我一心想着菲利普，想得浑然忘我。我眼神空洞地望着一扇窗子，可心里相当快活，那窗子并没拉帘，夜幕终于完全降了下来，外面黑洞洞的。我看见窗户外面似乎有只蜗牛。可等我睁大眼睛再仔细一看，那更像是人的拇指按在窗户上，它弯曲的样子就和人的拇指一样。我心生恐惧但又鼓起勇气冲向窗户，但随即又缩了回来，并且发出了就要窒息的惊叫，任何人都应该能听到，除了亚瑟。”

“因为那不是拇指，更不是什么蜗牛。那是一个歪鼻头，正顶在玻璃上，它被压得惨白，其后的面孔与眼睛起初还看不到，后来便显出幽灵般的灰色轮廓来。我赶忙合紧了百叶窗，跑上楼，回到我的房间，反锁上门。但我发誓，就在我经过另一扇黑黑的窗子时，我又看到了那个蜗牛一样的东西。”

“顾不得那么多了，最好快去找亚瑟。如果那家伙像只猫一样围着房子乱转，恐怕它就不只是来勒索的。我的兄弟也许会把我赶出家门，甚至诅咒我一辈子，但他是个绅士，一定会站出来保护我的。经过10分钟的思前想后，我跑下楼，敲了几下就推门而入，结果看到了最后，也是最糟糕的景象。

“我兄弟的椅子空空如也，很明显他不在家。而那个歪鼻子的人却坐在那里等他回来，他的帽子依然斜戴在头上，他正在灯下读我兄弟的藏书。他的表情悠然自得又专心致志，但他的鼻头似乎是脸上最活跃的部分，好像和大象的鼻子一样能从左边甩到右边。我原以为他在追赶与监视我的时候已经够恶毒了，但他这样对我视而不见反而更让我感到害怕。

“我记得我的尖叫声又响又长，但这不重要。我接下来的行动才是问题所在：我把我所有的钱都给了他，还包括一大笔有价证券，尽管名义上是属于我的，但我还是觉得自己没有权力支配。他终于走了，走前还做了冗长可憎的道歉，根本是得了便宜卖乖。我坐下来，感到一切全完了。就在那天晚上，纯粹偶然发生的一件事救了我。亚瑟突然跑去伦敦买便宜货，他经常这样，他回来得很晚，却兴高采烈，他几乎已经确定又将获得一件珍品，给家族的收藏增添光彩。他是如此的光彩照人，我几乎就要鼓起勇气向他坦白自己偷拿了一件看起来不那么重要的藏品——但他一讲起他空前绝后的计划就滔滔不绝，容不得别人插话。因为他的交易随时可能出现变故，他坚持要我收拾行李跟他搬到富勒姆去，那边离他要去的古董店非常近，他已经在那里租好了房子。虽然并不心甘情愿，但我还是借此机会连夜逃离了我的敌人——也远离了菲利普……我的兄弟常去南肯辛顿博物馆，为了填补生活的空虚，我报名参加了艺术学校的课程。今晚我下课回来，就见到那个可憎之物走在长街上，其余的这位绅士都说过了。”

“我只有一件事要说。我不配得到帮助，也不敢质疑或者抱怨我受的惩罚，那是我罪有应得。但我仍旧想知道，这一切是怎么发生的，我想得头都要裂开了。我的遭遇都是奇迹吗？除了菲利普和我以外，怎么会有人知道我在海中将一枚小小的硬币交给了他？”

“这真是非同寻常的难题。”弗朗博承认说。

“答案更不寻常，”布朗神父沉着脸评论说，“卡斯泰尔斯小姐，我们过1个半小时会去你在富勒姆的家，你能在家等我们吗？”

姑娘看了看他，起身戴好手套。“行，”她说，“我会等你们的。”随即便离开了。

那天晚上，侦探与教士边走边谈这件事，很快就来到了位于富勒姆的房子前，虽然卡斯泰尔斯家只是来暂住，可那寓所确实太寒酸了。

“表面上看，”弗朗博说，“我们很自然地会想到从澳大利亚来的兄弟，他在这里惹过麻烦，这次回来得又那么突然，而且他还可能有同谋。但我猜不出他是怎么搅进来的，除非……”

“除非什么？”他的同伴耐心地问。

弗朗博压低了声音。“除非姑娘的心上人也参与进来了，那他可真是坏透了。澳大利亚来的小子早就知道霍克想要硬币。但我搞不懂他是怎么知道霍克已经得到了它，除非霍克向他或者他在海岸上的同伙发了信号。”

“说得有道理。”教士赞同道。

“你有没有注意到另外一件事？”弗朗博急切地继续说，“霍克一路上都听任他的爱人受欺侮，却一直等他们到了松软的沙丘上才动手，在那里他既可以击败对方，又不会对他造成多大伤害。如果他在海上，在礁石间动手，他也许会伤到同伴。”

“这也没错。”布朗神父边说边点头。

“现在，我们再从头梳理一下这件事。这件事牵涉的人不多，但不会少于三个人。自杀需要一个人，谋杀需要两个，但是勒索至少要三个人。”

“为什么？”教士轻声问。

“哦，很明显，”他的朋友大声说，“必须有一个人要被揭发，一个人威胁要去揭发，还要至少有一个人是被揭发者所惧怕的。”

教士仿佛又反复琢磨了一下这话的意思，然后他说：“你的逻辑分析遗漏了一点。理论上需要三个人。但是实施起来只需要两个人。”

“这话怎么说？”另一位问。

“勒索者为什么不能，”布朗低声问，“独自恐吓受害人呢？假定有一位太太极力反对丈夫饮酒，吓得她丈夫对自己时常流连于酒吧的事遮遮掩掩，于是她又改换笔迹写勒索信给他，威胁说要向他的太太告发！难道不能这样做吗？假定有一位父亲禁止儿子去赌博，然后乔装打扮跟踪他，并且用假扮出来的父亲式的严苛威胁那孩子！假定——噢，咱们到了，我的朋友。”

“我的天哪！”弗朗博大叫，“你是说——”

有个人影走下屋前的门阶，金色的路灯光映出他的模样，真的酷似罗马硬币上的头像。霍克免去了客套话，直接说：“卡斯泰尔斯小姐非要等你们来了才肯进去。”

“好吧，”布朗神父自信地评论道，“你不觉得等在外面，有你照看她，对她来说是最好的选择吗？你看，我估计你已经猜到了。”

“是的，”年轻人小声说，“在沙滩上我就猜到了，现在我已经确信了，因此我才把他打倒在松软的地方。”

弗朗博从姑娘手中接过大门钥匙，又接过霍克的硬币，和他的朋友一起走进空荡荡的房子，穿过大厅外侧。屋里只有一位住客。布朗神父曾见到那人从酒馆前走过，此刻他正靠墙站着，似乎已经走投无路，其余装束都未变，只不过脱下了黑色的大衣，换上了棕色的睡衣。

“我们来这里，”布朗神父彬彬有礼地说，“是为了将这枚硬币物归原主。”接着，他把那枚硬币递给了戴着假鼻子的人。

弗朗博眼珠一转。“他是个硬币收藏家？”他问。

“这位就是亚瑟·卡斯泰尔斯先生，”教士肯定地说，“他专门收集某一个品种的硬币。”

那人脸色骤变，他的歪鼻子在脸上凸显出来，与其他部位完全不协调，样子很是好笑。他开口讲话了，绝望中保留着最后一丝尊严。“那么，你应该知道，”他说，“我还没到家传尽失的地步。”之后他倏然转身，大步走进里间，重重地关上了屋门。

“拦住他！”布朗神父大喊着跳起来，差点被椅子绊倒，弗朗博猛拽两下，打开了门。但是已经迟了。弗朗博一言不发地快步走过房间，去给医生和警察打电话。

一个空药瓶掉在地上。桌子那边是个穿棕色睡衣的人，躺在他那堆破裂的棕色纸袋中间，其中漏出来的全都不是罗马硬币，而是现代的英国硬币。

教士捡起了铜质的恺撒硬币。“这个，”他说，“是仅存的卡斯泰尔斯家的收藏品。”

停顿了片刻，他以异常轻柔的语调继续说：“他可恶的父亲留下了一份残忍的遗嘱，你们也看到了，他对这遗嘱也有些愤恨。他憎恨自己手中的罗马硬币，越来越渴望得到真正的金钱。他不仅仅一点一点地卖掉了收藏，而且在求财的邪门歪道上越走越远——甚至不惜乔装改扮勒索自己的家人。他为了一桩陈年旧案勒索他从澳大利亚归来的兄弟（这就是他乘车去帕特尼的沃加沃加大楼的原因），他还勒索他的妹妹，只因为一次只有他能发现的偷窃。顺便说一句，就因为如此，他在远处的沙丘上出现时，才引发了他妹妹离奇的臆想。不管距离多远，熟悉的身材与走路方式都能帮助我们认出某人，要是在近处，又有一张精心装饰过的脸，那就不好认了。”

又是一阵寂静。“看来，”侦探抱怨道，“这位有名的硬币鉴赏家与收藏家不过是个粗俗的守财奴。”

“这两者有很大区别吗？”布朗神父用同样轻柔平淡的语调问，“守财奴和收藏家难道不是同样会走火入魔吗？他们其实也没什么大错，只是忘了……不可为自己雕刻偶像，不可跪拜那些像，也不可侍奉它，因为我[1]……算啦，我们还是去看看那对可怜的年轻人怎么样了吧。”

“我想，”弗朗博说，“尽管发生了这么多事，他们现在相处得多半还算融洽。”

---

① 这两句引自《出埃及记》。

紫色假发

爱德华·纳特先生是《革新日报》一位工作勤勉的编辑。他正坐在办公桌前，伴着清脆的打字机声，一边拆信件，一边校对稿子，打字机一边是一位精力旺盛的年轻女士。

他的身体略微发福，皮肤白皙，只穿着衬衫。他动作利落，语气坚定，不容辩驳，但他那对圆溜溜的、相当稚气的蓝眼睛却总显出困惑甚至忧郁，与他的行为举止截然相反。其实，这样的神情并不全是误导。与其他担负重任的新闻业者一样，他平常的神色总是惶惶不可终日，害怕被控诽谤，害怕失去广告赞助，害怕印刷错误，也害怕丢了工作。

这份报纸的老板（也是纳特的老板）是个门外汉，他的头脑中存在着一些根深蒂固的错误观念，他亲自聘用了一群聪明能干的员工，其中一些不仅才华横溢，而且经验丰富，但（很糟糕的是）他们却热衷于主导报纸的政治方向。纳特需要不断地调和老板与这些员工之间的矛盾，寻找折中方案，这令他头痛不已。

此刻摆在他眼前的信件就是一位聪明能干的记者写给他的，他一向行事果断利落，现在却犹豫要不要打开信。他把信放到一边，接着拿起一份校稿，用他的蓝眼睛浏览起来，又用一支蓝色的铅笔勾勾画画，划掉“通奸行为”，换成“不当行为”，划掉“犹太人”，换成“外乡人”，然后摇摇铃铛，叫人把它送到楼上。

此后，他疑虑重重地撕开了信封。信是一位重要的撰稿人写的，上面盖着德文郡的邮戳，内容如下：

亲爱的纳特，——我知道你同时在做《奇人怪事》的栏目，不知道你对埃克斯穆尔的艾尔斯家的蹊跷事有没有兴趣；或者按老太婆们的说法，就是艾尔斯的魔耳？你知道，那个家族的首领是埃克斯穆尔的公爵，他是个古板的保守党贵族，现在这样的人已经很少了，这样的老暴君正适合咱们拿来做文章。而且我想我已经找到了线索，能追查到一个会引起轰动的故事。

我当然不相信关于詹姆斯一世①的传说，至于你嘛，你连新闻报道都信不过，这种事就更甭提了。你可能还记得那个传说，那是英国历史上最丑恶的一页——弗朗西斯·霍华德那个恶毒的妇人毒死了奥弗伯里，但国王出于莫名的恐惧赦免了凶手②。据传这事和巫术脱不了干系；还有人说，

---

① 詹姆斯一世：苏格兰女王玛丽·斯图亚特之子，于1567年继承苏格兰王位，称詹姆斯六世，于1603年成为英格兰女王伊丽莎白一世的继承人并继承英格兰王位，自封为大不列颠国王，称詹姆斯一世。

② 托马斯·奥弗伯里是一位诗人，并且是詹姆斯一世的宠臣罗伯特·凯尔的好友。他反对凯尔与弗朗西斯·霍华德偷情，并写了一首诗暗讽弗朗西斯不守妇德。詹姆斯一世素来不满奥弗伯里对凯尔的影响，借机任命他为驻俄国大使，遭到他的拒绝。詹姆斯一世盛怒之下将奥弗伯里囚禁到伦敦塔中，奥弗伯里被人下毒死于狱中。国王为了洗清自己的嫌疑，派人审理此事，最终凯尔与弗朗西斯认罪。但詹姆斯一世依照私下的约定赦免了他们。

有个仆人通过钥匙孔听到了国王与凯尔的谈话，了解到了内情。这秘密实在是可怕，他听了以后，那只耳朵就像被施了魔法一样变得又大又丑。事后，尽管他得到了土地、金钱还有世袭的爵位，但是精灵般的尖耳朵仍旧不时在家族中出现。还好，你不信那些黑魔法，要不然你就不敢用这篇稿件了。要是你的办公室里出现什么神迹，你最好也不要声张，现在的主教们尽是些不可知论者[①]。但这不是重点。重点是埃克斯穆尔与他的家族确实有些古怪。我敢说，有些事虽然很自然，但并不怎么正常。而且，我猜在这件事中，耳朵不过是种象征或者幻觉，抑或是场疾病或者其他什么的。还有一种传言说，骑士党们[②]效仿詹姆斯一世戴上长假发，就是为了掩盖像第一代埃克斯穆尔公爵那样的耳朵。这无疑都是胡思乱想出来的。

我跟你说这些是有原因的，我认为我们错了，我们不该仅仅指责贵族们充满美酒与珠宝的奢侈生活。多数人都会羡慕他们的享乐生活，可是依我看，如果我们承认上层社会的生活能令贵族们幸福，我们就失去了自己的立场。我建议推出一系列文章来揭露某些豪宅中枯燥、野蛮、魔鬼信徒式的迷信生活。这样的例子多的是，但你找不出比艾尔斯的耳朵更好的，用它起头再合适不过了。在本周末之前，我会把故事真相告诉你。你永远的，弗朗西斯·芬恩

---

① 不可知论者：不可知论者认为除了感觉或现象之外，世界本身是无法认识的，他们既不否认神的存在，又认为神的存在是不能被验证的。

② 骑士党：骑士党是由官僚与贵族组成的保王党集团，戴假发，佩长剑，模仿骑士的样子，因而得名。

纳特先生盯着左脚的靴子，思量了一下，接着用他那洪亮却死气沉沉的声音大喊了一句——每个字都是同一个音调："巴洛小姐，我要给芬恩先生写封信，请做一下记录。"

亲爱的芬恩，我看可以，下周六以前请把稿件寄过来。你的，E.纳特

他一口气表述出了这封言简意赅的信，而巴洛小姐也一口气记录下来。然后他又拿起另一份校稿和一支蓝色铅笔，划掉"超自然的"，换成"不可思议的"，划掉"击毙"，换成"制服"。

纳特先生以这种快乐又健康的方式自娱自乐，一直到下一个周六，在同一张桌子前，他向同一位打字员做口述，又用同一支蓝色铅笔在芬恩先生的第一部分报道上做批改。报道一开头就对亲王们的恶行提出了猛烈的抨击，同时也对上层人士深表失望。尽管言辞激烈，却文采飞扬，但是作为编辑，他要像往常一样，让人给这篇稿子加上一些更加耸人听闻的小标题，比如"贵妇与毒药"、"怪诞的耳朵"、"艾尔斯家的巢穴"以及诸如此类的上百处巧妙的改动。接下来就是耳朵的传说，扩充了芬恩第一封信中所述的内容，然后又加入了他最新发现的情况，内容如下：

我了解所谓记者的写作技巧就是把结尾放到开头，然后称之为标题。我了解新闻报道的真谛就是将"琼斯勋爵去世"的消息告诉根本不认识他的那些人。本记者认为，这和很多新闻业的惯例一样，不是真正的新闻报

道，而《革新日报》要在这方面树立更好的榜样。我提议原原本本地叙述他的故事，循序渐进。我会使用当事人的真名实姓，这样在多数情况下他们可以随时出面证实其真实性。至于耸人听闻的标题——还是留在最后吧。

当时，我沿着蜿蜒的小路穿过德文郡的一处私人果园，那条路似乎在向人们指示德文郡的苹果酒，果然，它确实将我领到了这样一个地方。那是一座狭长低矮的小旅店，仅由一栋小屋与两座谷仓组成，屋顶上覆盖着茅草，就像史前时代长出的棕色与灰色的毛发。但在门外有块招牌写着蓝龙旅店，招牌底下有一张粗糙的长桌，以前在大多数未禁酒的英国小旅店门前都能见到，那时候禁酒者与酿酒者的垄断还没有破坏人们开怀畅饮的自由。桌旁坐着3位绅士，看起来都像是活在百年以前的人。

现在我对他们有了更多的了解，可以毫不费力地描述出对他们的印象，但当时，他们在我眼中就像3个实实在在的幽灵。其中一人给我的印象最深，一方面是因为他个子最大，另一方面是因为他坐在正中央，面对着我，他是个高大肥胖的人，一袭黑衣，面色红润，甚至有些像是在发怒，但是头发所剩无几，且一副愁眉不展的样子。仔细观察了他一阵后，我还是说不清是什么令我觉得他是件古董，不过他那条白色教士领带和额头上的一道道皱纹确实有些古旧的味道。

坐在桌子右边的人更加难以描摹，说真的，那人就是一副随处可见的平凡长相，圆脑袋，棕头发，圆滚滚的朝天鼻，同样是一身教士的黑衣服，只是样式更严格。看到他身边桌上那顶帽檐弯曲的宽边帽时，我才意识到自己为什么会把他和古老的东西联系起来。他是一位罗马天主教教士。

或许坐在桌子另一端的第三位，更会让人联想起古老的东西，尽管他的身材更瘦小，着装也不那么讲究。他瘦长的四肢都盖在衣服下面，也可以说是裹在紧身的灰色衣袖与马裤里面，土黄色的长脸像鹰一样，瘦削的下巴缩在衣领与围巾中，仿佛一根老树枝，这让他的神情显得更加阴郁，而他的头发（原本应该是深棕色的）是一种怪异的红褐色，和他蜡黄的脸一比，更像是紫色而不是红色。他的头发不仅颜色不寻常，而且其浓密的程度与卷曲的样子全都很不自然，这一头卷发根本是戴在他头上的。可经过一番思量，我倾向于认为是桌上的几样物件让这个地方一眼就给我留下了陈旧的印象，那便是一组高挑的老式酒杯，一两颗柠檬，还有两只烟斗。不过，我的工作就是来探访一个古老的世界。

作为一个老练的记者，又是在一间小旅店前，我用不着厚着脸皮就可以坐到长桌旁，再叫上几杯苹果酒。穿黑衣的大个子似乎非常博学，尤其了解当地的古物；穿黑衣的小个子虽然话不多，但出乎我的意料，他倒显得更具修养，因此我们相谈甚欢，但第三个人，那位穿着紧身裤的老绅士，似乎比较冷漠、傲慢，直到我把话题转到了埃克斯穆尔公爵和他的祖先身上。

我感觉这个话题似乎使另外两位有些尴尬，但它成功地打开了第三位的话匣子。他说话的态度很矜持，发音吐字中透出他是受过高等教育的绅士，还不时拿起烟斗抽上一口，他向我讲述了几个我这辈子都没听过的恐怖的故事：艾尔斯家有位先人吊死了亲生父亲，另一个虐待自己的妻子，将她拖在马车后面穿过村子，还有一位放火烧了一座教堂，里面全是儿童，等等。

其中部分内容确实不适合公开出版，比如说血腥修女的故事，斑点狗的劣迹，或是采石场中的丑事。所有这些血腥的邪恶之事都从他优雅的两片薄唇中汩汩流出，他的神情拘谨，不时还要从那细长的高脚杯中啜饮一口。

我能看出我对面的大个子有意想要阻止他，但他显然对老绅士又有几分忌惮，不敢贸然行事。而桌子另一边的小个子教士，尽管并没有这样的尴尬，却也只是呆呆地看着桌子，似乎怀着巨大的痛苦——听这老绅士的故事，他确实只能如此。

“你似乎，”我对发言者说，“很讨厌埃克斯穆尔家族。”

他看了我一会儿，嘴唇依然显得拘谨，却抿得更紧，显得有些苍白了，接着他故意摔断烟斗并打碎了桌上的酒杯，站起身来，那情景就像一位完美的绅士释放出魔鬼般的怒火。

“这两位先生，”他说，“会告诉你我是否有理由喜欢它。艾尔斯家古老的诅咒重重地压在这片土地上，好多人都吃过它的苦头。他们知道，没有人比我更受其害。”说着，他用鞋跟碾碎了掉在地上的一片碎玻璃，然后大步走进了由茂盛的果树构成的一片苍翠之中。

“真是位怪脾气的老先生，”我对另外两位说，“你们知道埃克斯穆尔家的人怎么得罪他了吗？他到底是什么人呢？”

穿黑衣的大个子像头困惑的公牛一样吃惊地盯着我，他大概一时没有反应过来。最终，他说道：“你不知道他是谁？”

我再次表明我一无所知，接着又是一阵沉默。然后小个子教士开口了，他的眼睛仍旧看着桌子，“那位就是埃克斯穆尔公爵。”

然后，我还没来得及理出头绪，他又用同样平静的语调补充了几句，但气氛已经有所缓和：“这位是我的朋友马尔博士，公爵家的图书管理员。我叫布朗。”

“可是，”我结结巴巴地说，“如果他是公爵，为什么他要那样说老公爵们的坏话？”

“他大概真的相信，”名叫布朗的教士回答说，“他们把诅咒传给了他。”之后他又随意地插了一句，“因此他才戴着假发。”

好一阵，我才弄清楚他的意思。“你指的是那个奇异耳朵的传言？”我追问道，“我当然听说过那事，但它肯定是迷信的人把单纯的小事渲染成了奇谈。我有时觉得那不过是各种致残，也可能是毁容故事中比较离谱的一种。16世纪的时候，曾经有割耳朵的刑罚。”

“我可不这么认为，”小个子在沉思中回答说，“这并没有超出一般的科学或者说自然法则的范畴，一个家族中确实可能频繁地出现某种畸形——比如说一只耳朵大，一只耳朵小。”

大个子图书管理员用一双红润的大手捂着他的秃脑门，仿佛正陷入对自己职责的思考。“不对，”他叹息道，“你误解他了。听好了，我没有理由为他辩护，更不会对他表示什么忠诚。他像暴君一样对待我和每一个人。不要因为看见他坐在这里，就幻想他不是个喜欢作威作福的领主。他会把人从1英里外叫回来，替他摇响一步之遥的传唤铃——就为了从3英里外招来另一个人把3码外的火柴盒拿过来。他去哪儿都要带着专门替他拿手杖的跟班，还要一个贴身仆人替他举着看戏用的望远镜——”

“但却少了个贴身男仆帮他刷衣服，”教士插了一句，语气平淡却带了点好奇，“因为那个仆人会连公爵的假发一起刷了。”

图书管理员转向他那边，似乎忽略了我的存在，我看他情绪激动，或许是喝酒喝得。“布朗神父，我不清楚你是怎么知道的，”他说，“但你说的对。他支使着全世界替他办每一件事——除了为他穿衣服。而且他坚持要求在穿衣服的时候必须四下无人，就像在沙漠里一样。任何没有正当理由出现在他更衣室门口的人，都会被毫不留情地解雇掉。”

“他真是个有意思的老头。”我评论道。

“不对，”马尔博士直白地回答，“我都说过了，你对他的评价是错的。先生，公爵的确承受着他刚刚说过的诅咒带来的痛苦。他确实为此感到耻辱与惊恐，他的紫色假发下面藏着些见不得人的东西。我知道那是怎么回事，我知道那不是纯粹的毁容，比如说受过刑，或是外貌上的遗传缺陷。我知道，事实比那些更糟糕，因为有人对我说，他亲眼见到了任何人都编造不出的一幕，有个比我们勇敢得多的人对秘密不以为然，想要一探究竟，却被他看到的景象吓得狼狈而逃。”

我张嘴刚要说话，可马尔再次无视了我，他在双手的遮掩下继续说道：“神父，我不介意告诉你这事，因为这更多的是在为可怜的公爵辩护，而不是出卖他。你有没有听说过，有一次他差点失去了他所有的财产？”

教士摇了摇头，图书管理员开始讲他的故事，他是从自己的前任那边听来的，那人是他的资助人与导师，他完全信任他。一定程度上说，故事的内容稀松平常，无非是一个大家族的财产如何被败光——这还要归功于家族的律师。他的律师有办法诚实地行骗，这么说虽然有些矛盾，但是确实如此。他并不是挪用托他代管的资金，而是利用公爵的粗心大意让整个家族陷入财务困境，让公爵以为有必要由他实际掌握那些资金。

这个律师名叫艾萨克·格林，但是公爵总叫他以利沙，他得到这个名号恐怕是因为他的头秃得像个先知[①]，尽管他还不到30岁。他的地位提升得很快，可他是靠一些下贱的工作起家的，起初是个“眼线”或者说告密者，然后又成了放债人。作为艾尔斯家的事务律师，他工于心计，做事滴水不漏，静候万事俱备再打出致命一击。这一击是在晚餐上发生的，老图书管理员说他脑海中总会浮现出当时桌上的灯罩与酒瓶的样子，当时那个小律师面带微笑，向伟大的领主提出平分财产的要求。后来的结局也不容忽视，公爵一言不发，抄起酒瓶在那人的秃头上打了个粉碎，就像我当天在果园中见到公爵打碎酒杯那样。律师的头皮上留下了一处红色的三角形伤疤，他的眼神也变了，但笑容依旧。

他晃晃悠悠地站起来，回击攻击他的人。“我很高兴你这样做，”他说，“现在我能夺走你的全部财产。法律会把它判给我的。”

埃克斯穆尔面如死灰，但眼中还燃着怒火。“法律会把它判给你，”他说，“但你得不到它……知道为什么吗？因为那将是你的末日降临，如果你要夺走它，我就摘下我的假发……怎么样，你这可怜的秃毛鸡，谁都能看见你的秃脑壳。但见过我秃头的人只有死路一条。”

噢，你想怎么说，想如何解释都可以。但马尔发誓说那都是千真万确

---

① 以利沙：《圣经》中的先知，曾被小童们嘲笑秃头。

的，律师向空中挥了几下拳头，就直接从房里跑了出去，再也没有在村子里露面，人们依旧对埃克斯穆尔充满恐惧，却更像是把他当成了一个术士而非领主了。

此时马尔博士一边讲故事一边夸张地挥舞着手臂，带着一股盲从信徒的狂热劲儿。我非常怀疑，这一切很可能是对某些早已过时的街谈巷议的夸大。我这故事的前半部分就要讲完了，但为了马尔博士，我要再列举我采访到的两件事，它们证实了他的故事。我从村里的老药剂师那里打听到，有天夜里确实曾有一个穿着晚礼服，自称格林的秃头男人来找他治伤，那人额头上有个三角形的伤口。而且我从法律文书和旧报纸上发现有过一桩法律纠纷，是一个叫格林的人起诉埃克斯穆尔公爵，虽然结果不详，但确有此事。

《革新日报》的纳特先生在稿件的顶端写了几句极不协调的话，又在旁边做了一些莫名其妙的记号，然后用他惯有的洪亮却单调的声音对巴洛小姐说："我给芬恩先生写信，你记一下。

亲爱的芬恩，你的稿件通过了，不过我不得不加几条标题，而且公众也不会接受故事里有一个罗马天主教教士——你要把注意力集中在郊野传说上。我把他改成了唯灵论者①，布朗先生。你的，E.纳特"

① 唯灵论者：主张灵魂和精神是世界的本源。

又过了一两天，思维活跃又睿智的编辑收到了信，这是芬恩先生关于贵族生活的神秘传说的第二部分。他仔细检查着这份报道，蓝眼珠越瞪越圆。稿件的开头是这样的：

我有了惊人的发现。我承认这与我预期的完全不符，自然会令公众更加感到震惊。我斗胆说一句，毫不夸张，我要写下的内容将会传遍整个欧洲，当然也会传遍美洲和各殖民地。这一切都是我在那片小果林中的小木桌前听说的。

这全都归功于小个子教士布朗，他是个非同寻常的人。大个子图书管理员离开了桌子，也许是为自己多嘴多舌而感到羞愧，也许是在担心他神神秘秘的主人，尤其是主人离开时的那股怒气。无论如何，他沿着公爵穿过树林的足迹走掉了。布朗神父拿起一颗柠檬，饶有兴味地盯着它。

"柠檬的颜色真惹人喜欢啊！"他说，"公爵的假发有一点让我厌恶——它的颜色。"

"我不明白你在说什么。"我回答说。

"我敢说他把耳朵遮起来一定是有原因的，就像迈达斯王一样[①]，"教士带着天真的欢快神情继续说，不过在当时的情况下看起来有些无礼，"我当然明白用头发遮住耳朵比用铜盔与皮帽好。但是既然要用头发，为什么又要搞得不像是正常的头发？这世上可没有那种颜色的头发。那颜色

① 迈达斯王：迈达斯是小亚细亚中西部古国弗里吉亚的国王。传说太阳神阿波罗与牧神潘比赛演奏音乐，请迈达斯王做裁判，结果迈达斯判定牧神获胜，阿波罗一怒之下给他变出了一对驴耳朵，他只好整天用帽子与头发遮住耳朵。

更像是照过树林的一片暮色。如果他真的以家族的诅咒为耻，为什么他不掩饰得更好些？我告诉你吧，因为他不以为耻，反以为荣。”

“这么丑的假发有什么值得自豪的——他的故事也令人生厌。”我说。

“好好想想，”古怪的小个子回答说，“要是你遇到这种事的话，会怎么想。我不是说你比其他人更势利更病态：但你不认为从某种角度上看，古老的家族诅咒是件好事吗？如果格拉姆斯怪物①的继承人拿你当朋友，你会感到羞愧吗？你就不会感到哪怕一点点受宠若惊吗？要是拜伦②家的人只向你一个人吐露他家族中的恶行呢？别太苛求那些贵族们，他们的心智不比我们普通人的更健全，他们也喜欢夸耀自家的不幸。”

“天啊！”我大叫，“你说的没错。我母亲的家族里出过一个女妖③，现在回想起来，确实，每当我感到痛苦的时候，都会从中得到安慰。”

“再想一想，”他继续说，“当你提到他的祖先时，那两片薄嘴唇里吐出了多少血腥与恶毒的言辞。如果他不感到自豪，怎么会向每个陌生人展示他家的恐怖屋？他不隐瞒自己戴着假发，不隐瞒自己的血统，不隐瞒自己家族的诅咒，不隐瞒自己家人的罪恶——但是——”

小个子的声音瞬间变了，他使劲拍了下巴掌，就像醒过来的猫头鹰那

---

① 格拉姆斯怪物：传说斯特拉斯莫尔伯爵家族中曾经诞生过一个严重畸形的男婴，他的家人将其藏在格拉姆斯城堡的一间密室内。

② 拜伦：英国19世纪初期浪漫主义诗人。其代表作品有《恰尔德·哈罗德游记》、《唐璜》等。

③ 女妖：（爱尔兰和苏格兰传说中）预告死亡的女妖精。

样，眼睛迅速瞪得又圆又亮，这一系列表现如同小桌上发生了爆炸一般。

“但是，”他总结道，“他却极力隐瞒自己的更衣情况。”

公爵悄无声息地再次出现在闪着微光的树林中，着实吓了我一跳，他脚步轻柔，还戴着夕阳颜色的假发，和他的图书管理员一起正转过房子的拐角。趁他还没走到听力可及的范围内，布朗神父镇定自若地补充道：“为什么他要隐藏他紫色假发下的秘密？因为那不是你我所以为的秘密。”

公爵转过拐角，带着他天生的高贵气质坐回到桌子的上首位子。图书管理员窘迫地站在一旁，像头大黑熊。公爵神情严肃地看着教士。“布朗神父，”他说，“马尔博士向我报告说你来这里有事相求。我已经不再信奉父辈们信仰的宗教，但是看在他们的分上，也看在咱们相处了这么多天的分上，我愿意洗耳恭听。但我希望你能私下里跟我说。”

我的绅士风度迫使我起身离席，我的记者职责却迫使我无法走开。正在我左右为难之际，教士做了一个挽留的动作。“要是，”他说，“公爵大人能恩准我提出真心的要求，或者我能得到向你提议的权力，我强烈地建议越多的人在场越好。在这个国家中，甚至在我的教民中，总有几百人的心灵被一个魔咒所迷惑，而我恳请你打破它。我希望我们能请来整个德文郡的人看你完成这件事。”

“来看什么？”公爵挑着眉毛问。

“来看你摘掉假发。”布朗神父说。

公爵面无表情，但他呆呆地凝视着向他提出请求的人，那是我从未见过的可怕表情。我能看到图书管理员的两条长腿在打晃，好像池塘里树枝的影子，而我的头脑中盘旋着一个挥之不去的想法，我们周围的树林中，鸟儿已经被一群魔鬼悄悄地取代了。

“我宽恕你的无礼，”公爵的声音里带着虚假的同情，“但我拒绝你的要求。只要把我不得不独自承受的恐惧向你透露哪怕那么一点点，你也会尖叫着跪到我脚下，祈求我不要再讲了。我会给你些暗示。你永远不知道未识之神①的祭坛上会刻上什么字。”

“我知道未识之神，”小个子教士说，不知不觉中透出的那种信心有着一股花岗岩高塔般的威严，“我知道他的名字，是撒旦。真正的神是有型的，他就在我们中间。我还要告诉你，不论在哪里，如果有什么秘密支配了人，那秘密一定是邪恶的。假如魔鬼告诉你有什么事物太可怕了，不能看，那你就要看。假如他说有什么太恐怖了，不能听，那你就要听。假如你认为某些真相令人无法承受，那你就要承受。我恳请你，在此时此地这张桌子旁，结束这场噩梦吧。”

“要是我那样做了，”公爵压低声音说，“首先枯萎和腐烂的就是你和你的信仰，以及你赖以生存的一切。在身死之前，你会体会到莫大的虚无。”

“基督的十字架会保佑我免受伤害，”布朗神父说，“摘掉你的假发。”

我倚在桌边，难以抑制内心的激动，听着双方唇枪舌剑的辩论，我也心潮澎湃。“公爵大人，”我大叫，“我看你是在唬人。摘掉假发吧，不

---

① 未识之神：古希腊人所敬拜的一位神，在雅典有一座神庙专门供奉未识之神，他并不是一位特定的神，而是一个预留位置，留给确实存在，但古希腊人尚不了解的神。

然我就把它揪下来。”

我估计我可能会因袭击罪而遭到起诉，但还是十分高兴能那样做。当他仍然很生硬地说出了“我拒绝”时，我当即扑到他身上。他不知哪儿来的一股邪劲儿，猛力挣扎着想要摆脱我，但我终于按住了他的头，直到假发脱落。我承认，当假发在搏斗中掉落时，我闭上了眼睛。

马尔当时也在公爵身边，他大叫一声，我闻声睁开了眼睛。他和我同时低头瞧着公爵没有假发遮掩的秃头。接着，图书管理员的惊叫声打破了沉默：“这是怎么回事？哎，这人没什么要遮掩的。他的耳朵和正常人的一样啊。”

“是的，”布朗神父说，“这正是他要掩盖的。”

教士径直向他走过去，但却看也没看他的耳朵。他只盯着对方光秃秃的额头看，态度几乎严肃到了可笑的程度，然后他指着一个早已愈合但仍依稀可辨的三角形伤疤。“我想，他就是格林先生，”他礼貌地说，“他最终得到了全部财产。”

现在请允许我告诉《革新日报》的读者，在这件事中，我觉得有一个最不可思议的地方。这其中的身份转换，在你们看来仿佛波斯传说一样疯狂虚幻，但是（除了我理论上的袭击罪）这一切自始至终都严格地遵循着法律的规定。这个带着古怪伤疤、长着正常耳朵的人并不是冒名顶替的骗子。尽管（从某种意义上说）他戴着别人的假发，自称长了与另一个人一样的耳朵，但他没有窃取那人的头衔。他是货真价实的埃克斯穆尔公爵。事情是这样的。老公爵的耳朵的确有点畸形，或多或少和遗传有关。这也是他的一块心病，在那暴力的一幕发生时（毫无疑问发生过），他杜撰了诅咒的故事，并用酒瓶打了格林。但此事的结局却大为不同。格林提出索赔，并且获得了财产，失去一切的贵族开枪自杀，且并未留下任何遗孤。过了一段时间，英明的英国政府恢复了“无人继承的”埃克斯穆尔的贵族封号，按照惯例将它授予了当地地位最高的人，也就是那个得到了巨额财产的人。

这个人利用了领地中的古老传言——准确地说，在他势利的灵魂中，他真的羡慕和崇拜这些传言。结果，成千可怜的英国人都在一位神秘的领主面前瑟瑟发抖，以为那人继承了古老的命运，冠冕上邪星闪耀——其实他不过是个市井流氓，不到12年前还是个骗子律师和当铺老板。我认为这是非常典型的案例，可用来揭露今天乃至未来贵族阶层真实生活的丑恶面目，直到有一天上帝会帮助我们变得更加勇敢，那时就是他们的末日。

纳特先生放下手稿，用不寻常的尖利声音大喊：“巴洛小姐，请记录下我给芬恩先生的信——

亲爱的芬恩，你疯了吧；我们不能刊登这种东西。我要的是吸血鬼、邪恶的陈年往事还有贵族们的迷信事。读者就喜欢这些。你要知道埃克斯穆尔家绝不会宽恕这种报道。况且我们的人又会怎么说，我倒很想知道！唉，西蒙爵士和埃克斯穆尔家是老交情，而且这会败坏我们在布拉德福德的支持者的名声，他家和艾利斯是表亲。还不止这个，我的老板是个老顽固，他去年没得到册封很恼火，我要是因为登出这篇疯狂的文章害他失去爵位，他会连夜发电报解雇我的。还有达菲呢？他为我们写了一些关于

“诺曼人的脚后跟”的好文章。如果他只是个事务律师，他那些诺曼人的文章还怎么写啊？理智点吧。你的，E.纳特

巴洛小姐欢快地走开了，纳特把稿件揉成一团，扔进了废纸篓中，但是没动手以前，他的习惯迫使他不由自主地划掉“神”，换成“命运”。

彭德拉根家的覆没

布朗神父本来没有心思去探险。他先前因为劳累过度病倒了，最近才刚有些好转，他的朋友弗朗博请他乘小船去游览一番，同行的还有塞西尔·范肖爵士，他是康沃尔郡的一位年轻乡绅，很是迷恋康沃尔郡的海岸风光。但布朗身体还很虚弱。他算不上是个快乐的船员，尽管他从未表现出牢骚满腹、唉声叹气的样子，但他并没有多少兴致，只是尽量忍耐，保持着最基本的礼貌。紫罗兰色的夕阳半掩在海中，火山岩峭壁参差排列着，在另两个人赞美这景致时，布朗表示了同意。一会儿，弗朗博指着一块礁石，说它的形状好像一条巨龙。布朗看了看，认为它确实像一条巨龙。不一会儿，范肖更为兴奋地指着另一块礁石，说它像是大法师梅林[1]。神父看了一眼，再次表示赞同。弗朗博问他，曲折河流两旁的石壁像不像仙境的大门，他说："很像。"不论听到怎样的大事小情，神父全都心不在焉地应和着。他听说，只有小心谨慎的水手才能在这片海域活下来，他也听说船上的猫在打盹。他还听说，范肖找不到他的雪茄烟嘴

① 梅林：传说中的大法师，是亚瑟王的挚友兼顾问。

了，也听到领航员念念有词：“双眼亮闪，一路平安；一睁一闭，葬身海底。”他听到弗朗博对范肖说，这无疑是在讲领航员要瞪大双眼观察周边情况，不能有丝毫懈怠。而他又听到范肖对弗朗博说，这很有趣，但不是这个意思，这是说如果他们见到一近一远两盏海岸灯标并排出现，那么他们的航向就是正确的，但要是一盏灯被另一盏遮住了，他们就会触礁。他听到范肖补充说，他家乡有很多这种妙趣横生的歌谣与谚语，是真正的冒险传奇之乡，比德文郡更有资格获得伊丽莎白时代航海技术的桂冠。按他的说法，这儿有众多航行在这些海湾与小岛间的船长，相比之下，德雷克[①]不过是只旱鸭子。他听到弗朗博笑着反问他，那本叫做《嘿！向西航行》的冒险小说是不是只为了说明所有德文郡的人都恨不得自己的家乡是康沃尔郡。他听到范肖说，没必要装糊涂，不仅过去的康沃尔郡船长被奉为英雄，现在他们仍是英雄：离现在的地点不远就住过一位退休的海军上将，他经历过许多惊险刺激的航行，他年轻时发现了最后8座当时海图尚未标出的太平洋岛屿。这位塞西尔·范肖是个有些鲁莽冲动但富于激情的人，他很年轻，浅色头发，深色皮肤，全身洋溢着热情，内心像少年般渴望冒险，但外表却如少女般俊俏清秀。再看弗朗博，虎背熊腰，两道浓眉，走起路来如火枪手一样大摇大摆，真是巨大的反差。

布朗耳闻目睹了这么多的琐事，但对他来说，这就好比是疲倦的人听着火车车轮与铁轨之间有节奏的碰撞声，又像是卧病在床的人无趣地看着

① 弗朗西斯·德雷克：出生于德文郡，英国著名的私掠船长、探险家和航海家，他是继麦哲伦之后第二位完成环球航海的探险家。曾率领英国海军重创西班牙无敌舰队。

墙纸上的各种图案。人在康复期的情绪总是变化无常，但布朗神父情绪低落八成是因为他对大海很陌生。随着他们驶入渐渐收窄的河口，看到更平静的水面，呼吸到更温暖、更富泥土气息的空气，布朗似乎就来了精神，像个小孩子一样好奇地东张西望。此时日头正落，天空与河水仍然明亮，而陆地和所有的植物却陷入了一片昏暗当中。然而，这个特定的傍晚却给人一种非同寻常的感受。隔在我们与自然界间的烟色玻璃被撤去，呈现给人的是一种罕见的氛围，它让人觉得此刻的暗沉也比阴天的明亮更加绚丽。被踩踏的河岸与染成泥炭色的池塘不再死气沉沉，而是竞相映出红棕色的光芒。微风吹拂的黑树林不像平时一样幽蓝深邃，反而更像一大片盛开的紫罗兰在风中摇曳。魔幻般清晰而强烈的色彩赋予整个景观以某种浪漫和神秘，这进一步唤醒了布朗神父缓缓恢复的感官敏锐度。

对他们这条游船来说，河道依然够宽够深，但随着河水在乡野间曲折蜿蜒，两岸渐渐收窄。树木倒伏，横架于水上，试图架起一座座桥梁——船只似乎从幻想中的峡谷转入山洞，继而又钻进隧道。除此以外，便没有太多东西可供布朗发挥他的想象力了，除了几个担着从林子里砍来的柴火与柳条的吉卜赛人，河岸边就再也没有其他人了，还有一个景象，虽然现在已说不上不合规矩，但在如此偏僻的地方也难得一见：一位深色头发的女士，没戴帽子，独自划着她的独木舟。就算布朗神父曾被这些景象吸引过，但是他一定很快就忘却了，因为当他们又拐过一道河弯时，眼前出现了一件奇异的景物。

前方有一座林木茂盛的梭型小岛，将变宽的水面一劈两半。他们的船速很快，以至于小岛好像一条船首高昂的大船朝他们驶来——或者更确切地说，是一条烟囱高耸的大船。在小岛最靠近他们的一端矗立着一座外观奇特的建筑，他们谁也没见过类似的建筑物。它本身并不算高，但相比它的宽度，便显得高大挺立，由此，最恰当的名称就是塔楼了。它似乎完全用木头搭建而成，那模样既不平衡也不对称。一部分木板与横梁采用的是上好的风干橡木，另一部分橡木则是新近砍伐且未经处理的，还有一些部分用的是白松木，大都用焦油涂成了黑色。黑色横梁以各种角度斜向交叉，整体外观给人以胡乱拼凑的感觉，令人费解。楼上有一两扇样式古朴的彩色窗户，显得精美别致。看到它，旅行者们不禁会产生一股怪异倒错之感，让人想起某种东西，却又明白它与我们心中的想象如此不同。

布朗神父就算陷入了困惑，也能明智地分析自己的困惑之处。他发现其中的古怪之处在于由杂七杂八的材料拼出的特定形状，好比说有人见到了锡制的高顶礼帽，或者格子呢缝制的男式大衣。他确定自己在别处见过这样用不同色调木材混搭的样式，但绝没见过如此规模的建筑。下一刻，他无意中朝暗黑树林中一瞥，得知了他想要的所有答案，不禁微微一笑。透过植物枝叶间的缝隙，他依稀见到了那种用黑色横木搭建的老木屋，这样的建筑在英国仍不时能见到。在我们眼中，这种样式只适合在舞台上演绎“古老的伦敦”或者“莎士比亚笔下的英国”。匆忙中的一瞥，教士也看不太真切，木屋虽然样式古旧，但却舒适且有人精心打理，门前还有一片花坛。它没有塔楼那样斑驳纷乱的外形，这么一看塔楼就像是用木屋的边角余料搭建的。

“这到底是什么啊？”弗朗博仍然盯着塔楼说。

范肖双眼放光，得意洋洋地说：“啊哈！我猜你是没见过这样的地方，所以我才要带你来开开眼，我的朋友。现在你有机会见识一下我对康沃尔郡水手的赞美是否夸大其词了。这地方属于老彭德拉根，我们都叫他海军上将，尽管他还没得到那个军衔就退役了。德文郡的人都怀念雷利与霍金斯[1]，彭德拉根家今日的事迹可与之比肩。如果伊丽莎白女王[2]自墓穴中复生，乘着她镀金的游船来到此地，她会受到海军上将的盛情款待，从每一个角落到每一处窗帘，从墙上的每一处嵌板到桌上的每一套碗碟，招待她的宅邸完全是她那个时代的样式。她会发现这位英国舰长与德雷克一样，喜欢在餐宴中高谈阔论，谈论驾着小船去开拓新的疆土。”

“她会在花园中发现古怪的东西，”布朗神父说，“以她文艺复兴时期的眼光看，恐怕不会讨她喜欢。那座伊丽莎白式的建筑有它的迷人之处，但是那座塔楼太突兀了。”

“恰恰相反，”范肖回答说，“这是它最浪漫也最具伊丽莎白风格之处。彭德拉根家在西班牙战争期间建起了这座塔楼，尽管时常需要修葺，甚至出于其他理由要重建，但建筑风格一直沿用老传统。据说塔楼是彼得·彭德拉根爵士夫人下令建在这里的，建这么高是为了站在塔顶能够望到船只拐过岬角进入河口。那位女士要在丈夫从西班牙返航回家时，第一个见到他的船。”

“你说它重建过，”布朗神父问，“那又是出于其他什么样的理由呢？”

“噢，这里面也有个奇异的故事，”年轻的乡绅兴致勃勃地说，“这

① 沃尔特·雷利和约翰·霍金斯：均为伊丽莎白时代的航海家、探险家，皆出生于德文郡。
② 伊丽莎白女王：指伊丽莎白一世。

片土地真的充满了奇异的故事。这里有过亚瑟王和大法师梅林以及之前的其他种种传说。言归正传，彼得·彭德拉根爵士拥有水手的美德，但是（我恐怕）他也不乏海盗的恶习，他当时羁押着3名颇有身份的西班牙人，打算去觐见伊丽莎白女王。他这人脾气火爆，点火就着，因为与其中一名囚犯一言不合，便掐住对方的喉咙，不知是有意还是失手将其抛入了海中。第二个西班牙人和第一个人是亲兄弟，他当即抽出宝剑刺向彭德拉根，经过几分钟短暂而又激烈的搏杀，两人都挂了彩，最终彭德拉根一剑刺穿对手，第二个西班牙人也死在了他的手上。这事发生时，船恰好已经驶入河口，即将靠近浅水。第三个西班牙人跃出船舷，奋力游向岸边，很快就站到了齐腰深的水中。他转过身面向舰船，高举双臂朝着上天——好似先知召唤瘟疫降临道德败坏的城市一样——他用尖厉可怖的声音向彭德拉根大喊，他仍然活着，他要继续活下去。要永远活下去。彭德拉根家的人世世代代都不会再见到他或者他的后人，但一定会有种种征兆向对方表明他和他的仇恨还在这世上。他一个猛子扎进水中，不知道他是淹死了，还是真的在水下游出老远，反正是再也没有露头。”

“划独木舟的姑娘又出现了，”弗朗博打岔说，只要见到漂亮姑娘他就会分心，“她大概也和我们一样讨厌这个古怪的塔楼。”

当时，黑发姑娘正任由她的独木舟缓慢而安静地漂过这座奇特的小岛，她则抬头专注地望着奇异的塔楼，橄榄色的瓜子脸上闪现着强烈的好奇。

“别老是操心姑娘的事了，”范肖不耐烦地说，“这世上姑娘有的是，但彭德拉根塔楼这样的奇景可不多见。你们应当不难想象，会有多少迷信与谣言伴随西班牙人的诅咒流传下来，而且你们也该猜到，单纯的乡下人把这个康沃尔家族发生的任何事故都和诅咒联系了起来。但是这座塔楼被烧掉过两三次是千真万确的，这个家族也真不幸，我记得海军上将的至亲中，死于船难的已经不下两人了，而且据我所知，至少有一个就死在彼得爵士把西班牙人扔出甲板的地点。”

“太遗憾了！”弗朗博惊呼，“她要走了。”

“你的海军上将朋友是何时告诉你这些家族历史的？”布朗神父问。此时独木舟中的姑娘已经划船离去，她的心思全在塔楼上，看都没看已被范肖靠泊在小岛岸边的游船。

“好多年以前的事了，”范肖回答说，“虽然他依然向往大海，可是现在他已经有好一阵子没出过海了。我想是因为有什么家规之类的吧。好了，码头到了，我们上岸去会会我的老伙计吧。”

他们随他登上小岛，走到塔楼下面，布朗神父不知是因为又接触到了坚实的土地，还是对河岸上的事情感兴趣（他已经盯着看了好一会儿），总之他的精神好多了。他们走上一条林荫路，两侧是稀疏的灰色木栅栏，就像公园与花园四周常见的那种，木栅顶上是浓密的树冠，枝丫四处伸展，好像巨人的灵车上装饰的黑色与紫色的羽毛。塔楼已被他们甩在身后，看起来更加怪异，因为在入口旁通常会有一左一右两座塔楼，而这里只有一座，缺乏平衡。但除此以外，这条林荫路与任何通向一位绅士领地的道路没有什么不同。道路曲折，房子已经不在视野中了，他们沿路左弯右绕，觉得这地方很大，但这小岛上其实并没有那么大的空间。布朗神父有些累了，他几乎产生了错觉，觉得这块地方在变大，仿佛噩梦中的情景。不管怎样，他们一路走来都沉浸在神秘又单调的景色中，直到范肖突然站住，指了指前方，有东西刺穿了灰色的篱笆——乍一看好像是野兽从笼中伸出的犄角。再走近些就一目了然了，那是一片略微弯曲的刀刃，在黯淡的暮色中泛着微光。

弗朗博是个当过兵的法国人，他弯腰观察，惊叹道："哎呀，这是把军刀！我不会认错的，又重又弯，但比骑兵用的那种短，用这种刀的通常是炮兵和——"

他还没说完，刀便从它砍出的缺口抽了回去，接着又是重重一刀，伴着木头破裂的噼啪声，将裂开的栅栏一路劈到底。然后军刀再次撤回，又凭空出现在几米以外的地方，同样先是一刀劈开一半，之后经过一阵挣扎（伴着黑暗中传来的几声咒骂），刀被拔了出去，第二刀顺势一直劈到地面上。最后力道十足的一脚把整块松动的薄木板踢到小路上，在木墙上形成了一个黑洞洞的缺口。

范肖朝黑洞里瞥了一眼，发出一声惊呼。"我亲爱的海军上将啊！"他高呼，"你——呃——你每次想出门散散步，就要开个新门吗？"

黑暗中又传出抱怨声，接着便是一阵欢笑。"没有的事，"那个声音说，"我早就想砍掉这段木栅了，它影响了植物的生长，身边又没个人能帮我一把。不过，等我把眼前这道门再开大一些，我就出去迎接你们。"

为了证实他的话，他又一次挥舞起武器，砍了两刀，又砍下一条木栅，开口变得足有4米多宽。然后他穿过开阔的林间大门，走进了傍晚依稀的光亮中，刀身上还沾着一片灰色木屑。

范肖刚刚还在讲老海盗一样的海军上将的故事，他的突然出现大大充实了这个故事，只是事后才发现，不少细节上的吻合仅仅出于巧合。比如说，他戴了一顶遮阳的宽檐帽，但是他把前檐折起冲上，两角压得比耳朵还低，像个新月形的三角帽，就跟当初纳尔逊戴的那种一样。他穿了一件普通的深蓝色外套，缝着平淡无奇的扣子，可是和白色的粗布裤子搭配在一起就有了几分水手的样子。他身材高大，神情散漫，走路大摇大摆，这可不是水手该有的架势，但又不乏些许水手的气质。他手里的短军刀像是海军用的弯刀，但大了一倍。帽檐下那张雄鹰般的面孔，充满热情，不只是脸上刮得干净，连眉毛也没有，就像饱经风吹雨打之后脱落了。他双眼突出、目光如炬。他的肤色具有奇异的魅力，又有些热带风貌，使人不禁联想到红橙的颜色。除了红润之外，还有一些黄色，但不是病人的黄色，而是像赫斯帕里得斯[①]的金苹果映出的光芒——布朗神父从未见过如此外貌的人，他具备热带国度的一切浪漫气质。

在向主人介绍过两位朋友之后，范肖责备上将不该破坏栅栏，也不该说脏话。海军上将起初只是不屑地说，那不过是必要却又烦人的园艺工作，最后他转而放声大笑，既不耐烦又愉快地说："哦，也许我的行为是有些偏执，并且在打烂东西的时候还乐在其中。要是你唯一的兴趣是发现新的蛮荒岛屿，却只能困在乡下池塘里满是泥巴的石头堆上，你也会和我有同样的感受。我还记得，我曾经用一把钝刀在布满毒藤的丛林中砍出了一条一英里半的路，也记得自己是被家规中的某一陈腐教条禁锢于此，只能没事砍砍柴火，我——"

---

① 赫斯帕里得斯：古希腊神话人物，是夜神尼克斯的女儿们，由姐妹三个构成，负责看守赫拉的金苹果园。

他又挥舞起钢刃，这次，他只一刀就把木墙从头砍到了底。

“我爱干这个，”他猛地把刀掷到几码外的小路上，笑着说，“走吧，到屋里去，你们该歇一歇，吃点晚餐。”

屋前有片半圆形的草坪，点缀着3组圆形花坛，第一个花坛里种着红色的郁金香，第二个种着黄色的郁金香，最后一个花坛里种着一种蜡白色的花，三个人都不认识，只能推测那是外国品种。一名身体壮硕、毛发浓密的园丁阴沉着脸，正在收起浇水用的软管。夕阳已经落到屋后，仅从边边角角的地方散出一缕缕光线照在远处的花坛上，屋子一侧有片树木稀疏的空地对着河岸，那里立着一个铜质三脚架，上面有个大号的铜质望远镜。门廊的台阶下有张绿色的小桌，似乎有人才喝过茶。门两侧各立着一尊外形模糊的石像，石头上凿出几个窟窿就算是眼睛，据说这是南海风格的神像，棕色的橡木门梁上雕刻着奇形怪状的图案，充满原始风味。

他们才走到门边，小个教士当即跳上桌子，站在上面旁若无人地透过眼镜打量橡木上的花纹。彭德拉根上将大吃一惊，但并没有生气。范肖觉得这就像是侏儒站在小舞台上的表演，不禁被逗得哈哈大笑。但布朗神父对二人都没在意。

他盯着刻在上面的3个符号，尽管它们都已模糊不清，但似乎仍在传达某种含义。第一个像是塔楼或者其他建筑的轮廓，顶部有团缎带一样弯曲向上的曲线。第二个清楚一些，一艘伊丽莎白时代的老帆船漂在水波之上，但是中间被一道锯齿状的刻痕切断了，也许是木材的纹理，也许是船只漏水的常见表示方式。第三个是一个人的半身像，下边是贝壳状的波纹。他的面目模糊、无法辨认，双臂直挺挺地举向天空。

“看来，”布朗神父眨着眼睛嘟哝道，“这显然就是那个西班牙人的传说了。这是他正在海里举着胳膊发诅咒。这边是两种毒咒：失事的船只和燃烧的彭德拉根塔楼。”

彭德拉根露出令人肃然起敬的笑容，他摇摇头。“天知道这些图案还有多少种含义？”他说，“你知道有种半人半兽的图案，比如说半是狮子或者半是牡鹿的形象，它们在纹章上很常见。穿过船体的那条线不就是条锯齿状的分界线吗？第三个图案大概和纹章没什么联系，但那座塔和纹章的关系应该是更密切的，塔顶上的不是火焰而是一顶桂冠，你看不是很像吗？”

“但让人称奇的是，”弗朗博说，“它居然一丝不差地反映出传说中的故事情节。”

“啊，”持怀疑态度的上将回答说，“但你还不知道古老的传说中有多少是根据更古老的传奇人物杜撰的呢。况且，那还不是仅有的说法。范肖就在这里，他喜欢搜集这类故事，他可以告诉你那个传说的其他版本，一个比一个骇人听闻。在其中一个版本中，我不幸的祖先把西班牙人砍成了两段，这和那图案也很相符。还有一种流行的说法，说我家在塔楼中藏满了毒蛇，这也可以解释那些扭曲的线条。第三种传言将船上的折线描述成闪电的符号，单拿这一条说吧，如果认真调查一下的话，就会发现这样的不幸巧合是十分少见的。”

“呃，你这是什么意思？”范肖问。

“碰巧的是，”主人冷静地回答，“我的家人遭遇的两三次船难都没有赶上打雷闪电。”

“哦！”布朗神父边说边跳下了小桌子。

众人又是一阵沉寂，只能听到潺潺的水流声，然后范肖以怀疑，或许还有些失望的语气说：“就是说你认为塔楼失火的传闻不可信？”

“当然，这方面的传闻确实有，”海军上将耸耸肩说，“而且我不否认，其中的一部分颇有些可信的证据。你是知道的，有人在走过树林回家的路上看到这一带有火光，也有在内陆高地上的放羊人以为见到了彭德拉根塔上方在冒火。不过，很难想象这样一个又潮又湿、泥泞不堪的小岛居然还会失火。”

“那边的火光是怎么回事？”布朗神父指着河对岸的林子，温和地插问道。他们都吃了一惊，想象力丰富的范肖更是半天回不过神来，因为他们都看到一条又长又稀薄的蓝色烟柱在傍晚的余晖中袅袅升起。

接着彭德拉根又发出了轻蔑的笑声。“吉卜赛人！”他说，“他们在这儿扎营已经有1个星期了。先生们，你们该吃晚餐了。”随即他转身就要进门。

但是相信古老迷信的范肖还在打着冷战，他急忙说：“可是，上将，小岛附近的嘶嘶声是怎么回事？真的像是着火了。”

“只是像而已，”海军上将边笑边引路，“不过是有独木舟经过罢了。”

话音未落，男管家就出现在门口，他是个瘦削的人，一袭黑衣，头发黑亮，还有张长长的蜡黄脸，他来禀告主人，晚餐已经准备好了。

餐厅的装饰风格与船舱一样富有海上风味，不过它体现的是更为现代，而非伊丽莎白时代船长的情调。壁炉上方确实摆着3把作为战利品的古代弯刀，还有一张发黄的16世纪的地图，上面的海域上绘有人鱼，还点缀着小船。但是在白色嵌板上，这些东西都不算引人注目，因为有几只盒子里装着制作精良、颜色稀奇的南美洲鸟类标本，还有来自太平洋的极具研究价值的奇异贝壳，以及几件形状粗鄙又古怪的工具，可能是野蛮人用来杀死或烹饪敌人的。然而除了男管家以外，海军上将仅有的两名仆人是他家中最具异国情调的，他们都是黑人，全穿着紧身的黄色制服。教士依照直觉分析了自己对此的印象，这种颜色的紧身燕尾服穿在两条腿的动物身上，令人不禁想到了金丝雀，而这个词的另一层含义[1]又使人联想到上将南下的航海经历。晚餐接近尾声，两位黄衣服、黑脸膛的仆人从房中退下，只留下黑衣服、黄脸膛的男管家。

“你对这些事全不放在心上，我实在很遗憾，”范肖对主人说，“因为我请这两位朋友来，就是想让他们帮帮你，他们对这种事了解得可不少。你真的一点儿都不相信那个家族传说吗？”

“我什么都不信，”彭德拉根一边斜眼瞧着一只红色的热带鸟，一边轻快地回答，“我是个崇尚科学的人。”

出乎弗朗博的意料，他的教士朋友突然精神抖擞，岔开了话题，开始和主人滔滔不绝地聊起了自然史，提到了很多让人意想不到的话题，一直聊到仆人们摆好甜点和玻璃酒瓶并退出门去。然后，他用同样的语调说：“请恕我无礼，彭德拉根上将，我并不是出于好奇，只是希望你在方便的情况下验证一下我的推测。不知我猜得对不对，你不愿意当着男管家的面谈论那些陈年旧事？”

---

① 金丝雀：与加纳利群岛同名，该群岛属西班牙，位于非洲西北部的大西洋上。

海军上将挑起了光秃秃的眉头，惊呼道：“噢，我不清楚你是怎么知道的，我的确受不了那个家伙，可又不能无端辞退家中的佣人。范肖或许会依照那些传说，说我天生就厌恶长着西班牙式黑色头发的人。”

弗朗博在桌上重重地捶了一拳。“老天啊！”他大叫道，“那姑娘也有同样的头发！”

“我希望今晚我侄子能从他的船上平安归来，”海军上将继续说，“这样一来，一切就都了结了。你看起来很吃惊。我想你不明白内情，我告诉你吧。你要知道，我父亲有两个儿子。我还是单身，而我的兄长结婚了，他的儿子也像家中的其他人一样成了水手，将会继承这份家产。唉，我父亲的脾气有些古怪。他结合了范肖的迷信与我的怀疑态度——他内心总是充满矛盾，在我第一次出海之后，他冒出一个想法，并认为据此可以判明那条诅咒是真还是假。他认为，如果彭德拉根家的人都出海了，遇到自然灾难的机会太大，那证明不了什么。但如果我们按照继承权的顺序一个一个地出海，就能证明厄运是否笼罩着这个家族了。要我说，这真是个愚蠢的想法，我与父亲做过一番激烈的争论，因为我雄心勃勃，他却把我继承遗产和出海的顺位放在最后，甚至排在我侄子后面。”

“而你的父亲与兄长，”教士缓缓地说，“恐怕都死在海上了。”

“是的，”海军上将叹息道，“他们都死于海难，人类所有充满谎言的传说都是建立在各种残酷的事故上的，海难就是其中之一。我父亲是从大西洋返航时，在这片海岸出事的，他的尸体被冲到了康沃尔郡的礁石间。我兄长的船在从塔斯马尼亚归来时不知道沉在什么地方了。他的尸体一直没找到。我跟你说，这都是天灾，除了彭德拉根家的人，还有很多外人都葬身海底了。对航海家来说，这两次事故都不值得大惊小怪。当然啦，这些灾难令迷信说法开始蔓延，人们纷纷传说看到了燃烧的塔楼。因此我说只要今晚沃尔特能平安返回，一切谣言就都澄清了。他和未婚妻今天要来，但我怕意外的耽搁吓到她，就发电报告诉她等接到我的通知再来。但他今晚肯定会到，然后那个所谓的诅咒就会在烟雾中结束——在烟草的烟雾中消散。就让我们打开这瓶酒，来打破那个古老的谎言吧。”

“真是好酒，”布朗神父郑重其事地举起酒杯，说，“不过，你也看见了，只可惜我不太懂得品酒。我由衷地请求你的原谅。”原来他洒了一小滴酒在桌布上。他喝完酒便放下杯子，一脸安详，但手却突然颤抖了一下，因为他看到，就在海军上将身后靠花园的窗户外出现了一张向屋内窥视的脸——那是张年轻女人的面孔，肤色黝黑，头发与眼睛都有南方人的特征，可是表情中充满了忧愁。

稍作停顿，教士又用他温和的语调开口了。“上将，”他说，“你能满足我一个愿望吗？能让我和我的朋友在你家的塔楼上过夜吗？如果他们二位愿意的话。你知道吗？依我看来，你是个百邪不侵的人。”

彭德拉根跳起来，在窗前快速地踱步，窗外的面孔随即消失了。“我告诉过你，里面什么都没有，”他暴跳如雷地大喊，“关于这件事我只知道一点。你可以叫我无神论者。我就是个无神论者。”他摇摇晃晃地走过来，盯着布朗神父，神情专注得骇人，“这整件事都是意外。根本就不存在诅咒。”

布朗神父笑了。“真是这样的话，”他说，“你就更不该反对我到你家舒适的避暑别墅里过夜啦。”

“这想法真是荒唐。”海军上将一边回答，一边敲打着椅背上的纹饰。

“请原谅我的失礼，”布朗的声音中几乎透出了同情，“包括我把酒洒了那件事。但是尽管你在极力掩饰，可似乎塔楼失火的事对你并非无足轻重。”

彭德拉根上将像他站起来时一样倏然坐下，但是他坐下后便一动不动，再次开口时，他压低了声音。“你是自找麻烦，”他说，“但你居然能对所有这些邪恶的事保持冷静，难道你也是无神论者吗？”

又过了3个小时，天都黑了，范肖、弗朗博和教士还在花园中闲逛。那两位才明白布朗神父根本没有上床睡觉的意思，不管是去塔楼里睡，还是回房里睡。

“我看这草坪该除草了，”他半梦半醒地说，“要是能找到把锄头什么的，我要亲自动手。”

他们笑着跟在他后面，还带着几分抗议，但是他的回答极其严肃，他用布道的方式向他们解释，搞得两人不胜其烦，他教育他们，勿以善小而不为。他没找到锄头，却找到一把树枝绑成的扫帚，于是他充满活力地打扫起草地上的落叶来。

“总有小善可为，”他像个快乐的傻瓜一样，“乔治·赫伯特[①]说过：‘依照你的律法，为康沃尔的海军上将清扫花园，可以使花园与作为

① 乔治·赫伯特：威尔士诗人、演说家、牧师，创作过大量宗教诗歌。

都更完满。’[①]好了，扫干净了，”布朗神父随手将扫帚抛到一旁，又补充说，“我们来浇浇花吧。”

他们心情复杂地看着他将花园中的一大卷软管展开，他的话语中表达了他深刻的洞察力：“我看应该先浇红色的郁金香，后浇黄色的。红色的更干一些，你们认为呢？”

他拧开了水龙头，射出的水柱笔直又密实，好像长长的钢棍。

“小心点，大力士，”弗朗博高喊，“哎，你把花朵都冲掉了。”

布朗神父站在那里悲伤地望着光秃秃的植物。

“看来我浇水的方式不是在帮它们，而是在害它们，”他挠着头承认说，“可惜我没找到锄头。你们该看看我怎么用锄头！既然说到工具了，弗朗博，你常带着的那根内藏宝剑的手杖在身边吗？好的，那么塞西尔爵士，你就用海军上将扔在栅栏那边的那把刀吧。这四下里真是灰蒙蒙一片啊！”

“河上的雾气升起来了。”一直在留心观察的弗朗博说。

他话还没说完，只见一个巨大的身影出现了，是那个毛发浓密的园丁站在梯田状草地的高处，他挥动着耙子发出可怖的吼声。“放下软管，”他叫喊道，“放下软管，回你们的——”

“我真是笨手笨脚的，”教士无力地回答，“你知道吗，我在晚宴上洒了酒。”他犹豫着转过身，面向园丁表示歉意，但软管依然在他手中喷

---

① 这一句是布朗神父根据乔治·赫伯特之诗《万灵神药》改编而来，原句为“依照你的律法，清扫房间，可以使房间与作为都更完满。”

着水。凉水喷在园丁脸上，就像是炮弹打中了他。他大吃一惊，脚下一滑，摔了个四脚朝天。

“太可怕了！”布朗神父带着好奇的表情说，“哎呀，我打到人了！”

他向前探着头站了一会儿，不知是在看还是在听，接着他向塔楼的方向一路小跑，软管仍拖在身后。距离塔楼已经不远了，但它的轮廓依然模糊不清。

“你说的河雾，”他说，“有股怪味。”

“老天啊，真是这样，”范肖脸色发白，大喊道，“你是说——”

“我就是这个意思，”布朗神父说，“海军上将的科学预言之一今晚就要实现了。这件事会在烟雾中结束。”

他话音未落，一束绝美的玫瑰色红光喷薄而出，仿佛一朵巨大的玫瑰绽放开来，随之而来的还有木材燃烧爆裂的噼啪声，犹如魔鬼的笑声。

“天哪！这是什么啊？”塞西尔·范肖爵士惊呼。

“是塔楼着火的景象。”布朗神父说着，举起软管对着红光的中心开始喷水。

“还好我们没去睡觉！”范肖惊呼，“我估计火势不会蔓延到房子这边。”

“你大概还记得，”教士平静地说，“有可能传导火势的木栅栏已被劈开了。”

弗朗博异常震惊地看着他的朋友，但范肖只是茫然地说：“不管怎么说，至少不会有人送命。”

“这真是座古怪的塔楼，”布朗神父评述道，“每次有人利用它杀人，死掉的人却在其他地方。”

与此同时，大胡子园丁的巨大身影又出现在绿地边缘，他在挥手招呼其他人上前来，但这一次他手里拿的不是耙子，而是弯刀。他身后是那两个黑人，他们手里都拿着古老的弯刀，全是壁炉上的战利品。他们双眼血红，再配上黑脸膛和黄外套，简直是手持刑具的魔鬼。从他们身后昏暗的花园中，传来一个遥远的声音，在大声地指挥他们。教士一听到那声音，陡然变色。

但他依然保持镇定，紧盯着扩散的火苗，水流像银亮的长矛浇得火焰嘶嘶作响，火势似乎渐弱。他的手指紧紧抓住管子上的喷嘴，对准目标，一刻也不分神，对于岛上花园中激动人心的打斗场面，他只是侧耳倾听，偶尔从眼角快扫一眼。他向朋友们下达了两条简要的指示。其一是：不管那几个家伙是谁，赶快放倒他们，然后捆起来，柴堆下面有绳子。他们想抢走我的水管。另一条是：只要有机会，就快去叫那个划独木舟的姑娘，她在河岸边，同吉卜赛人在一起。请她找人拿几个水桶，到河边去装满水拎过来。接着他就闭上了嘴，继续给那如花朵般绽放的火焰浇水，那架势比他给红郁金香浇水时还要粗鲁。

他一次也没有回头去看敌我双方的打斗，一方要熄灭这神秘的火焰，一方则妄图助长它的气势。当弗朗博与大块头园丁撞在一起时，他几乎感到整个小岛都在颤抖。他只能想象一下，他们在搏斗中是如何抱在一起滚来滚去的。他又听到有人摔倒在地，还有他朋友取胜后喘着粗气扑向第一个黑人的声音，然后是两个黑人被弗朗博和范肖捆起来时哇哇乱叫的声音。弗朗博的蛮力扭转了敌众我寡的劣势，尤其对方的第四个人其实只是在房子附近转悠，参战的只有他的影子和声音。他还听到船桨划水的声音，有个姑娘在发号施令，还有吉卜赛人越来越近的应答声。空桶被按进水中，汲满了水。最后，纷乱的脚步声围住了火场。但这些都不打紧，对他来说，最重要的是红色的火焰支离破碎，火光最后又回光返照了一下，接着便渐渐减弱了。

随后，近旁的一阵叫喊声令他回过头来。弗朗博与范肖，还有前来支援他们的吉卜赛人，紧追着屋旁的神秘人物不放。接着他听到花园的另一端传来了法国人惊恐的叫喊声。回应他的是一种无法称其为人声的嚎叫，那东西冲破他们的包围，跑过了花园，接着绕着小岛跑了足足3圈，整个场面好像围捕疯子那样惊心动魄。之所以使人产生这种印象，一是因为被追捕者的叫声，二是追捕者手中还拿着绳索。其实这更像是孩子们在花园中玩的追逃游戏，不过更加恐怖罢了。最终，那人发现自己无处可逃，就爬上了河岸的高处，随着一阵水花溅起，他消失在阴暗湍急的流水中。

“我恐怕，你们捉不到他了，”布朗冷静的声音中带着痛苦，“现在他已经被冲到礁石上了，正是他让别人送命的地方。他懂得如何利用家族传说。”

“哦，别再拐弯抹角了，”弗朗博不耐烦地大声说，“你就不能用大白话说吗？”

“好吧，”布朗盯着软管回答说，“双眼亮闪，一路平安；一睁一闭，葬身海底。’”

火焰嘶嘶作响，仿佛被扼住了咽喉，在水管与水桶的围攻下，范围不断缩小，但布朗神父依旧紧盯着火场并接着说：“等到天亮的时候，我想请这位年轻的女士用望远镜看一看河口与河面。她应该能看到她想看的东西：有船只的迹象，或者说是沃尔特·彭德拉根先生回来了，甚至还可能看见那个半身像的标志，不管怎么说，他现在是安全的，可以完好地涉水登岸。他已经与另一次船难擦肩而过，他本来是躲不开的，还好这位女士对老海军上将的电报起了疑心，特地跑来盯着他。我们不要再提老上将的事了。什么也不要多说了。知道以下这些就足够了，一旦涂满焦油与树脂的木塔楼着了火，从地平线上看，那火光与海岸灯塔的一双灯火没有差别。”

“那就是，”弗朗博说，“父亲与兄长丧命的原因。传说中邪恶的叔叔差点儿得到了全部的家产。”

布朗神父没答话，实际上，除了礼貌性的回应他没有再开口，直到他们三个人又安全地围坐在游船客舱里抽雪茄。他看到被控制住的火焰终于熄灭了。之后他不愿再多作停留，尽管他听到年轻的彭德拉根在众人的簇拥之下，正沿着河岸逆流而上，而他（如果有心看望一下热恋中的金童玉女）可能会得到从船上下来的青年和划独木舟的姑娘共同的敬意。但疲劳感又一次向他袭来，只是弗朗博唐突地提醒他，烟灰掉在裤子上了，他这才打了个激灵。

“这不是烟灰，”他十分疲倦地说，“这是灭火时沾上的，但你不这么认为，那是因为你一直在抽雪茄。我正是依靠类似的推测，对那份海图隐约产生了怀疑。”

“你是指彭德拉根的太平洋岛屿的海图吗？”范肖问。

“你以为那是太平洋岛屿的海图，”布朗答道，“如果你将一片羽毛与化石和珊瑚放在一起，人人都会以为它是标本。但你要是将同一片羽毛与缎带和假花放在一起，人人都会说它是为女士的帽子准备的。如果将这片羽毛与墨水瓶、书籍还有稿纸凑到一起，任谁都会发誓说它是一支羽毛笔。而你看到了热带鸟类与贝壳，就想当然地认为那是太平洋岛屿的地图。可那只是这条河的地图。”

“你是怎么知道的？”范肖问。

“我看到了你们提到过的礁石，像巨龙的礁石，像大法师梅林的礁石，还有——”

“你怎么观察得那么清楚，”范肖叫道，“我们还以为你一直都心不在焉呢。”

“我晕船，”布朗神父简洁地说，“我感觉很难受。但是感觉难受不会影响我的观察。”然后他闭上了眼。

“你认为多数人都能注意到那些吗？”弗朗博问。他没有得到回答：布朗神父已经坠入梦乡了。

锣神

那是一个寻常的初冬下午，冷冽而空旷。日光惨淡，毫无暖意，显出一派清冷的铅灰色。如果那成百间单调的办公室和沉闷的画室已让你觉得乏味透顶，那么埃塞克斯[1]平坦的海岸边就更是死气沉沉了。这儿稀稀落落地排列着路灯，使得那单调越发显得不近人情，而一根根的灯柱则比树木更杂乱无章，或者说树木比路灯更加七扭八歪。刚下过的一场小雪已经融了一半，地面上只剩下缕缕的残迹，经霜重新冻结后已成了铅灰色，不再纯净。雪停了，但积雪形成的缎带已牢牢盘踞在海岸边上，与海浪沿岸激起的苍白泡沫遥相呼应。

海天交界处已冻成了鲜亮的蓝紫色，犹如冻僵的手指上突兀的青筋。前前后后，绵延数英里之内杳无人迹，只有两人竟还在这样的天气里轻快地散步，不过其中一人比另一人腿长得多，步伐也迈得更大。

这个时候这里似乎并不适于度假，但布朗神父假期很少，所以只要有机会他就得抓住。而且，可能的话，他总是喜欢和老朋友弗朗博一起休

① 埃塞克斯：英国英格兰东南部的郡。

假，弗朗博曾是个罪犯，后来又当过侦探。这位神父先生一直念着要去看一下他在科博尔的老教区，此时他们正沿着海岸向东北方走去。

走出一两英里后，他们发现海岸边开始筑起了正式的堤坝，构成一道绵长的曲线。路灯柱更少了，彼此间也离得更远，基本已无实用价值可言，但样子依然丑陋。又走了近半英里路后，布朗神父终于开始有些困惑了，眼前出现了许多迷宫一样排列的花盆，花盆中没有花，只长满了低矮平整、色泽柔和的植物。花盆被安置在弯曲的小路间，倒更像是棋盘格的人行道，而非花园，花径间还安放着弧形椅背的条椅。这地方颇有些海滨城市的氛围，但他却不大在意，随即轻哼一声，又朝着海岸边的堤坝望去，所看到的东西更让他确定了自己的感受。远处的那一片灰蒙蒙中，耸然立着某家海滨游乐场的大型舞台，就像一只长了6条腿的巨大的蘑菇。

“我想，”布朗神父说，立起他的大衣领子，又紧了紧羊毛围巾，“前面可能是个不错的度假胜地。”

“恐怕，”弗朗博回答说，“这个时候也没多少人会在这胜地寻开心吧。他们总想让这些地方在冬天也能兴旺起来，但除了布莱顿[①]和一些老地方外，他们就从没成功过。这一定是西伍德了，普利勋爵在尝试经营这地方。为了庆祝圣诞，他请了西西里岛的歌手，而且，听说这里还要举办一场盛大的拳击比赛。那样的话，他们得先把这破地方扔进海里，这儿简直就跟孤零零的一节火车车厢一样乏味。”

---

① 布莱顿：英国南部城市。

他们来到了舞台下方，神父好奇地抬头望去，他将头略偏向一边，像只歪着脑袋的小鸟，显得有些古怪。这座建筑的样式还算传统，但相对于其用途而言又过于花哨了：扁平的圆顶多处镀金，靠6根细长的漆木柱子支撑着。整座舞台离堤坝约有1.5米高，底下是形如一架大鼓的圆木平台。皑皑白雪配上人工建筑的金光灿灿，看上去美妙绝伦，这景象深深吸引着弗朗博和他的同伴。神父联想到了些什么，却又无法真切地抓住，但他一眼就已看出，那是艺术，而且是异邦的美。

“我知道了，”他终于说，“这是日式风格，和日本那些精美的木刻水印画很像，在那些画里，积满山顶的白雪看起来像糖一样，而宝塔上的镀金就像姜饼上的涂层。这建筑恰好像一座小型的异教神庙。”

“是的，”布朗神父说，“让我们来瞻仰一下他们的大神吧。”他纵身跃上高起的平台，动作是少有的敏捷。

“哦，那可太好了。”弗朗博大笑着说，一眨眼工夫，他那硕大的身躯已经出现在了这方古雅的高地上。

虽然这平台并没有比堤坝高出很多，但在那样一片荒芜的平地上，它仍提供了更加广阔的视野，让人可以越过平原和大海极目远眺。朝内陆看去，冬日的小花园已完全浸没在混沌的灰色灌木丛中。远处兀立着一座孤零零的农舍，还有它那低矮的谷仓，再远处就什么都看不见了，只剩下广阔的东英吉利亚[①]平原向无尽的天际伸展开去。海面上没有一丝帆影，除几只海鸥之外便再无生命的迹象，甚至连这些海鸥也仿佛是飘浮在空中的

① 东英吉利亚平原：东英吉利亚平原是东英吉利地区最大的自然保护区。

最后几片雪花，而不像是飞翔的生命。

弗朗博突然听到身后一声惊叫，忙转过身去。那声音来自比预想更低的地方，似乎徘徊在脚后跟处，而不是耳边。他急忙伸出手，但看到下面的情景还是忍不住笑了出来。不知何故，布朗神父脚下的平台塌陷了，这可怜的小个子男人已经掉下去，踩到了地面上。他正好够高，或者不如说够矮，只剩下脑袋露在塌陷的木洞外，就像盘子上施洗约翰[①]的脑袋。神父的脸上写满了不安，或许也和施洗约翰的表情不谋而合。

弗朗博愣了片刻便大笑起来。“这木头一定是烂了，”他说，“可它竟然能承受住我，而你却掉了下去，这真是奇怪。来，我拉你出来！”

但这位小个子神父只是专注而好奇地盯着那被断言为朽木的边角，眉头紧蹙，显得很是凝重。

“快点！”弗朗博不耐烦地喊道，依然伸着那棕色的大手，“难道你不想上来？”

神父用食指和拇指捏起一块碎木片，没有马上回答。许久，他终于若有所思地说：“出去？哦不，我倒更想进去看看。”他倏地没入了木板下的一片黑暗之中，因为动作过猛，他那顶宽边的教士帽跌落下来，安静地躺在上层的木板上。他本人则已不知去向。

弗朗博再次举目四望，却没有任何新的发现，呈现在眼前的仍然是同一片陆地和海面，水面似积雪般寒峻，而雪原又似大海般平坦而沉闷。

这时他身后传来一阵急促的响动，小个子神父从洞里爬了出来，动作

---

① 施洗约翰：因他宣讲悔改的洗礼，而且在约旦河为众人施法，也为耶稣施洗，故得此别名。

比掉进去时还快。他的脸上不再是不安的神情，而是变得果断坚决，并且，或许只是因为白雪的映衬，他的面色显得比平时略为苍白。

“好吧？”他那高个子的伙伴问道，“你找到这庙里供奉的神了？”

“没有，”布朗神父回答道，“我找到了可能更重要的东西——祭品。”

“见鬼，你到底什么意思？”弗朗博警觉地喊道。

布朗神父没有回答。他眉头紧锁，怔怔地望着眼前的景致。突然，他伸手指向前方：“那座房子是怎么回事？”

顺着他手指的方向，弗朗博这才看到一座房子的屋角，其实与农舍相比，它的位置要更近些，只是大部分隐没在树丛后面，所以先前竟没有引起他的注意。房子不大，离海边也颇有一段距离，但从房子的镀金装饰可以看出，与舞台、小花园，连同那些弧形椅背的铁椅一样，它们都是这座海滨游乐场的一部分。

布朗神父跳下舞台，他的朋友紧随其后。当他们朝着认准的方向走去时，树木倏忽向两边退去，最终他们来到了一座外表光鲜的小旅馆前，是度假村常见的那种旅馆，附带雅座酒吧，而非仅有大堂酒吧的普通旅馆。旅馆正面的墙上布满了镀金花纹与压花玻璃的装饰。在一片灰暗的海景与鬼魅似的树丛的衬托下，这种华而不实的外观反而平添了几分幽魅与恐怖。他们都隐隐觉得，如果这样的旅店能提供什么吃的或喝的，那也一定只是些哑剧中纸糊的火腿或者道具空杯罢了。

不过，他们对此也不十分确定。走到近处，他们发现餐厅已然关门。餐厅前面立着一把用来装饰花园的铁椅，椅背是弧形的，比其他椅子都长，横靠在整个墙面上。或许，把它安放在那里是供游客坐下来观海的，但在这样的天气里，似乎不会有人这么做吧。

然而，就在铁椅末端的前方立着一张小圆桌，上面放着一瓶夏布利酒，还有一碟子杏仁和葡萄干。圆桌后面，一个深色头发、未戴帽子的年轻人坐在椅子上，一动不动地注视着海边。

当他们离他4码远的时候，他还像个蜡像般定定地坐着，但走到距离3码的时候，他却突然跳将起来，像从玩偶匣中弹出的小人偶一般。他以一种恭敬而不失体面的态度向神父一行人表示了欢迎："先生们，你们要进去吗？眼下我的店员都不在，不过一些简单的要求我自己还是能尽量满足的。"

"非常感谢，"弗朗博答道，"那么，你就是旅店的主人了吧？"

"是的。"这个深色头发的人说，神态又略恢复了平静，"我的服务生都是意大利人，你看，我觉得他们该去看看他们的同胞怎样揍那个黑鬼呢。哦，马尔沃利和黑鬼内德的大赛马上就要开始了，你们都知道吧？"

"恐怕我们真的要劳烦你了，"布朗神父说，"我的朋友很想要杯雪利酒，驱驱寒，也预祝我们的拉丁斗士[①]夺冠。"

弗朗博不明白为什么偏要点雪利酒，但也没表示反对，只是和蔼地顺口说："那就太感谢了。"

"雪利酒，先生？——哦，当然。"主人说着转向他的旅店，"如果

① 拉丁斗士：意大利属于拉丁语系的国家。

有什么耽搁的话还请原谅，现在我的店员都不在——”他迈步向那拉着百叶窗的黑漆漆的旅馆窗口走去。

“哦，你实在不必费心——”弗朗博正要说些什么，那人又回过头来再次向他保证：“我有钥匙，就算里面很黑我也摸得着路。”

“我的意思不是——”布朗神父开口道。

刚说一半，他就突然被一声吼叫打断了。声音是从没有住客的旅馆里传来的。那雷鸣般的嗓音似乎吼着一个外国名字，但又听不真切。旅馆主人本就殷切地要为弗朗博去取酒，这时便更加急切地向前走去。这件事表明，旅馆主人先前和之后所说的并不全是实话。后来每次提起这事时，弗朗博和布朗神父都不得不承认，在他们所有的冒险（大部分可谓惊心动魄）经历中，这次从一座沉寂的空旅馆里突然传出的食人魔般的吼叫声，确实是最最瘆人的。

“我的厨师！”旅店主人慌忙喊道，“我把我的厨师给忘了！他马上就可以开始工作。是雪利酒吧，先生？”

果然，门口出现了一个庞大的白色身影，白色的帽子，白色的围裙，完全一副厨师该有的装扮，但那张脸却是突兀的黑色。弗朗博听说过黑人擅长烹饪。但由于肤色和种族的强烈对比，他心里越发觉得奇怪，竟然是旅店主人回应厨师的召唤而不是厨师听从主人的传唤。但他又想起，众所周知，有些大厨确实傲慢得很；而且，这时主人已经端着雪利酒回来了，那才是最重要的。

“奇怪的是，”布朗神父道，“既然有这么一场大赛，怎么海滩上人还这么少呢？我们一路过来几英里，路上才见到一个人。”

旅馆主人耸了耸肩："他们是从镇子的另一头，你看，就是车站那边过来的，离这儿大概3英里远。他们只对体育比赛感兴趣，旅馆嘛，就是个用来过夜的地方。毕竟，这样的天气也不适合在海边晒太阳啊。"

"也不适合在椅子上晒太阳。"弗朗博指着那张小圆桌说。

"我得望风。"店主人面无表情地回答。他是个安静而优雅的年轻人，但气色不太好。深色的外衣毫无特色，只有黑色的领结系得很高，用一枚形状怪异的金色别针固定，像是架在颈上的枷锁。他的脸上也没什么特别之处，除了某些或许可以称之为狡诈的不安神情——他似乎惯于将一只眼睛略眯起来，这便给人一种他另一只眼睛要大些的印象，或者说，让人以为他的另一只眼睛是假的，像玻璃球。

随之而来的沉默被店主轻声的问话打破了："你们过来时是在哪里见到那个人的？"

"够奇怪的，"神父回答说，"离这儿很近，就在那个舞台那里。"

弗朗博正坐在长椅上享用他的雪利酒，这时不禁放下酒杯站了起来，诧异地望着他的朋友。他张嘴想说些什么，但终于还是闭上了嘴。

"奇怪，"那个深色头发的男人若有所思地说，"他看起来长什么样子？"

"我看到他的时候周围很暗，"布朗神父说，"但他——"

如上所述，这个旅店主人说的某些话倒也不假。他说厨师马上就可以开始工作显然得到了印证，他们正说着话，就见那个厨师走了出来，边走还边往手上戴着手套。

但与刚才矗立在门口的那个黑白两色的大块头相比，现在这人的形象已经迥然不同。他从下到上，直到那双暴突的眼球，都被纽扣和搭扣扣得严严实实，而且都是最新潮的款式。宽大的黑脑瓜上斜搭着一顶黑色的高帽，是那种被法兰西先哲们比作八面镜的帽子。不知怎的，这黑人竟有些像那顶黑帽子：他也是黑色的，而他那光滑的皮肤竟也从八个甚至更多的角度反射着光线。他脚上蹬一双白色高筒靴，马甲里面套着白衬衣，这些自不待言。然而最为突兀的是纽孔里插着的一支红花，像是突然从那里长出来似的。他一手拄着手杖，一手擎着雪茄的样子颇能传达某种神态，就是我们谈起种族歧视时便不免会想到的那种姿态：某些既率真又确实粗野的东西——蛋糕步①。

“有时候，”弗朗博说，目光还跟随在他身后，“你真没法怪那些人会动私刑弄死他们。”

“对于来自地狱的恶行，”布朗神父说，“我向来都不感到惊奇。但正像我刚才说的——”布朗神父说话的时候，那个黑人仍旧大模大样地往手上戴着那副黄手套，同时疾步走向海滨游乐场——那个在灰暗、萧瑟的背景中显得非常怪异的舞台。他又接着说道，“正像我刚才说的，我没法准确描绘那个人的样子，但我记得他蓄着一脸浓密而老式的大胡子，深色的，也可能是染的，就像画报上那些外国的金融大亨。他脖子上裹着一条长长的紫色围巾，走路的时候会飘到风中。围巾在喉咙的位置固定着，就像保姆用安全别针帮孩子固定围脖那样。只不过，”神父平静地注视着海

---

① 蛋糕步：步态竞赛，旧时美国南部地区黑人的一种娱乐，因对步法及姿势优美者奖以蛋糕而得名。

面，补充道，“他用的不是安全别针。”

长椅上坐着的那个人也同样平静地注视着海面，现在，他又坐定了，纹丝不动。弗朗博已经非常确定，他那双一大一小的眼睛确实是天生的，现在它们都已完全睁开。他几乎能想到，在他专注地望着什么的时候，他的左眼是要大一些的。

“那是一枚很长的金色别针，针头雕刻成猴子的模样，或者类似的什么动物，”神父继续说着，“而且它固定的方式非常奇特——他戴着一副夹鼻眼镜和宽阔的黑色——”

这个静默的人依然盯着大海，两只眼睛像是分别属于不同的两个人。然后，他快如闪电般地采取了行动。

布朗神父背对着他，刹那间就要命丧黄泉。弗朗博没有武器，但他那双棕色的大手正好搁在长椅的一头。他突然双肩发力，将那个庞然大物高举过头顶，如同刽子手高举着即将斩落的斧子。椅子本身并不高，但被他举起后，就成了一架引人登上星空的长铁梯。在夜光的映照下，在地面上投下了的长长的影子，好似巨人挥舞着的埃菲尔铁塔。未等椅子砸下，这个神秘的陌生人已经被那影子吓得魂飞魄散。他丢下手里那把锋利锃亮的匕首，匆忙逃进了旅馆。

“快离开这里！”弗朗博大喊，同时奋力将那把巨大的椅子扔在沙滩上。他抓起小个子神父的胳膊，拽着他冲进了后花园迷蒙荒凉的夜色中。花园尽头立着一扇闭锁的大门，弗朗博一声不吭，弯下腰去愤怒地捣鼓了一阵：“这门锁住了。”

就在他说话的同时，远处传来一声微弱的枪响，一片黑羽毛从观赏冷杉树上应声飘落，正好擦过他的帽檐。弗朗博吓了一跳，比起那声枪响，这片羽毛更令他恐慌。接着，远远又传来一声爆响，随即，一颗子弹射入他拼命想要打开的门中，大门随之一震。弗朗博再次在肩上凝聚力量，突然发力，3条铰链和门锁同时断裂，他跳到了门后空荡荡的小径上，肩上仍扛着那扇巨大的花园门，就像大力士参孙[①]背着加沙的城门。

他用力将花园门扔回墙内，就在这时，又是一声枪响，他的脚后跟处溅起一撮混着泥土的白雪。他再也顾不上什么礼节，一把抓起神父，将他扛在自己肩上，迈开双腿以最快的速度向西伍德跑去，直到冲出近两英里路才将他的小个子伙伴放下来。就算有古时的安喀塞斯[②]为先例，这也绝对算不上是体面的逃亡，但布朗神父却咧嘴笑了起来。

他们又重新踏上原来的旅程，穿过镇子外围的街道，这里应该没什么可担心的了。“哎，”弗朗博终于不耐烦地打破了沉默，“我不明白这到底是怎么回事，但是我总该相信自己的眼睛吧，我怎么就没见你遇到过那个你描述得那么详细的人。”

“某种情况下来说，我确实遇到他了，”布朗一边说，一边神经质地啃着手指，“我确实见到他了。只是当时太黑，我根本看不清，因为那是在舞台下面。不过，恐怕我描述得确实不够准确，因为他的夹鼻眼镜掉在身下，已经碎了，而那枚金色的长别针穿透的也不是他的紫色围巾，而是他的心脏。”

---

① 参孙：《士师记》中的犹太人士师，能够一人扛起加沙的城门。

② 安喀塞斯：特洛伊王子，埃涅阿斯之父，特洛伊被焚时由其子背出火城。

“我猜，”弗朗博压低声音道，“那个玻璃眼球的家伙肯定和这事有关。”

“我当时是希望他和这事没有太大干系，”布朗神父忧心忡忡地说，“可能我做错了，当时我太冲动了。但恐怕这里面有隐情，而且很不妙。”

他们默默地继续朝前走，又穿过几条街。黄色的路灯开始亮了起来，在幽蓝冷寂的暮光中投下一丝暖意。显然，他们正在走近小镇的中心。大街上满是关于黑鬼奈德和马尔沃利的拳击比赛的彩色海报，在寒风中簌簌拍打着墙面。

“哦，”弗朗博说，“我从没杀过人，即便当时作罪犯的时候也没有。但有人竟在这样沉闷的地方杀人，我都有些同情他了。在所有被天主遗弃的废墟里，最令人扼腕的就是像那座舞台一样的地方，本来是带给人们快乐的，却变得这么凄惨。我能想象，在这种孤寂又捉弄人的环境里，一个病态的人肯定会产生杀掉对手的冲动。我还记得有次我徒步穿越你那风景秀美的萨里山区①，当时我一心只想着云雀和金雀花。走着走着就到了一片环形的空地，上方是静悄悄的宏大建筑，有一排排的座椅，就像罗马斗兽场一样雄伟，同时却又空荡荡的——那就是埃普索姆②的大赛马场。孤寂的飞鸟从空中滑翔而过，那一刻，我想，在这个地方，再不会有人感到快乐了吧。”

---

① 萨里山区：英格兰东南部的乡间风景胜地。

② 埃普索姆：萨里郡的城市。

“你这时提到埃普索姆可真奇怪，”神父说，“你记得所谓的萨顿之谜吗？因为那两个嫌疑人——我猜是做冰激凌的吧——正好生活在萨顿。他们最终还是被释放了。据说，在那附近的丘陵地上有人被勒死了。而实际上，我的一个爱尔兰警官朋友告诉我，他是在靠近埃普索姆大赛马场的地方被发现的——其实就藏在一扇敞开的矮门后面。”

“那是够奇怪的。”弗朗博同意道，“但这也恰好证实了我的观点，这些原本热闹欢腾的地方在旅游淡季的时候确实很荒凉，不然那人也不会在那里被谋杀了。”

“我不太确定他——”布朗神父欲言又止。

“不太确定他是被谋杀的？”他的伙伴疑惑地问。

“不太确定他是因为旅游淡季才被谋杀的。”小个子神父说道，带着某种单纯的神态，“你难道不觉得这种孤独有些蹊跷吗，弗朗博？你觉得一个聪明的杀人犯总需找一个僻静的地方作案吗？一个人真正独处的情况非常少，而且，一个人孤身独处的时候更可能引人注意。不不不，我觉得一定有其他的——怎么，我们到了哪个亭子还是宫殿中啦？这还有什么别的叫法？”

他们走进了一个灯火通明的小广场，只见那座主建筑金碧辉煌，张贴着五光十色的海报，两侧分别悬挂着马尔沃利和黑鬼奈德两人的巨幅照片。

“喂，”弗朗博大感惊讶，他的牧师朋友竟笨拙地径直踏上了那宽阔的台阶，“我可不知道你最近迷上拳击了。你要去看比赛吗？”

“我可不认为会有什么比赛。”布朗神父回答道。

他们迅速穿过前厅、内堂，又穿过拳击场。擂台已经搭起，围上了粗绳围栏，周围是数不清的座位与包厢。但神父对它们全都视而不见，而是径直走向服务台，其后的门上标着“赛务委员会”。他在服务台前停了下来，向那里的办事员提出要拜见普利勋爵。

那个办事员说勋爵很忙，而且比赛马上就要开始了。但态度温和的布朗神父竟和他软磨硬泡，这是他始料未及的。不一会儿，弗朗博就挡在了一个男人面前，那人正冲着要出门的另一人大吼：“当心点，你知道，第四回合后绳子——呃，你有什么事？”

普利勋爵是个颇有绅士风范的男人，而且，和大部分幸存于这个时代的贵族一样，他特别关心与钱财有关的问题。他那亚麻色的头发已有半数灰白，但眼眸中仍闪耀着狂热，他的鼻梁很高，鼻尖上顶着冻疮。

“只一句话，”布朗神父说，“我来阻止一桩谋杀。”

普利勋爵猛地弹了起来，好像椅子下装着弹簧似的。“我再也受不了了！”他大喊道，“你和你们这些委员会！牧师！还有该死的请求！过去他们不戴手套照样比赛，那时候怎么不见你们说三道四？现在他们可是戴了正规手套的，他们两个谁都不可能被打死！”

“我不是指拳击手。”神父说。

“好吧！好吧！好吧！”这位贵族先生说道，带着一种冷嘲热讽的语调，“那谁会被杀死？难道是裁判？”

“我也不知道是谁，”布朗神父回答道，若有所思地注视着他，“如果我知道的话，就不会来扫你的兴了，我只要带他逃走就可以了。我绝不认为这种比赛有什么不对的。但既然事情已经这样了，我不得不要求你赶紧宣布暂停比赛。”

“还有别的吩咐吗？”绅士先生不无嘲讽地说，眼中闪着兴奋的光芒，“你要怎么向赶来看比赛的2000名观众解释呢？”

“我会告诉他们，如果他们坚持要看比赛的话，他们中间将有一位不能活着离开这里。”布朗神父答道。

普利勋爵看着弗朗博。“你朋友疯了吗？”他问。

“离疯还早着呢。”弗朗博回答道。

“你看，”普利勋爵总是一副无法安定下来的神态，“更糟的在这里呢。一堆意大利人赶着来支持他们的马尔沃利，怎么说呢，都是些举止粗野、皮肤黝黑的乡巴佬。你们也知道这些地中海人是什么脾气。要是我这个时候宣布比赛暂停了，马尔沃利就会带着他的整个科西嘉部族冲到这里来了。”

“大人，这可是关乎生死的事，”神父说，“赶紧按铃，通知他们，我们再来看看找你算账的是不是马尔沃利。”

勋爵颇为好奇，总算按响了桌上的传唤铃。办事员旋即出现在门口，普利勋爵吩咐道：“我要向观众宣布重要通知，另外，你能不能帮我告诉我们那两位选手，比赛可能得推后了。”

办事员像见了鬼似的盯着他看了好几秒钟，终于退了出去。

“你说这些有什么凭据吗？”普利勋爵突然问道，“你请教过什么人了？”

“我请教了一座舞台，”布朗神父一边说，一边挠了挠头，“哦，不，我说错了，我还请教了一本书。在伦敦的一个书报摊上买的，很便宜。”

他从口袋中掏出一本包着皮面的结实的小书。越过他的肩头，弗朗博可以看到那是本古老的旅行手册，其中还折了一页以备查阅。

“伏都教[①]——”布朗神父开始大声念道。

“什么什么？”勋爵忍不住问道。

“伏都教，”神父饶有兴味地又念了一遍，“在牙买加以外的地方得以广泛传播的唯一形式便是被称为‘猴子’的形式，或者说‘锣神’。它在南北美洲的很多地方都极具影响力，尤其是在那些混血人群中，他们中的很多人看起来和白人几乎没什么区别。它和其他大部分崇鬼祭人的形式不同。事实上，真正流血的地方不是在祭坛上，而是以人群中的某种暗杀行动来完成。神龛大门开启时，便响起震天的锣声，然后，猴神现身，几乎所有的与会者都会将狂热的目光锁定在他身上。但之后——”

房门被猛地冲开了，那个时髦的黑人塞满了整个门框。他骨碌碌转动着眼球，那顶丝帽依然粗野地斜搭在头上。“哈！”他大声喊着，像猴子一样龇着牙，“这算什么？哈！哼！你们偷走了对一位黑人绅士的奖赏——到手的奖赏——你们以为，哼！你们以为救了那个意大利白种垃圾——”

“比赛只是延后，”这位贵族平静地说，“过一两分钟我会向你们解释的。”

---

① 伏都教：又译为“巫毒教”，源于非洲西部，是糅合祖先崇拜、万物有灵论、通灵术的原始宗教。

“你以为自己是——”黑鬼奈德暴怒地吼道。

“我叫普利，”另一人沉静地答道，“组委会秘书长，我奉劝你马上离开这个房间。”

“这家伙是谁？”黑人选手喝问道，傲慢地指着神父。

“我叫布朗，”神父回答道，“我劝你赶紧离开这个国家。”

傲慢的拳击手瞪着双眼愣了一会儿，然后，出乎所有人的意料，他砰地摔上房门，大步走了出去。

“对了，”布朗神父问道，边向上捋了捋他那满是灰尘的头发，“你认为马尔沃利怎么样？一个聪明的意大利人。”

“你看看，”普利勋爵说，“就因为你的几句空话，我可是担了很大的责任。我想你必须得跟我说说清楚。”

“你说得很对，大人，”布朗回答道，“这也花不了太多时间。”他将那本皮面的小书放回大衣口袋中。“我想这本书里有用的信息我们都已经知道了，不过你也可以看一下，看我说得对不对。刚才出去的那个趾高气扬的黑人是这地球上最危险的人物之一。因为他既有欧洲人的头脑，又有食人族的本能。在他那些野蛮人同胞中，屠宰原本是种单纯、普通的行为，他却将他们组织成了一个科学的现代暗杀组织。他不知道我知道这件事，当然，他也不知道我并没有证据。”

片刻的沉默后，神父继续说道：“但如果我想杀一个人的话，我一定要单独和他在一起吗？”

当他望着这个小个子神父时，普利勋爵的眼中又恢复了那种冰冷的讥诮。他说：“如果你要杀人的话，我想我会这样建议的。”

布朗神父摇了摇头，好像他是个经验丰富的杀人犯一般。“弗朗博也这么说，”他叹了口气说，“但你想想，一个人越是感到孤单，就越不能确定他是一个人独处。如果是独处，一定意味着他周边存在大片空地，而这就让他更显眼了。你站在高处不是更容易看到犁地的农夫吗？或者在山谷里更容易看到牧羊人？难道你独自沿着悬崖漫步时，不是更容易看到走在沙滩上的人吗？难道你会不知道他杀了一只螃蟹？假如被杀的是个债主，难道你会猜不到是欠债的人干的吗？不不不！对于一个像你我这样聪明的谋杀者来说，要确定没有人在看着你简直就是不可能的。”

“但是，难道还有别的方法吗？”

“只有一种办法，”神父说，“那就是确保所有人都在看别的东西。埃普索姆大赛马场附近有个人被勒死了。如果当时看台上没有人的话，谁都可能撞见这桩谋杀——任何在树篱边散步或者在山里驾车旅行的人都有可能。但当看台上坐满观众，喊声如雷，所有人都在为他们选中的马领先或落后而大声吼叫时，勒住脖颈，将尸体塞到门后这种事做起来就轻而易举，只要在群情激昂的那一刻完成就行。当然，”他转向了弗朗博，“舞台下那个可怜的家伙遇到的就是这种情况。就在现场气氛达到高潮的时刻，他被扔进了洞里（那个洞的出现并不是偶然的），可能正好是某个著名的小提琴手鞠躬谢场的时候，也可能是一个大腕歌星开始献唱或者正唱到高潮的时候。而这里，当然，当比赛开始，一方被另一方击倒在地引起众人欢呼的时候——这种时机当然不止一个。这就是黑鬼奈德从他们古老的锣神那里学来的小把戏。”

“顺便问一下，那马尔沃利——”普利勋爵说。

"马尔沃利，"神父说，"他和这件事毫无关系。我敢说，他确实带了些意大利人来，但我们要找的这些朋友可不是意大利人。他们是些八分混血儿和一些非裔的多种族混血儿，不过恐怕对我们英国人来说，所有外国人只要又黑又脏就没有什么区别。而且，"他又笑着补充，"恐怕英国人也不愿费心去分辨伏都教与我们的宗教所培养的品德之间的细微差别。"

春风回暖，布朗神父和弗朗博再次来到西伍德。这里又恢复了生机，海滩上满是人群和洗浴设施，充斥着四处游走的传教士和黑人歌手，而此时大范围追捕那个奇怪的神秘组织的浪潮远未停歇。不管怎样，关于那个组织的目的，已经随着他们的消失而永远成为了谜案。人们发现旅馆的主人如海藻般漂浮在海面上，早已死去。他的右眼安详地闭着，左眼却仍大睁着，如玻璃球般在月光下闪闪发亮。黑鬼奈德被追出了大概一两英里，他挥动左拳，打死了3名警察。剩下一名警察惊呆了，不，应该说是悲痛万分，黑人便趁机逃之夭夭。但这已足以在英国报界掀起轩然大波，此后一两个月内，大英帝国的主要目的便是阻止那黑鬼（不管是字面上还是本质上都很贴切）从任何港口逃跑。许多人虽然与他身形相去甚远，却不得不接受最严厉的审查，登船前必须使劲擦他们的脸，就好像所有白色的面庞都是由油彩画成的面具。英格兰的每个黑人都处于极端的管制之下，且必须上报他们的行动。所有出海的船只决不允许搭载黑人，就像不准搭载蛇怪一样。人们已经知道，这野蛮的秘密社团的力量是多么神秘而可怕，他们的势力范围又是多么宽广。因此，当弗朗博和布朗神父于4月间回到这里，惬意地斜倚在堤坝的扶栏上时，"黑人"一词在英格兰的含义几乎和此前在苏格兰时一样了[1]。

“他一定还在英格兰，”弗朗博推测说，“而且肯定藏得很好。如果他只是涂了白脸的话，他就肯定已经在港口落网了。”

“你看，他确实是个聪明人，”布朗神父解释说，“而且我肯定他没有把自己的脸弄白。”

“好吧，那他会怎么做呢？”

“我想，”布朗神父说，“他会把自己的脸抹黑。”

弗朗博一动不动地倚在栏杆上，大笑了起来：“哦，我亲爱的朋友！”

布朗神父同样静静地倚在栏杆上，伸出一根手指，指了指将脸涂上炭黑的一群黑人，他们正在沙滩上唱歌。

---

① 黑人：苏格兰历史上有位国王，名叫“Kenneth the Niger”或“Kenneth Dubh”，意为黑人。

克雷上校的沙拉

布朗神父刚做完弥撒，走在回家的路上。这是一个白雾蒙蒙的早上，雾气缓缓升腾，令这个清晨显得有些诡异——在这样的天气里，就算是光线最基本的成分也变得神秘而新奇。散落在原野各处的树木在水汽中逐渐显现，仿佛是用炭条在粉笔涂就的轮廓上加重了几分。更远处，是郊区零星散布的住房。随着它们的轮廓渐趋清晰，最终，他认出许多他偶然相识的人们的住处，还有更多，他能叫出房主的名字。所有的房子都门窗紧闭，没有人会这么早起床，更不会有人做他这种差事了。前方有座别墅，附带游廊与宽阔、华丽的花园。他从旁边走过时，一声响动令他不由自主地停下了脚步。不会错的，那一定是手枪或卡宾枪，要不就是其他什么轻型火器开火的声音，但这还不是最令他困惑的。第一声轰响过后，很快又传来一系列的轻响——他记着数，一共6声。他估计这应该是回声，但古怪的是这回声却和原声毫无相像之处。他想不出这些到底是什么声音，起初的3声分别像是苏打水瓶中虹吸管把水吸干的声音，某种动物的叫声，以及有人竭力忍住不笑而发出的声音。但这几种可能似乎都没什么道理。

布朗神父有着双重性格。一方面他是个行动派，如报春花般谦逊，又如时钟般准时。他恪守自己的职责，从不妄想有任何改变。另一方面他则是个思想者，更加单纯，但也更加坚强，任何事物都不能轻易阻止他，他的思想永远（就从这个词本身的意义来说）是自由的。不知不觉间，他忍不住问了自己一堆问题，然后又尽力一一解答，这一切对他而言就像呼吸和血液循环一样自然。但他又绝不会故意越界去多管闲事。这回，这两种态度可谓是狭路相逢了。他不断告诉自己这与己无关，想要继续在晨曦中前行，但脑中却不自觉地想到又否定了不下20种那些怪声可能所具有的含义。此时，灰暗的天际渐趋明亮，布朗神父这才认出自己正站在帕特南少校家门前，他是个英裔印度人，还带了一名马耳他[①]本地的厨师为伴。同时，他也意识到，枪击是件很严重的事，自己完全有必要去探究结果。他毅然掉头步入花园，向前门走去。

房子一侧从半高处突出了一块，像一座低矮的棚屋，后来他才发现那是个巨大的垃圾桶。从那边的角上转过来一个人影，起初只能在薄雾中看到模糊的影子，显然正弯腰在四下寻找着什么。待走得近了，那人形渐渐清晰起来，原来是个相当壮实的家伙。他就是帕特南少校，光头，脖颈粗壮，个子矮小但体型很宽，因长期在印度的骄阳下保留着英式的生活，那张脸总显得有些涨红。但那其实是一张欢快的脸，即便现在，虽然充满了好奇与困惑，却依然挂着一丝单纯的笑意。他后脑上挂了一顶宽大的棕叶帽（看着像个花环，可又与他那张脸极其不协调），但此外，他就只穿了

① 马耳他：位于地中海中部的岛国，由地中海一些岛屿组成，有“地中海心脏”之称，是一处著名的休闲度假区。

一套鲜艳的红黄条纹睡衣。虽然那衣服看起来鲜艳温暖，但在这样清冷的早晨穿着应该还是挺冷的。显然，他是匆匆从房中跑出来的，少校毫不客套地直接喊道："你听到那声音了吗？"对此，神父并不感到奇怪。

"是的，"布朗神父回答说，"我觉得我还是来看一下比较好，万一真有事也好帮个忙。"

少校瞪着一双颇具喜感的醋栗般的眼睛，惊奇地看着他。"你觉得那是什么声音？"他问。

"像是枪声之类的，"神父回答道，有些犹疑，"但回声好像有点不太寻常。"

少校仍平静地注视着他，但双眼瞪得老大。这时前门突然被撞开了，煤气灯的光亮刷地照亮了渐行褪去的雾气表面，另一个穿着睡衣的身影从门中跌跌撞撞地跳了出来。那人要高得多，更为清瘦，身形也更加健美。那身睡衣虽然同样鲜艳，但相对来说却显得有品味多了，是白色与柠檬黄相间的条纹。那人形容憔悴，但很英俊。他的皮肤比少校更黑，面部轮廓英挺，眼窝很深，由于发色墨黑但髭须颜色却很浅，因而又带了几分古怪。所有这些细节都是布朗神父无意间捕捉到的，那一刻他真正注意到的只有一件事：来者手上拿着一把转轮手枪。

"克雷！"少校盯着他大声喊道，"是你开的枪吗？"

"是的，是我开的。"这位黑发的绅士激动地回道，"换了你也会这么做！要是你被魔鬼四处追赶，几乎——"

少校急匆匆地打断了他的话。"这是我的朋友布朗神父，"他说，然后又转向布朗，"不知你是否见过皇家炮兵队的克雷上校？"

“当然，我听说过他，”神父单纯地说，“你——你打中什么东西了吗？”

“我想是的。”克雷沉重地说。

“他——”帕特南少校压低声音问道，“他死了还是大喊大叫了，还是怎么样了？”

克雷上校古怪地定睛凝视着这位留宿他的主人。“我会告诉你他到底干了什么，”他说，“他打了个喷嚏。”

布朗神父抬起手，摆出一副突然想起某个名字时常有的那种姿势来。他终于知道那是什么声音了，原来既不是苏打水瓶的声音，也不是狗喷鼻息的声音。

“好吧，”少校瞪着双眼，突然说道，“被转轮手枪打了还会打喷嚏，我可从没听说过。”

“我也没听说过，”布朗神父轻声说，“幸好你没用你的大炮打他，不然他可能会得一场重感冒呢。”思索了一会儿后他又接着问：“是小偷吗？”

“我们进去吧。”帕特南少校颇严厉地说，并率先进了屋。

在这样的清晨时刻，屋内外的光线总有种奇特的矛盾：虽然少校已经关了前厅的煤气灯，房间里却似乎依然比外面的天空更加明亮。布朗神父惊讶地发现，餐桌上布置得像要举办喜宴似的，每个位子前都备着餐布，每个餐盘边又都放着毫无必要的6种形状的酒杯。早上这时候看到前夜宴席的杯盘狼藉并不少见，但一大早就新铺好了的桌子却有些不同寻常。

就在神父犹疑地站在大厅中时，帕特南少校突然从他身边冲过去，狂怒的双眼在桌布上扫过一圈。最后他终于爆发了："所有银器都不见了！"他气喘吁吁地说，"鱼刀[1]和叉子不见了，老调味瓶架不见了，就连那把古老的银奶壶也不见了！现在好了，布朗神父，我准备好回答你那个问题了，你说是不是小偷呢！"

"这不过是障眼法，"克雷固执地说，"我比你更清楚他们干写要跟这房子过不去，我比你更清楚为什么——"

少校轻轻地拍了拍他的肩膀，像是在安慰一个生病的孩子："就是小偷，很显然就是小偷嘛。"

"一个患重感冒的小偷，"布朗神父说道，"这可能有助于你在附近抓到他。"

少校黯然摇头："恐怕他现在早就跑远了。"

之后，当克雷拿着转轮手枪再次走向花园时，少校沙哑着声音对神父小声说："我不知道是不是该报警，我的朋友动起枪来有点鲁莽，恐怕已经犯法了。他生活的地方太野蛮，而且，老实说，我觉得他有时会有幻觉。"

"我记得你好像告诉过我，"布朗说，"他认为某个神秘的印度组织正在追杀他。"

帕特南少校点了点头，但同时又耸了耸肩。"我想我们最好还是跟他一起出去，"他说，"我可不想再发生那种事，怎么说来着，打喷嚏？"

他们步出大门融入晨光之中，现在已经淡淡地可以看到日光了。克雷

---

① 鱼刀：吃鱼用的餐刀。

上校弓着高大的身躯，正在一寸寸地检查砾石路面和草坪，上半身几乎触到了地面。当少校缓步向他走去时，神父也漫不经心地向前走去，转过下一个弯就到了离垃圾桶几步远的地方。

他盯着这阴沉的庞然大物，定定地站了一两分钟，然后走过去，掀起盖子将脑袋钻了进去。灰扑扑的垃圾和尘土一起溢了出来，但布朗神父专心观察着里面，根本顾不得自己的形象。他就这样待了好久，宛如在进行什么神秘的祈祷仪式。终于，他带着满头灰尘钻出垃圾桶，漠然走开了。

当他再次回到花园门前时，日光已驱散了迷雾，门前站着的一小群人似乎也褪去了病态。照理说，事情还没弄清，还不是放松的时候，但他们就像狄更斯[①]小说中的那些角色，个个透着些喜感。帕特南少校不知何时已溜回屋内，套上了合体的衬衫与裤子，还束了一条深红色的腰带，外罩一件方方正正的浅色夹克。既然已经穿戴妥当，他那张喜庆的大红脸也挂上了惯常的热忱。他确实惹人注意，不过当时他正对厨师说着什么。厨师是个黝黑的马耳他人，面黄肌瘦，一脸愁容，与洁白的帽子和制服形成了一种怪异的对比。他犯愁也有道理，因为烹饪可是少校的爱好，而且他是那种比专业人士懂得更多的业余爱好者。在他看来，除了他，唯一还有资格品评煎蛋的人就是他的朋友克雷了。想到这里，布朗连忙转身去找那位军官。日光明朗，人们都已穿戴整齐，显得神清气爽，但克雷的样子却令他吓了一跳。这位优雅的高个子军官仍然穿着睡衣，头发蓬乱，此时正四肢

---

① 查尔斯·狄更斯（1812—1870）：19世纪英国最伟大的小说家之一。代表作有《雾都孤儿》和《远大前程》等。

着地在花园里搜寻那夜贼的踪迹。而且，显然是因为遍寻不着，他又不时恼怒地捶击着地面。看到他那样爬在草丛里，神父不禁忧伤地皱起了眉头，第一次，他开始想到，或许那句“有时会有幻觉”不过是种婉转的说法。

那一堆人中，除了厨师和少校，布朗神父也认得另一人——奥德丽·沃森，少校的看护兼女管家。此刻，从她的围裙、卷起的袖口和果决的神情来看，她显然在做家务而非看护了。

“你这是活该，”她说，“我早告诉你别用那个过时的调味瓶架了。”

“我喜欢它，”帕特南温和地说，“我是个怀旧的人嘛，而且可以把调料瓶收到一起。”

“看吧，现在也一起不见了。”她回嘴道，“好吧，如果你不再为小偷的事费心，那我也不费心做午饭了。今天是星期天，我们没法在镇上买到醋和其他调味品，而且没有辣乎乎的东西，你们这些印度绅士也没法享受所谓的大餐了。我现在可真希望你没叫奥利弗表哥来带我去听音乐，那得到12点半才结束呢，上校那时候就得走了。我可不相信你们这些男人能自己应付得来。”

“哦，亲爱的，我们可以的，”少校亲切地看着她，“马尔科什么酱料都有，而且你也知道，我们总是能在糟糕的环境下活得好好的。你也该享受一下啦，你可不必每时每刻都做家务，而且我知道你想去听音乐的。”

“我想去的是教堂。”她说，眼神颇为犀利。

她属于那种永葆美丽的女人，因为她的美不在于外貌或肤色，而在于头脑及个性。但是，尽管她还未届中年，她那红棕色的秀发仍如提香[①]笔下的女人，丰盈而亮泽，但从她的唇边和眉眼间又确实可以看到一些因悲伤而弥生的蚀痕，就像希腊神庙最终被风蚀化一般。事实上，她现在如此果断谈及的家务上的小困难根本算不上悲剧，只能说是闹剧。在他们谈话的间隙，布朗神父也理出了一些思路：克雷是另一位美食家，要在午餐时间前离开，但招待他的主人不愿错过和老友共进一场盛宴的机会，就趁沃森小姐和那些严肃的人都去做晨祷的时候安排了特殊的早午饭。沃森小姐将在她的一位亲戚兼好友——奥利弗·阿曼医生的陪同下前去教堂。虽然这位医生是个科学狂，却也是个音乐迷，为了得到听音乐的机会甚至愿意去教堂。所有这些似乎都跟沃森小姐脸上显露的悲愁并无瓜葛。布朗神父不由地再次转头去看那个疯疯癫癫的人，他仍在草丛里仔细翻找着。

布朗信步走到他面前，那个乱蓬蓬的黑脑袋突然抬了起来，好像神父停留过久吓到了他。事实上，布朗神父自己也意识到了这点，别说失礼了，即便从常理来说也不该这样。

“喔！”克雷目光灼灼地说，“我想你也跟他们一样觉得我疯了吧？”

“我确实这么想过，”小个子的男人镇静地说，“但我更倾向于认为你没有疯。”

“你什么意思？”克雷粗暴地问。

---

① 提香·韦切利奥（1490—1576）：被誉为西方油画之父，是意大利文艺复兴后期威尼斯画派的代表画家。他笔下的女人丰盈、充满肉欲和活力。

“真正的疯子，”布朗神父解释道，“根本不会觉得自己有病，不会想到要与之对抗。但你却试图找出那个夜贼的踪迹，就算他根本不存在。你在反抗，你想要的东西根本不是疯子会要的。”

“是什么？”

“你想证明自己是错的。”布朗说。

话音未落，克雷就跳了起来，或者说是摇晃着站了起来，满眼焦虑地盯着神父。“见鬼，真是那样！”他叫了起来，“他们全都告诉我，那个人是冲着银器来的——我还巴不得是那样呢！她针对我，”他那颗蓬乱的黑脑袋朝沃森小姐晃了晃，不过布朗神父其实并不需要他来指明方向，“今天她就怪我残忍，竟然向毫无恶意的可怜的小偷开枪，说我心里有个恶魔，竟对这些可怜无害的当地人下手。但我以前脾气很好，和帕特南一样温和。”

他停了一下接着说：“哎，我从没见过你，但请你给这整件事评评理。老帕特南和我是战友，但我在阿富汗边境上受了点伤，所以比大部分人都更早接到了撤退的命令，只有我们两个被遣送回国来休养。我和沃森在那儿订了婚，所以我们三个就一起回来了。事情就是在路上发生的，真是怪透了。结果就是帕特南想要解除我们的婚约，连沃森也拖着。我知道他们是什么意思，我知道他们怎么看我。你也知道吧。”

“好吧，事情是这样的。最后一天，我们待在一个印度城市时，我问帕特南能不能去买点特里其雪茄[1]，他就把他住所对面的一个小地方告诉

---

① 特里其雪茄：一种两端开口的印度方头雪茄烟。

了我。我后来了解到，他确实没说错，但如果一座体面的房子对面是些杂七杂八的房子的话，‘对面’这个词就实在太可怕了。我一定是进错了门。我很费力才打开一扇房门，眼前一片漆黑。但当我想往回走时，就听见有很多插销扣紧的声音，身后的那扇门竟又合上锁死了。我只好往前走，穿过一条漆黑漫长的通道。终于，我来到一处楼梯前，随后是一扇被门闩锁住的百叶门。那道门闩工艺很好，是东方式的铁艺。我只能用手摸索，但我最终还是打开了它。这时的眼前又是一片昏暗，好在地面上星星点点亮着许多小灯，光线很稳定，幽幽地发着绿光。但那点光亮只够让我看到一座巨大空旷建筑的底部或者说是边缘。我的面前好像立着一座大山。不得不说，当我意识到自己是站在一个神像面前时，我吓得差点摔在那巨大的石台上。最糟糕的是，那个神像还背对着我。”

“我猜它可能不是人的模样，因为它的那个小脑袋矮而敦实，身后还拖了条尾巴，或者说是一截多出来的肢体，就像一根令人恶心的巨大的手指，指着雕刻在巨石背面中央的一串符号。借着昏暗的灯光，我开始猜测那些象形字的意思。当然，我心里怕得要死。这时，更恐怖的事发生了。那房间像是个神庙，我身后的墙上有道门悄无声息地开了，从里面走出一个棕色脸庞的人，穿着黑夹克。他长着黄铜色的肌肤和象牙白的牙齿，笑容像是凝固在脸上。但最可气的是，他竟然穿着欧式服装。我想，当时我本以为会看到裹着长袍的祭司或者赤裸的苦行僧。可眼前这位却让我意识到，尘世间到处都有恶行，无法摆脱。而事实证明也确实如此。”

“‘如果你只看到了猴神的脚，’他依然是一副笑脸，直截了当地说，‘你受到的惩罚将是非常温和的——你只需忍受折磨，然后死去；如果你看到了猴神的脸，我们还是会温和而宽容地对你——你只需忍受折磨，继续活着。但是，既然你已经看到了猴神的尾巴，我不得不对你作最严酷的宣判——给你自由。’”

话音刚落，我就听到之前我拼命打开的那道精巧的铁门闩自动开启了。然后，从我穿过的那个黑暗通道的尽头传来那道沉重的沿街大门插销脱开的声音，大门也开了。

“‘祈求仁慈是没有用的，你只能自由地离开，’那个微笑着的人说，‘从今往后，一丝头发便能像利剑那样将你处死，一口微息便能如蝰蛇一般把你咬毙；武器会凭空出现索你性命，你将万死而不济。’说完，他便再次隐没在身后的墙中，而我，则走回到了街上。”

克雷停了下来，布朗神父则顺势坐到草坪上，开始摘雏菊花。

这位士兵又接着说道：“当然，帕特南总是一副无忧无虑的欢快样子，对我那些恐惧嗤之以鼻。而且，从那时起，他就开始怀疑我神智有点不正常了。好吧，我就用最简单的话跟你讲一下那之后发生的三件事好了，你来说说到底我们谁是对的。

“第一件事发生在丛林边上的一个印度村落里，但是离那座神庙，或者那个小镇已有几百英里，早已远离了对我下诅咒的那个部族和习俗所在的地方。漆黑的半夜里，我突然醒了过来，怔怔地躺在床上什么都没想。突然我感觉有点痒，就像有根绳子还是头发丝绕在喉口上。我缩身躲开它的同时，不由得想起神庙里那人说过的话。当我起床打开灯，望着镜中的自己时，发现脖子上留下了一圈血痕。

“第二件事发生在我们回国的路上，当时我们在塞得港[1]投宿了一家客栈，客栈附带着小酒馆和古玩店，表面看着没有猴神偶像，但那种地方也完全可能会有猴神画像或者符咒之类的东西。不管怎么说，诅咒也跟到了那里。我又一次在夜里惊醒，感觉到蝰蛇吐出的缕缕冰凉气息，用这种方式形容真的一点都不过分。那种情况下，活着本身就是痛苦的挣扎。我拼命用头撞墙，不觉撞到了窗户上，结果与其说是跳下去，不如说是掉下去，摔在了花园里。可怜的帕特南，他认为之前发生的那件事只是碰巧抓伤，但这回，他在黎明时发现我昏昏沉沉地躺在草地上，便觉得是该认真对待了。不过恐怕他担心的是我的精神状态，而不是我说的这件事。

“第三件事发生在马耳他。当时我们住在一座城堡里，我们的房间正好可以看到无边无际的大海，若不是有如海面般平坦的白色外墙隔着，海水几乎能漫到窗台上来。我又在夜里醒了过来，但周围并不黑。当我走到窗口时，正好可以看到皎洁的圆月。按说我该看到空荡荡的城垛上停着一只小鸟，或者海天相接的地方漂着的帆船。但我看到的却是空中有一根木棒或者树枝之类的东西打着转，然后就径直飞进我的窗口，将枕头边的台灯打了个粉碎，而我的脑袋才刚刚离开那枕头。那是一根奇形怪状的木棍，某些东方部族用来打仗的那种。但问题在于，我完全没看到有谁把它扔出来。”

布朗神父扔下手中正在摆弄着的雏菊花环，沉思着站了起来。“帕特

---

① 塞得港：埃及港口城市。

南少校，”他问道，“他有东方的古董、偶像、武器或者其他任何可能给我们一些提示的东西吗？”

“太多了，不过恐怕都没什么用，”克雷回答说，“无论如何，咱们还是进书房看看吧。”

他们走进屋门，经过沃森小姐身边时，她正扣着手套上的纽扣准备出门去教堂。楼下传来帕特南少校的声音，仍在教导他的厨师该怎么烹饪。在少校的书房兼古董室里，他们偶然遇到了另一个人。那人戴着丝质礼帽，穿着妥当，像是要出门的样子。他坐在放着烟灰缸的小桌后，正专心翻看一本书，听到他们进门的声音时，他又歉疚地扔下书匆忙转过身来。

克雷颇为谦恭地介绍了这位阿曼医生，但他的神情却异常冷淡。不管沃森是否清楚，布朗神父已经猜到这两人无疑是情敌了。对克雷上校的偏见他也不无同情，阿曼医生确实是位穿着考究的绅士，而且仪表堂堂，虽然肤色黑得已经不像亚洲人了。布朗神父发现，此人给他的络腮胡子打了蜡，因此胡须显得更加挺直，他还戴了特制的手套，来使手看上去变小一些，说起话来又装腔作势。但神父告诫自己，即便如此也要予以包容和理解。

阿曼那双戴着黑手套的手上拿着一本小巧的祷告书，这书似乎令克雷尤为恼火。“我怎么不知道你还对这个感兴趣。”他相当粗鲁地说。

阿曼温和地笑了笑，并没有动怒。“我知道，这本可能更适合我，”他一边说，一边把手搁在刚刚扔下的那本书上，“关于药物和这类东西的大辞典。但要拿去教堂的话，它实在太大了点。”他轻轻合上那本大书，神色间又露出一丝仓促与尴尬。

“我猜，”神父说，急于转移话题，“这些矛啊什么的都是从印度带回来的吧？”

“哪儿的都有，”医生回答说，“帕特南是个老兵，就我所知，他去过墨西哥、澳大利亚，还有食人岛[①]。”

“但愿他不是在食人岛学的烹饪。”布朗说，双眼迅速扫过墙上的炖锅和那些奇形怪状的餐具。

说曹操曹操到，一张涨红的笑脸突然探进书房，正是他们对话中这位欢快的主角。“克雷，快点，”他嚷嚷道，“你的午饭就快好啦。还有，那些想去教堂的人，钟声已经响过了。”

克雷快步下楼去换衣服，阿曼医生和沃森小姐则沉默地走到街上，和其余人一起向教堂走去，但布朗神父注意到医生两次回过头来仔细地观察这座房子，甚至还走回街角来看了一次。

神父有些糊涂了。“他不可能去过垃圾桶边啊，”他自言自语道，“至少肯定不会是穿着那身衣服去的。难道今天更早的时候他去过？”

在与人交际时，布朗神父总是像温度计一样敏锐，但今天，他却迟钝得像头犀牛。不论是按照严苛的还是含蓄的社会规则，他都不该在这对英裔印度伙伴用午餐时还赖着不走，但他确实留了下来，讲了一堆有趣但完全无用的话，似乎是想以此来避免尴尬。当他表现出无意吃午饭的时候，

---

① 食人岛：作家巴兰坦笔下描述的地方，文中描写了英国著名航海家科克船长在太平洋的探险中，在塔布提岛及其附近的一些岛屿的历险故事，据书中所述，食人岛应该就是指塔布提岛。

他的举动就更加令人迷惑了。两份营养均衡、精美绝伦的咖喱鸡蛋葱豆饭[1]搭配着合适的葡萄酒端到了另两位先生面前，而他却只是固执地重复说，今天是他的斋戒日，一边只啃了些面包，一面又抿了口冷水，之后就再没碰过那水杯。但他的谈兴却甚是浓烈。

“让我告诉你们，我要为你们做些什么吧，”他嚷嚷道，“——我来给你们拌一道沙拉！我不能吃，但我会好好拌的！先来些生菜。”

“不幸的是我们只剩下这个了，”好脾气的上校回答说，“你得知道，芥末、醋、油，还有其他调料都和调味瓶一起被偷走了。”

“我知道，”布朗的回答颇有些暧昧，“我就是担心这种事才经常随身带着调味瓶。我实在太喜欢沙拉了。”

接着，在另两人惊异的目光下，他从背心口袋里掏出一罐胡椒放在桌上。

“真不知道那小贼干吗把芥末也拿走，”他继续说着，又从另一个口袋里掏出了芥末瓶。“我猜肯定是想做芥子膏[2]吧。然后是醋”——边说边拿出那瓶调料——“我好像听说过关于醋和牛皮纸[3]的功用，也不知道管不管用？至于油嘛，我想我应该是放在左边的——”

布朗神父突然不再唠叨，他抬眼看到一身黑的阿曼医生立在日光下的草坪上，正不动声色地望着屋内，其他人显然都没有留意到。在他完全镇定下来前，克雷插了进来。

---

① 鸡蛋葱豆饭：一种印度美食。

② 芥子膏：一种皮肤用药，抗刺激、抗红。

③ 醋和牛皮纸：西方古护理学中称醋和牛皮纸能治疗伤口。

“你可真是个怪人，”他盯着神父说，“如果你的布道和你的行为一样有趣的话，我会去听听的。”他的声音有点异样，说着身体靠到了椅背上。

“哦，调味瓶里也有布道的，”布朗神父严肃地说，“你听说过一粒芥子般的信仰[①]吗？或者神圣的膏油涂抹[②]的仁慈吗？至于醋，难道会有人忘记那个孤独的士兵吗？当天空变黑时——[③]”

克雷上校身体略向前倾，抓住了桌布。

正专心做着沙拉的布朗神父将两勺芥末倒进身边的水杯中，蓦地站起身来，以一种陌生的语调突然大声说道：“喝了它！”

同时，伫立在花园中的医生跑了进来，猛然打开一扇窗户：“需要我帮忙吗？他中毒了吗？”

“差点儿。”布朗说，脸上挂着似有若无的笑意，因为催吐剂很快就生效了。克雷躺在帆布椅上，艰难地喘着气。所幸的是，他还活着。

帕特南少校跳了起来，紫色的脸膛神色复杂。“这是犯罪！”他嘶哑地吼道，“我去叫警察！”

神父能听到他从挂钩上拽下那顶棕叶帽，仓促冲出前门的声音，他听到花园大门砰的一声合上了。但他只是站在那儿看着克雷，沉默了一会儿

---

① 芥子般的信仰：出现在《圣经》中“Because you have so little faith. I tell you the truth, if you have faith as small as a must ard seed, you can say to this mountain, ‘Move from here to there’, and it will move. Nothing will be impossible for you.”芥子般的信仰指信仰虽小，但只要够真诚，也将会有巨大的力量。

② 膏油涂抹：出自《圣经》。涂油是一种祝福方式，也是将他人神圣化的一种仪式。

③ 醋：耶稣被钉在十字架上时，曾有罗马士兵为了戏弄他，给他醋喝。耶稣升天时，天空一片黑暗。

后，他平静地说：“我不会跟你说太多。但我会把你想知道的告诉你。你根本就没有被诅咒。那座猴神神庙要么是巧合，要么是个骗局，也就是一个白人设下的骗局。只有一种武器可以在轻如羽毛的触碰后就让人见血：一个白人手中的剃须刀。只有一种方法可以让一间屋里充满无法抵抗的无形毒药：拧开煤气阀门——一个白人的罪行。而且只有一种棍棒可以被扔出房间，在空中回旋后飞进隔壁的房间：澳大利亚的回飞棒。你可以在少校的书房里找到其中的一些东西。”

说完他走出房间，又和医生说了会儿话。那之后，他看到沃森小姐回来了，她匆匆跑进房间，一下子跪倒在克雷的椅子边上。他听不清他们在讲什么，但他们脸上的神情只是惊异而非忧愁。医生和神父慢慢向花园门口走去。

“我想少校也爱着她。”神父叹了口气说。在对方点头时，他又评论道：“医生，你很慷慨，你做了一件好事。但是，是什么让你起了疑心呢？”

“一件很小的事，”阿曼说，“不过却让我在教堂时不安了很久，幸好回来后发现没有出事。他桌上的那本书是关于毒药的，它放在那里正好翻到关于一种印度毒药的那页，虽说那种毒药有剧毒，且几乎不留踪迹，却可以用一种最常见的催吐剂解毒。我猜他是在最后时刻才读到这点的——”

“而且想起了他的调料瓶里就有那种催吐剂，”布朗神父说，“是的，所以他把调味瓶扔进了垃圾桶里——我就是在那里找到它们和其他银器的，他用它们来做幌子，装成失窃的样子。但如果你看一下我放在桌上的那个胡椒罐就会发现上面有个小洞，那是被克雷的子弹打出来的，胡椒粉漏了出来，所以罪犯打了个喷嚏。”

一阵沉默。阿曼医生冷冷地说：“少校去找警察花的时间够长的。”

“或者说是警察找少校吧？”神父说，“那么，再见了。”

约翰·布尔努瓦的奇怪犯罪

卡尔霍恩·基德先生是名年轻的绅士，却长了一张极为老成的脸。这张脸被框定在深蓝色的头发与黑色的领结间，有种过分燃烧热情之后的干瘪状。他是美国知名的《西阳》[①]日报社驻英国记者，这家报社同时也被风趣地称为“升起的夕阳”。这是在暗指当时一篇关于新闻业的伟大宣言（基德先生的手笔）称，“他认为如果美国人民只要再勤奋些，太阳就能从西方升起。”然而，那些自诩拥有更醇厚的历史传统而嘲笑美国新闻业的人可能忘了一点，美国新闻界存在的自相矛盾的现象恰好弥补了这种缺陷。因为虽说美国新闻业中的粗俗远超英国报业，但它对那些纯精神性的话题同样兴致盎然，而英国报纸却对此一窍不通，或者说，缺乏这种能力。《西阳》的报道中就充斥着以极其荒唐的方式探讨的严肃议题。在他们那里，威廉·詹姆斯[②]同时会被称为“疲倦的

---

① 《西阳》：文中虚构的美国报社名。地理上美国位于欧洲西面，因此称西方的太阳是一种标榜。同时，后文称西方崛起也指的是美国的新闻业欲与英国抗衡。

② 威廉·詹姆斯（1842—1910）：美国本土第一位哲学家和心理学家，也是教育学家，实用主义的倡导者，美国机能主义心理学派的创始人之一，也是美国最早的实验心理学家之一。

威利”[1]，美国报业的形象不断在高雅与通俗之间转换。

因此，以下所发生的事便也不足为奇了。牛津市一位名不见经传的约翰·布尔努瓦在艰涩的评论杂志《自然哲学季刊》上发表了关于达尔文进化论缺陷的一系列文章，他认为，宇宙处于一个相对稳定的状态，但不时会经历一些大动荡引发的巨变。虽然该理论在牛津内部引起了相当大的轰动，引来颇多的追随者，并被命名为“灾变论”，英国报业却对此完全无动于衷。然而，多家美国报社却将此番挑战视为一件大事，《西阳》的版面上到处可见有关布尔努瓦先生的报道。但是，正如此前所述，美国的报纸充斥着自相矛盾。一些充满智慧与热情的极具价值的文章却被冠以低劣的标题，一看就知道是个不学无术的疯子写的。诸如“达尔文嘴啃泥，批评家布尔努瓦说他引发震荡”，或者“让灾难永存，思想家布尔努瓦如是说”这样的标题比比皆是。就这样，打着领结、一脸苦相的卡尔霍恩·基德先生奉命去牛津郊外的那幢小房子里采访思想家布尔努瓦先生。后者安静愉快地过着自己的日子，全不知道自己已被冠以思想家的头衔。

此前，这位信奉命定说的哲学家茫然地接受了采访的要求，并将时间定在当晚9点。夏日的最后一丝余晖徘徊在卡姆纳市[2]和周围草木茂盛的丘陵上。这位浪漫的美国佬生怕走错了路，同时却又对周围的环境充满了好奇。他看到路边有一座货真价实的古英国乡村旅馆，名叫“冠军武器”，旅馆大门开着，他走进去想问一下路。

---

① 疲倦的威利：原文“WearyWillie”的字面含义。实际是美国俚语，有“经常萎靡不振的人”、“流浪汉”和“游民”等含义，因其中的“Willie”也是威廉的昵称，此处双关。

② 卡姆纳：英国牛津郡城市。

他走进旅馆大堂按了按铃，但等了一会儿才有人回应。当时唯一的另一名客人是个清瘦的男人，头发接近红色，穿着宽大的衣服。他正喝着极劣质的威士忌，同时却又抽着很好的雪茄。那威士忌显然是“冠军武器”里的招牌酒，而雪茄则极可能是他从伦敦带来的。他那玩世不恭的随意装扮与这位年轻的美国人朴实无华的整洁衣装实在是大相径庭，但他却带着铅笔，还有一本打开的笔记本，或许还因为他那双机警的蓝眼睛所流露的神情，基德猜想他应该是一位记者同行。事实证明，他猜对了。

“劳驾，”基德问，带着他的民族所特有的礼貌，“你能告诉我去格雷乡舍该怎么走吗？据我所知，布尔努瓦先生就住在那里。”

“沿着大路往前走几步就到，”红发的人撇开拿着雪茄的手，“我待会儿也要经过那里，不过我是去彭德拉根庄园玩，去凑个热闹。”

“彭德拉根庄园是什么地方？”卡尔霍恩·基德问。

“克劳德·钱皮恩爵士的地盘，难道你也要去凑热闹？”另一位记者抬起头来问道，“你是个记者，对吧？”

“我是来找布尔努瓦先生的。”基德说。

“我是来找布尔努瓦夫人的，”另一人说，“不过我不能去她家找她。”他的笑声让人颇感不悦。

“你对灾变论感兴趣吗？”美国佬好奇地问。

“我对灾难感兴趣，而且应该马上就能看到一些了，”他的这位伙伴阴郁地说，“我专门宣扬别人的丑闻，我也从不否认。”

说完，他向地上啐了一口。不过，就从他那一刻啐口水的姿势来看，你会发现他其实是个从小有着良好教养的绅士。

这位美国记者开始用心打量起他来。他脸色苍白，看着像是放荡不羁的那种人，神情中蕴含着伺机待发的激情，但那还是一张机智而敏锐的脸。他穿着随意，服装很粗糙，但瘦长的手指上却戴着一枚贵重的印章戒指。谈话中，他知道了他叫詹姆斯·达尔罗伊，是一位破产的爱尔兰地主的儿子，目前就职于一家专挖桃色新闻的报社，叫做《精明社会》。他打心底里鄙视这家报社，却仍在其中担任着记者一职，更令人痛苦的是，他的工作几乎与做间谍无异。

布尔努瓦有关达尔文的理论是个好题材，能让《西阳》充分发挥它雅俗并举的特点，因而《西阳》对它表现出浓厚的兴趣，但令人遗憾的是，《精明社会》对此却毫无兴趣。达尔罗伊来这里似乎是因为嗅到了一丝丑闻的气息，这桩丑闻很可能最终要闹到离婚法庭上，但眼下它还只是飘荡在格雷乡舍和彭德拉根庄园之间。

《西阳》的读者都知道克劳德·钱皮恩爵士和布尔努瓦先生，如同他们熟知教宗和德比赛马冠军[①]那样。但他俩竟然私交甚密，基德觉得，这简直就如教宗与赛马冠军一般不搭调。他听说过，也曾写过，或者说是假装知道克劳德·钱皮恩是“英格兰十大智者和富者之一”。他是个伟大的运动家，驾着游艇环游世界；他是个伟大的旅行家，写了一系列关于喜马拉雅山脉的书；他还是政治家，凭借令人惊异的保守党民主主义席卷了整个选区。此外，他还是文学艺术、音乐、特别是表演方面的业余爱好者，

---

① 教宗和赢得德比赛马的那匹著名的赛马（the Pope and the Der by Winner），“the Pope”意指教宗，德比冠军指历史上一匹名为“Pope”的冠军赛马，与教宗的英语相同。此处意指布尔努瓦与钱皮恩爵士两人应该如教宗和冠军马一样本该毫无关联。

而且颇有建树。克劳德·钱皮恩爵士实在是一位超乎美国人想象的更加杰出的名人。这位新生的贵族有着无所不包的文化涵养，并热衷于在公众面前表现自己。作为一名业余爱好者，他不仅伟大，而且激情四溢。我们用“dilettante”[①]一词来表示“业余爱好者”时，不免让人理解为浅薄或一知半解，但他却并非如此。

堪称完美的钱皮恩爵士，长着一副鹰隼般的身形，有双深紫色的意大利人特有的眼眸，不时出现在《精明社会》和《西阳》的版面上。他给人的印象就是一个被雄心吞没的人，一如遭到烈火吞没，或疾病缠身那样。不过，虽然基德对钱皮恩爵士的情况了解颇多——事实上，比他自己知道得还多——但他做梦也没有想到，这个如此热爱炫耀的贵族竟会与那位新近才被发掘出来的灾变论的创始人有瓜葛。或者说，他根本不会猜到克劳德·钱皮恩爵士与约翰·布尔努瓦竟是亲密的好友。然而，按照达尔罗伊的说法，这确是事实。中学和大学时，他们曾形影不离。而且，虽然他们的社会命运大不相同，钱皮恩是个大地主，且差不多是个百万富翁，布尔努瓦却是个穷学者，而且此前一直默默无闻，但他们依然保持着紧密的联系。事实上，布尔努瓦的小房子就在彭德拉根庄园的大门外。

但这两人的友谊还能保持多久呢？这恐怕是个暗藏玄机的问题。一两年前，布尔努瓦娶了一位漂亮且小有成就的女演员，他腼腆而笨拙地爱着她。但他们的住房靠近钱皮恩的居所，这便给了那位轻浮的名人放荡的机会，那样做除了能为她带来痛苦而低劣的刺激外什么好处都不会

---

① dilettante：意指浅薄的涉猎者，闹着玩的人，一般为贬义。

有。钱皮恩爵士真是将宣传的艺术发挥到了极致。在这样一场阴谋中招摇卖弄绝不会为他带来什么荣誉，他却似乎很是乐在其中。彭德拉根的仆人总是捧着花束登门献给布尔努瓦夫人。马车和汽车不断来到乡居门前邀布尔努瓦夫人出行，园子里永远都在举办正式舞会和化装舞会，期间钱皮恩爵士就像带着‘爱与美之天后’巡游一样，领着布尔努瓦夫人在众人面前招摇。就在那个夜晚，基德先生要去探讨灾变论，而对克劳德·钱皮恩爵士来说，那是他露天表演《罗密欧与朱丽叶》的夜晚。他将扮演罗密欧，至于朱丽叶的扮演者是谁，在此自然不必点明了。

“我猜这事肯定得出大乱子，”红头发的年轻人说道，同时摇摇晃晃地站了起来。“老布尔努瓦可能被收买了，所以才不吱声——也可能他太老实，不明事理。但要是他太老实的话，那只能说他是笨得要死了，是榆木脑袋了。不过我觉得那不太可能。”

“他是个有着超凡智慧的人。”卡尔霍恩·基德低沉着嗓门说。

“是的，”达尔罗伊回答道，“但正因为智力超群，他才不甘心当愚蠢的缩头乌龟。你现在要走吗？我再待一会儿也过去。”

但卡尔霍恩·基德已经喝完了一杯牛奶和苏打水，潇洒地走上了通往格雷乡舍的小路，留下他那愤世嫉俗的线人独自品着威士忌和烟草。最后一抹日光已经褪去，天空变成了浓重的青灰色，好似一块石板，随意地镶嵌着几颗明亮的星星。月亮快要出来了，照得左边的天空格外明亮。

格雷乡舍四周围着僵直、高耸的荆棘树篱，紧挨在公园的松树和铁栅栏边，起初基德还以为这是公园的门房。不过他看到了狭窄的木门上写着布尔努瓦的名字。此时，手表指针正好走到了这位“思想家”约好的时间，他走进去叩响了前门。从院子里他可以看到，虽然这座房子仍然非常朴素，但比第一眼看到的显得大而豪华了些，显然并不是门房的样子。门外立着狗窝和蜂箱，似是象征着英格兰的乡间生活。园子里成排的梨树郁郁葱葱，皎洁的月亮从树后徐徐升起。那条狗钻出了狗窝，带着一副尊贵的神气，似乎很不情愿吠叫，而前来应门的这位朴素的老男仆言语简明，显得甚是高贵。

“先生，布尔努瓦先生非常抱歉，”他说，“他突然有事，不得不出去了。”

“可我是和他约好了的，”记者提高了嗓门说，“你知道他去哪了吗？”

“先生，他去彭德拉根庄园了，”这位仆人颇为阴沉地说，伸手想要关门。

基德不由得心里一动。

“他是和夫人——是和大家一起去的吗？”他问得有些暧昧。

“不，先生，”男仆简洁地回答，“他留在家里，过后才单独出去的。”说完他便粗野地甩上了屋门，好像有什么事没做完似的。

这美国人举止冒失，却也很敏感，这时也有点火了。他真想逼他们去听一堂商业礼仪课，那条灰不溜秋的老狗，那个头发花白、面色阴沉，穿着老旧衬衫的老管家，还有那轮老态龙钟的月亮，特别是那个没头没脑、不守约定的老哲学家。

“如果他那样做事，那他活该被自己的妻子背叛，”卡尔霍恩·基德先生说，“不过他也可能是去砸场子呢，那样的话，作为《西阳》的记者，我一定得去看看。”

从敞着门的门房处转弯，他走上了一条大路，路两边排列着阴沉黑暗的松树。树丛看起来冷漠而突兀，直指彭德拉根庄园的内园。阴沉沉的树木排列整齐，就像灵车上的羽毛，天空中还零星地缀着几粒星星。基德先生对文字非常敏感，而对自然则少了些联想力。此时，他脑中反复冒出“乌鸦林”[①]这个词。一方面，这片松树林本身漆黑一片；另一方面，这里弥漫着无可名状的氛围，几乎就是司各特[②]伟大的悲剧作品中所描写的那种。周边充溢着18世纪的亡者的腐败气息，处处呈现着阴湿的庭园与破败的坟墓所特有的凄凉，让人明白曾犯过的错误不能再被修正。因为一切都显得如此不可思议的虚幻，又让人生出一种无可治愈的哀伤。

他走在这条古怪、阴沉，充满了悲剧与诡谲的路上，不止一次以为前方有脚步声而被吓得却步不前。但前方只有两道松树构成的昏暗高墙，和上方那片楔形的星空，其他什么都看不到。起初，他以为是自己的幻觉，或者，那不过是他自己脚步的回音。但凭借他那仅存的理智，越到后来，他越觉得前方确实有别人的脚步声。他隐隐想到了鬼魂，长着一副如小丑般惨白的面孔，却又点缀着黑斑。那片深蓝色的三角形天空的一角显得更亮，更蓝了，但他还没意识到，这是因为他正在接近亮着灯的花园和豪宅，他只感到气氛似乎愈发紧张起来，而那种悲伤的氛围此刻更多了几分暴力、神秘，还有——他犹豫了一下，终于忍不住笑了出来——灾变论。

---

① 乌鸦林：讲的是发生在17世纪苏格兰高地地区的事件地点名称，拉美默尔地区的领主亨利和乌鸦林的领主艾德嘉世代为敌，两个家族有着纠缠不清的恩怨与权势之争。然而不幸的是艾德嘉却爱上了仇敌的妹妹露琪亚，并且立誓相守。

② 沃尔特·司各特（1771—1832）：英国著名的历史小说家和诗人。

越来越多的松树和道路从他身边退去，突然，他像被魔法砸中般定定地立在了原地。此时已不必提他恍如置身梦中，然而他确实以为自己是走进了小说的情节中，这一切都太不可思议了。因为我们人类习惯了那些不合常理的事，习惯了不协调的嘈杂声，我们能伴着那声音睡去。而一旦某件正常的事发生了，我们便会惊醒，好像完美的旋律会为我们带来痛苦似的。确实有事情发生了，一如所有被遗忘的故事又在这种地方重演。

从黑沉沉的松树林后飞来一把长剑，在月光映射下闪着寒光。那是把又细又长的剑，银光闪闪，令人不禁想到，在这古老的园中，它曾参加过多少次不公平的决斗。它当啷一声掉在他前方的小路上，就像一枚巨型钢针躺在地上，寒光闪烁。他像只野兔一样跑过去弯腰查看。离得近了，他发现这柄剑相当华丽：剑柄与护手上镶着巨大的红宝石，有些真假难辨。但剑刃上鲜红的液滴却无疑是真确的。

他疯了一般地望向这柄炫目的细剑飞来的方向，只见那边成排的松树间有个缺口，一条小路向右直直地切了进去。他走上那条小路，很快眼前便出现了一整排灯火通明的房屋，屋前有小湖和喷泉。然而，他的目光并不在那房子上，因为眼下有更引人注目的东西可看。

不远处，在梯台式花园那陡峻的绿坡上，他看到一个小山丘或者长满草的凸起，就像一个被田鼠拱起的巨大土丘，周围是三圈玫瑰花栏，中间的最高点上安放着日晷，这是古园艺中常见的精巧布局。基德看到日晷的指针指向黑魆魆的夜空，好似鲨鱼的背鳍，而惨白的月光则凝滞在废弃的晷面上。但他很快又发现上面还矗立着别的什么，他的心怦怦直跳——那是一个人。

虽然那人的穿着异常古怪，从头到脚都裹着深红色的紧身衣，装饰着金色的闪光带，基德也是刚看到他，但在月光下的匆匆一瞥，已足以让他认出这人是谁了。他苍白的面孔对着天空，胡子刮得很干净，显得异常年轻，就像长着鹰钩鼻的诗人拜伦，黑色的卷发却已经有些花白——他曾无数次见过钱皮恩爵士的公开画像。那个红色身躯翻滚着撞在日晷上，紧接着便已滚下陡峭的台阶，躺在了这个美国人的面前，无力地挥动着胳膊。胳膊上戴着华丽而造作的金色饰物，基德突然想到了《罗密欧与朱丽叶》。这套深红色的紧身衣无疑就是戏服。但那人滚下来的台阶上留下了一道鲜红的印迹，这显然不是演戏。他真被刺伤了。

卡尔霍恩·基德先生惊叫了起来。他再次隐隐听到了那鬼魂般的脚步声，待他反应过来，身边已经多了个人。他认出了来人，却又一次被吓到了。那个自称达尔罗伊的浪荡公子似乎一直跟在他身边，无声得让人害怕。如果说布尔努瓦没能遵守约定的话，达尔罗伊则是近乎阴险地恪守着他们并未说好的约定。月光照得一切都失去了光彩，在他那头红发的映衬下，达尔罗伊那张毫无血色的脸上泛着淡淡的绿光。

他的样子显得如此病态，基德忍不住大喊起来，野蛮而全无理智：“你这个魔鬼，你杀了他？”

詹姆斯·达尔罗伊又露出了他那令人不快的笑容。躺在地上的那个人再次挥动了一下手臂，无力地指向长剑掉落的地方。一阵呻吟后，他竟说出话来了：“布尔……布尔努瓦，我说……布尔努瓦干的……嫉妒我……他嫉妒，他，他……”

基德弯腰想听得清楚些，但只听清这么几个字：“布尔努瓦……用我的剑……他扔了它……”

他更虚弱了，再次无力地朝长剑方向挥了一下手，然后砰的一声垂落在地上。基德心里生出了一丝辛辣的幽默，他的族群总要给严肃的事情掺些诙谐的成分。

“看这情况，”他大声喊道，“你得去找个医生来，这人要死了。”

“恐怕还得找个神父，”达尔罗伊面无表情地说，“钱皮恩家的人都是天主教徒。”

美国人在那人身边跪下，探了探他的心跳，又托起他的头，企图尽最后的努力，但一切都太晚了，早在达尔罗伊带着医生和神父赶到之前，他已经确定没救了。

“你也来晚了吗？”医生问。他长着一副健硕的躯体，蓄着传统的髭须，那双眼睛却充满了活力，此时正怀疑地打量着基德。

“或许是吧，”这位《西阳》的代表慢慢地说，“要说救他的话我是来迟了，但我刚好听到了一些重要的信息。死者生前指认了凶手。”

“谁是凶手？”医生问，皱起了眉头。

“布尔努瓦。”卡尔霍恩·基德说着，还轻吹了一声口哨。

医生阴郁地盯着他，脸涨得通红，但他并没有反驳。隐没在黑暗中的那个小个子神父这时温和地说：“据我所知，今晚布尔努瓦先生并没有来彭德拉根庄园。”

“又来了，”美国佬尖刻地说，“可能得由我来给你们这个古老的国家一些真相。先生，是的，约翰·布尔努瓦本该晚上在家待着，他和我有约在先，却变卦了。大概1小时前，约翰·布尔努瓦突然独自离家到这该死的公园来了。这是他的仆人告诉我的。我想我们掌握了一点无所不知的警察所称的线索——你们报警了吗？”

“是的，”医生说，“但我们还没通知其他任何人。”

“布尔努瓦夫人知道吗？”达尔罗伊问道。基德再次感到有种照着他的嘴巴打一拳的冲动。

“我还没告诉她，”医生粗声道，“不过警察就快来了。”

那小个子神父本已走到了大路上，这时又拿着那把剑回来了。他身材矮胖，又是个普通的教士，相形之下，那柄剑显得巨大而且醒目。“在警察来之前，”他抱歉地说，“你们谁有照明的东西？”

美国记者从口袋中掏出一支手电筒，神父将它凑近剑刃的中部，眨着眼仔细地查看了一番。随后，他也不看剑头和剑柄，便将这把长武器递给了医生。

“我想我待在这儿也没什么用了，”他轻叹了口气说，“先生们，晚安。”他倒背双手，低头沉思着踏上了那条通向排屋的黑魆魆的大路。

其他人匆忙向门房走去，那儿已经来了一位巡官和两名警察，正在向看门人了解情况。而小个子神父穿行在松树构成的昏暗回廊中，脚步越来越慢，最后终于在房前的台阶上站定了。有人安静地走了过来，神父也安静地跟她打了个招呼。来人脚步轻盈，活脱一个符合基德想象的鬼魂，却显得可爱而高贵。那是一个年轻女人，穿着文艺复兴式样的银色锦缎长裙，金色的长发束成两条光亮的麻花辫，脸色惨白，如同一尊以象牙和黄金制成的古希腊雕像。不过，她的双眼异常闪亮，她的声音，尽管低沉却透着自信。

“布朗神父吗？”她问。

“布尔努瓦夫人？”他严肃地回道，然后看了她一眼，径直说道，“我想你已经知道钱皮恩爵士的事了。”

“你怎么知道我知道了？”她沉着地问道。

他没有回答，只接着问：“你见到你丈夫了吗？”

“我丈夫在家，”她说，“他和这件事一点儿关系也没有。”

他还是没有回答。那女人凑近了他，脸上紧张的神情显得有些怪异。

“我能多说两句吗？”她说，笑容中透着担心，“我知道不是他干的，你也知道。”她注视着他，布朗神父严肃地看了她好久，终于点了点头，但神情却更加凝重了。

“布朗神父，”这位女士说，“我会把我知道的事情全告诉你，但我想先请你帮个忙。你能告诉我为什么你没像别人那样断定可怜的约翰有罪呢？你放心说吧，我，我知道那些流言，也知道大家是怎么看我的。”

布朗神父看起来窘迫极了，他尴尬地用手抚着额头。“两件很小的事，”他说，“至少，其中一点是微不足道的，另一点则很含糊。不过正因为它们存在，布尔努瓦先生才不可能是凶手。”

他转过那张圆脸，茫然地望着星空，心不在焉地继续说：“先说说模糊的那点吧。我很看重这些模糊的想法，那些不能作为‘证据’的东西却很能说服我。人的品性各不相同，有的人就是不可能做某些事。对我来说，这点是很重要的。我对你丈夫了解不多，但我觉得这桩普遍被认为是他犯下的案件就属于这种情况。不要误会，我并不是说布尔努瓦不会这么邪恶，任何人都可能变得很邪恶，只要他愿意。我们能决定自己的道德取向，却无法改变自己的品味以及做事的方式。布尔努瓦也可能犯下谋杀罪，但不会是这桩案子。他不可能从那样华丽的刀鞘中夺过罗密欧的长剑，像在某种祭坛上杀死祭品那样将他的敌人杀死在日晷上。他也不可能把尸体留在玫瑰丛中，然后将长剑扔到松树林里。如果说布尔努瓦会杀人，他一定会用一种既隐秘又古板的方式，像他做其他任何让人起疑的事那样——比如静静地喝第十杯波特酒[①]或者读一首散漫的希腊诗歌。不，那种浪漫情景根本就不适合布尔努瓦，倒更符合钱皮恩的风格。”

“啊！”她那双如钻石般的眼眸紧紧地盯着他。

“小疑点是这样的，”布朗说，“剑身上有指纹，通常来说，像玻璃或者钢铁这样光滑的表面，只要有人用手指碰过就会留下指纹，过段时间仍能辨认。我说的指纹就在这光滑的表面，在剑刃的中间。我没法判断是谁的指纹，但你说什么人会抓在长剑的中间位置呢？那是把长剑，本来长度应该是一种优势，可以让他更容易刺到敌人，至少对于大部分敌人来说是这样的，只有一个例外。”

“只有一个例外。”她重复道。

“只有一个敌人，”布朗神父说，“一个人更容易用匕首杀死他，而不是长剑。”

“我知道了，”她说，“他自己。”

---

① 波特酒：也称为“钵酒”、“砵酒”或“波尔图酒”，是葡萄牙的加强葡萄酒，生产于位于葡萄牙北部省份的杜罗河谷。

长久的沉默过后，神父突然轻声开口道：“那么，我说对了吗？钱皮恩爵士是自杀的吗？”

“是的，”她面无表情地说，“我看着他自杀的。”

“他，”布朗神父说，“是因为爱你而死的吗？”

她脸上闪过一丝怪异的神情，全不同于同情、羞涩、懊悔，或者任何他所期望的情绪，她的声音突然变得坚强而洪亮。“我不这么认为，”她说，“他其实一点儿都不在乎我，他恨我的丈夫。”

“为什么？”神父问道，那张圆脸由天空转向了这位女士。

“他恨我的丈夫，因为……哎，这太奇怪了，我都不知该怎么说……因为……”

“嗯？”布朗耐心地问。

“因为我丈夫不愿恨他。”

布朗神父只点了点头，似乎仍在认真听着。他与现实和小说中的大部分侦探有一点点不同，就是绝不会揣着明白装糊涂。

布尔努瓦夫人又走近了些，脸上放着光，因为确信而显得泰然自若。“我丈夫，”她说，“他是个伟大的人。但克劳德·钱皮恩爵士并不伟大，他不过是个有名的成功人士。我丈夫向来算不上成功或有名，但事实是他从来没想过这些东西。他并不想凭借思想成名，正如他抽雪茄是为了自娱一样。从这点来说，他确实愚不可及，他一直没长大，还像学生时代那样喜欢着钱皮恩，他佩服他，就像赞叹宴会上的一场魔术表演那样。但他绝不会生出嫉妒钱皮恩的念头。而钱皮恩想让他嫉妒，他已经走火入魔了，为了这点甚至杀了自己。”

“是的，”布朗神父说，“我想我已经开始明白了。”

“哦，难道你没发现吗？”她喊了起来，“这全是他故意安排的，这个地方就是为了让他嫉妒而设计的。钱皮恩让约翰住在他家门口的小房子里，就像他的仆人一样，他想让约翰觉得自己是个失败者。但约翰从没有这样想过，他根本不关心那种事情，就像，就像一头漫不经心的狮子。钱皮恩总是在约翰穿得最邋遢或者正吃着家常饭的时候闯进来，带着令人眼花缭乱的礼物或者炫耀他的壮举，又或者是他的某个探险故事，好像他是哈伦·阿尔拉施德[①]来访似的。而约翰总是微眯着眼睛亲切地表示接受或者反驳，那样子就像一个懒洋洋的中学生对他的同伴表示赞同或者反对。5年来，约翰从没有变过脸色；而克劳德·钱皮恩爵士，他就是个偏执狂。”

“哈曼将王抬举他的所有荣誉，”布朗神父说，“都说给他们听。他又说：‘只是我见犹太人莫德凯坐在朝门，虽有这一切荣耀，也与我无益。’”[②]

“当我说服约翰把他的几篇文章发给一家杂志的时候，”布尔努瓦夫人继续道，“危机就产生了。它们引起了不小的轰动，尤其在美国，还有一家报社想来采访他。钱皮恩几乎每天都有采访，但当他听到这个消息时，最后一条控制着他的邪恶与憎恨的神经也终于断裂了，虽然约翰根本

---

① 哈伦·阿尔拉施德（约764—809）：巴格达城的哈里发。

② 此是《以斯帖记》中的故事。莫德凯曾揭发两名内侍阴谋杀害王，得王的褒奖，功绩也记载在史上。他为了民族的信仰和尊严，得罪了宰相哈曼。他鼓励和帮助以斯帖去对付哈曼，拯救了整个民族，免遭灭绝。此处写的是哈曼虽位高权重却因莫德凯的存在而闷闷不乐，正符合钱皮恩与布尔努瓦的角色。

无心与他竞争，而这样一点点迟到的小成功也是他本应得的。钱皮恩开始疯狂地攻击我的爱情和荣誉，那已经成了全郡的谈资了。你可能会问我为什么会允许这样的恶言恶语存在，我只能告诉你，除非我能向我丈夫解释清楚整个情况，这些闲言碎语才可能避免，但有些事情凭一个人的意志是没法达成的，就像人不会飞一样。没人能向我丈夫解释清楚，至少现在没人能做到。如果你这样告诉他，‘钱皮恩在抢你的妻子，’他会觉得这玩笑有点粗俗了，是的，他会觉得那只是个玩笑，他那伟大的脑壳顽固得很，你的话他根本听不进去。好吧，本来今晚约翰是要来看我们表演的，但就在我们快要开始的时候他说他不来了，因为他手头有一本有趣的书要看，还有雪茄。我把这事告诉了钱皮恩，这对他来说真是致命的打击。那个偏执狂突然绝望了。他刺穿了自己的胸膛，像个魔鬼一样喊着是布尔努瓦杀死了他。他想让人嫉妒，结果却被自己的嫉妒杀死在花园里，而约翰却坐在餐厅里看书。”

又是一阵沉默，然后这位小个子的神父开口了：“布尔努瓦夫人，在你所有生动的描述中，只有一个漏洞。你丈夫并没有坐在餐厅里看书。那个美国来的记者说他去过你家，而你们的管家说布尔努瓦先生也来彭德拉根庄园了。”

她那明亮的眼眸瞪得溜圆，但那神情更多的是困惑，而不是慌张或者恐惧。“怎么可能，你是什么意思呢？”她喊道，“所有仆人都去看演出了啊，而且我们也没有管家，天啊！”

布朗神父心里一惊，并像个陀螺似的转了半圈，显得有些荒唐。“什么，什么？”他像是突然被刺激得清醒了过来似的，“嗨，我说，如果我去你家的话，我能和你丈夫说几句吗？”

“哦，现在仆人们应该都已经回去了。”她说，仍然显得迷惑不解。

“是的，是的！”神父又精力十足地回答道，然后便匆忙走上了那条通往公园大门的小路。很快他又回过头来说：“最好先稳住那个美国人，不然‘约翰·布尔努瓦的犯罪’这样的大标题就会传遍全美国了。”

“你不明白，”布尔努瓦夫人说，“他根本就不会介意。我想他都没有真的认为有美国这么个地方。”

当布朗神父来到那座有蜂箱和昏昏欲睡的老狗的房前时，一位矮小但整洁的女仆将他带进了餐室，布尔努瓦正在灯下读书，和他妻子的描述完全一样。他的肘边放着波特酒和酒杯，神父一进门就注意到他的雪茄上有段长长的烟灰。

“他在这儿至少已经待了半个小时了，”布朗神父心想。事实上，他坐在那儿的样子，仿佛吃完晚饭后就一直没再离开过。

“你不用起来，布尔努瓦先生，”神父愉快而平淡地说，“我不会打扰你太久，我是不是打断你的研究了？”

“没事，”布尔努瓦说，“我正在看《滴血的拇指》[①]。”他说话时既没有蹙眉也没有微笑，来者可以从他的神情中看到一种深切而刚健的淡然，这便是他妻子所说的伟大。他放下一本黄色封面的惊悚小说，完全没有意识到它是多么的不合时宜，也没有假装幽默地评论几句。约翰·布尔努瓦是个长着一颗大脑袋、行动缓慢的大块头，他已经半秃了，只剩下斑

① 《滴血的拇指》：系列鬼故事。

斑的灰发，一副迟钝而粗鲁的形象。他穿着一件破旧的老式晚礼服，露出一溜三角形的衬衣前胸，他这身装束本是要去看他妻子扮演朱丽叶的。

“我不会打扰你太久，你很快就可以继续看《滴血的拇指》或者其他灾难故事了，”布朗神父笑着说，“我过来只是想了解一下你今晚所犯的罪行。”

布尔努瓦平静地看着他，但他那宽阔的额头上却开始出现了一道红晕，看上去像是刚刚了解什么叫做窘迫。

“我知道这罪行很奇怪，”布朗低声表示赞同，“对你来说可能比谋杀还要奇怪。坦白小罪可能比承认大罪还要难，但也正因为如此，承认它们才显得异常重要。你犯的罪，上流社会的任何一位主妇每星期都要犯6次，但对你来说，这件事还是像一桩无名的大罪般让你羞于启齿。”

“你这话让我觉得，”这位哲学家缓缓说道，“自己真是个大傻瓜。”

“我知道，”神父赞同道，“但人们常在感觉像个傻瓜和真正做个傻瓜间作出选择。”

“我并不很明白自己的心理，”布尔努瓦继续说，“但是当我在沙发上读着那个故事的时候我开心得像个休了半天假的小男生。那种感觉很安全，好像处在永恒的时光里，我说不清楚……雪茄就在手边……火柴就在手边……‘滴血的拇指’还会出现4次……它不只是一份安宁，而是一种圆满。然后，门铃响了，我坐着想了很久，觉得我没法从椅子上站起来，不管从字面意义还是从生理意义上来说，我都没法站起来。然后，因为我知道仆人们都出去了，我用尽全身的力气终于站了起来。我打开前门，看到一个张嘴想说话的小个子，手上拿着用来记录的笔记本。我这才想起了和那个美国佬约好的采访。他梳着中分头，我告诉你，那个罪犯——”

“我明白，”布朗神父说，“我见过他了。”

“我并没有杀人，”这位灾变论者温和地继续说道，“我只是做了伪证。我告诉他我去了彭德拉根庄园，将他拒之门外。这就是我犯的罪，布朗神父，我不知道为此你会让我接受什么惩罚。”

“我不会给你任何惩罚，”这位绅士的牧师说，带着一丝消遣的心态拿起了他那笨重的帽子和雨伞，“正好相反，因为你犯了这个小过错，而我是特意过来让你免遭一个小小的惩罚的。”

“那么，”布尔努瓦微笑着问，“我如此有幸得以豁免的小惩罚是什么呢？”

“被绞死。”布朗神父说。

布朗神父的童话

风景如画的海里希瓦尔登斯坦[①]城同时也是一个独立王国，德意志帝国[②]至今仍保留着多个这样的袖珍王国。历史上它很晚才归于普鲁士的强权统治，距故事发生的这个晴朗夏日也不过50年。这天，弗朗博和布朗神父惬意地坐在这小王国的花园里，品尝着当地酿造的啤酒。当代人的记忆中，战争与野蛮司法的痕迹仍历历在目，这点很快就能得到验证。但如果你只是匆匆一瞥，不免会对其中展露的童真趣味印象深刻，而这也正是德国最具魅力的一面。在那些小小的世袭君主国中，一切都如戏剧一般，国王会像厨师一样勤勤恳恳地处理内政。城中设有无数的岗哨，站岗的士兵们宛如怪异的德国玩具。金色的阳光洒在轮廓分明的城垛上，看起来就像一个金光灿灿的姜饼蛋糕。天气很好，天空呈现着浓郁的湛蓝，即便以蓝天闻名的波茨坦[③]也望尘莫及。又更像是孩子从廉价颜料盒中取出的那种蓝色，被肆意泼洒出来。光秃秃的树木也透出一派生机，因为枝丫上那些

① 海里希瓦尔登斯坦：文中虚构的德国地名。
② 德意志帝国：即第二帝国。
③ 波茨坦：波茨坦是勃兰登堡州的首府，位于柏林市西南郊。

尖尖的芽苞还是粉嫩的，在浓重的蓝色映衬下，好像无数纯真的身影。

虽说布朗神父外表平平，也过着平凡的生活，但他并不是毫无浪漫情愫的，只不过他也和大部分孩子一样，通常只把那些白日梦藏在心里。在这样一个阳光明媚、色彩斑斓的日子里，置身于这样一个结构精巧的小城中，他确实觉得恍如进入了童话世界。他像个年轻人似的，看到那根令人生畏的剑杖①便感到开心，弗朗博总是拿着它边走边甩。而此刻，它正立在他那高高的慕尼黑大啤酒杯旁。哦，不，在昏昏欲睡的状态下，他甚至发现自己在盯着他那把破雨伞笨拙的圆头，脑中隐隐想起了一本五颜六色的玩具书中那根食人魔的木棍。但他从不编故事，除了下面这个童话。

“我在想，”他说，“如果一个人想要冒险的话，在这样一个地方真的能够实现吗？这儿确实像个适合冒险的地方，但我总觉得他们会用纸刀和你作战，而不会用真的刀剑。”

“你错了，”他的伙伴说，“这儿的人不仅用真剑决斗，而且可以不用剑就杀人，甚至还有更厉害的呢。”

“呃？你说的是？”布朗神父问。

“噢，”另一人回答道，“这儿曾有人被射杀，但凶手却没用火器，这在欧洲可以说是绝无仅有的吧。”

“你是说用了弓箭吗？”布朗神父好奇地问。

“我指的是脑中的子弹，”弗朗博回答道，“你没听说过这地方前任国王的故事吗？那可是20年前警界最大的谜案之一。当然，你肯定记得俾

---

① 剑杖：一种里面藏着剑的手杖。

斯麦[1]推行的统一大计，这里就是在早期被强制吞并的，但整个过程也不是一帆风顺。帝国（或者说是渴望能够成就的帝国）为了维护自身利益，派了格罗森马克[2]的国王奥托来统治这个邦国。我们在那边的走廊上看到过他的肖像，如果他能长点头发和眉毛，而且不像秃鹰那样皱纹斑斑的话，他还算得上是位英俊的老绅士。不过他的麻烦事可多了，待会儿我会讲给你听。他曾经是名运筹帷幄、战功显赫的军人，但征服这个小地方却并不容易。在和著名的安霍尔德兄弟的几次交战中，他吃了不少亏。斯温伯恩[3]还给那三位爱国游击队员写过一首诗呢，你应该还记得吧：

豺狼披上银貂皮，
乌鸦戴上金皇冠，
而国王——
这一切多如害虫，
三人却还需忍耐。

差不多就是这样的。事实上，如果不是三兄弟中的保罗卑鄙而决绝地背叛了革命，这儿根本不会被占领。他拒绝继续忍受这一切，于是泄露了起义的秘密，导致叛乱被镇压，而他自己也最终被提拔为奥托国王的宫廷

---

① 奥托·冯·俾斯麦（1815—1898）：普鲁士宰相兼外交大臣，是德国近代史上杰出的政治家和外交家，被称为“铁血首相”。

② 格罗森马克：文中虚构的德国地名。

③ 斯温伯恩（1837—1909）：英国维多利亚时代最后一位重要的诗人。

大臣。后来，斯温伯恩先生诗歌中真正的英雄路德维希在城邦被攻陷时阵亡，直至牺牲那刻手中仍握着长剑。而海因里希，三兄弟中的另一人，虽然并不是叛徒，但和那两位积极的兄弟相比却显得过于温和，甚至怯懦了，后来他索性过起了隐居生活。他转而信奉基督教的无为主义，几乎成了贵格会教徒。他差不多将自己所有的财产都分给了穷人，此外便不涉世事。他们说不久前还偶尔能在附近看到他，总是穿着黑色宽大的外套，近乎失明，满头乱蓬蓬的白发，但那张脸却是异常地柔和。”“我知道，”布朗神父说，“我见过他一次。”

他的朋友有些讶异地看着他。“我不知道你以前来过这里，”他说，“可能关于这个地方你知道的和我一样多。不管怎样，那就是安霍尔德兄弟的故事了，他是三兄弟中最后一位幸存者，也是这件事中唯一还在世的当事人了。”

“你是说，国王也在很早以前就死了？”

“死了，”弗朗博重复道，“我们也只能这样说。你肯定能理解，晚年的时候，他也像所有暴君一样开始变得神经紧张。他在城堡周围大量增派巡逻的守卫，直到岗哨比城里的房子还多，所有可疑人物都遭到毫不留情的射杀。他将自己的房间安置在其他屋子构成的大迷宫中央，几乎一直躲在那里。他甚至还在那个房间里又造了一座小屋，或者说只是个柜子，用钢板加固后活像个保险箱或者军舰。有人说，那小屋的底下还挖了一个秘密的地洞，小得只能容下他一个人。所以，他为了不被送进坟墓，倒愿意待在一个和墓穴没区别的地方。但他做的事还不止这些。平定叛乱后，当地民众缴械投降，但现在，奥托又坚持要求绝对禁止民间拥有任何武器，一般政府可不会这样做。这项命令得到了严厉彻底的执行，组织严密、熟悉当地情况的官员负责监控每个小地方。最终，在将人力及科学发挥到极致的情况下，奥托国王确信海里希瓦尔登斯坦已经受到了最严密的防护，连一把玩具手枪也不可能带进来。”

“人类科学绝不可能确定到那种地步，”布朗神父说，双眼依然凝视着头顶树枝上那些红色的嫩芽，“光是定义和内涵就很难界定。什么是武器？那些最无害的家居用品都可以用来杀人，像茶壶，甚至茶杯罩都有可能。另一方面，如果你拿把转轮手枪给古英国人看，我都怀疑他会不会知道这是一种武器，当然，如果你朝他开枪的话自当别论。也许有人带来了一种看起来都不像火器的新型火器呢，可能它长得像一枚顶针，或者别的什么。那子弹有什么特别之处吗？”

“这我倒没听说，”弗朗博回答道，“但我的信息也不全面，我都是从一位老朋友格林姆那里听来的。他当时是德国警界一位颇能干的侦探，他原本要逮捕我，反倒被我给抓住了，我们聊了挺多有趣的事。他那时在这里负责调查奥托国王的案子，不过我忘了问他有关子弹的事了。按照格林姆的说法，事情是这样的。”他稍作停顿，一口气喝了大半杯黑啤后才继续说道：“事发当晚，国王本该去外围的一个房间，因为他要接待几个他非常想见的客人。他们是被派来探测黄金的地质专家。这也算是个古老的传说了，据说这儿附近的岩层中蕴含着丰富的金矿，这个小城邦长久以来就是靠这些金矿供给的，而且，因为金矿的存在，他们才得以一直维系自己的地位，就算邻邦的军队再怎么强大，他们也可以在其猛烈的炮火攻击下保有公平谈判的筹码。不过，迄今为止，最严密的探测都没能找到金矿，虽然它们已经能——”

“已经能确定查到玩具手枪了，”布朗神父笑着说，“但那个叛变的兄弟呢？他什么都没有告诉国王吗？”

“他总说他并不知情，”弗朗博回道，“他说这是唯一一个他的兄弟们瞒着他的秘密。只能说，确实有些只言片语支持他的这个说法。伟大的路德维希死前看着海因里希，手却指着保罗并说，‘你没有告诉他……’然后就永远地沉默了。不管怎样，那些来自巴黎和柏林的杰出的地质学家和矿物学家已经到了，他们的穿着极为华丽而贴合身份，任何参加过皇家学会[①]晚会的人都知道，再没有人会像科学家那样热衷于穿着打扮了。那可真是一场人才济济的聚会，但时间有点晚了。渐渐地，那个管家——你也见过他的画像了，长着一对浓黑的眉毛，双眼甚是严肃，脸上则挂着无意义的笑容——是的，那个管家发现所有人都已到齐，唯独缺了国王本人。他找遍了外围的所有房间，随后记起他那病态的恐惧症，又匆忙赶到最里层的房间，但那里也空无一人。他费了很长时间才打开房间中央的钢制小屋，但里面是空的。他又去查看了那个地洞，它好像更深了，更像是一方墓穴——当然，这是他的描述。就在这时，他听到外面长排的房间和走廊里突然爆发出了阵阵尖叫和骚动声。

“起初，那只是远远传来的一阵喧嚣，甚至还在城堡外面，可以感到渐渐靠近的人群因未知的事件而万分紧张。很快，那便成了近得惊人的喧

① 皇家学会：英国皇家学会是英国资助科学发展的组织。成立于1660年。并于1662年、1663年、1669年领到皇家的各种特许证。英国女皇是学会的保护人。全称伦敦皇家自然知识促进学会。

闹声，如果不是所有语句互相干扰的话，声音已经大得可以听清内容了。接着，每句话都变得异常清晰，声音越来越近，很快，有人冲进房间，按照惯例简要地向他报告了这个消息。

“海里希瓦尔登斯坦和格罗恩马克的国王奥托，躺在城堡外已经结露的树林里，暮霭中，他双臂张开，仰面对着皎月，被打烂的太阳穴和下巴处仍汩汩地冒着鲜血。那也是他全身上下唯一还如活物般在动的部位了。因为要接待城堡里的客人，他穿着整套黄白相间的制服，但肩带或围巾却被解下来皱巴巴地扔在身边。在被抬起前他就已经死了。但不管是死是活，他都成了一个谜，他平时总躲在最里层的房间里，怎么会突然出现在结着露水的树林里呢？而且身边没有武器，也没有侍从。”

“是谁发现尸体的？”布朗神父问道。

“宫廷里一个女孩子，叫海德薇格·冯什么的，或是别的什么名字，”他朋友回答说，“她当时正好去树林里摘野花。”

“她摘到了吗？”神父问，神情茫然地盯着头顶密如蛛网的枝叶。

“是的，”弗朗博回答说，“我记得很清楚，那个管家还是老格林姆，或者别的什么人吧，说当时那情景真是恐怖极了。当他们听到她的喊声赶到现场时，那女孩正捧着一束春意盎然的鲜花，弯腰对着那具沾满鲜血的躯体。不管怎样，重点是在救援人员到达前，他就已经死了，而这个消息当然得送到城堡里去。宫廷里国王驾崩自然会引起恐慌，而这消息的威力却比那大多了。一时间群情激愤，外来访客成了最大的嫌疑对象，尤其是那些采矿专家和多名位居要职的普鲁士官员。很快，人们就发现发掘宝藏的计划比他们预想的规模要大得多，而这些专家与官员也曾被许以重赏，或者是国际上的好处，有人甚至说国王的秘密府邸以及重兵把守的措施并不是为了防备民众叛乱，而是为了掩护私下勘察——”

“那些花的茎秆长吗？”布朗神父问。

弗朗博盯着他。“你可真是个怪人！”他说，“老格林姆就是那样说的，鲜血和子弹本身就够丑恶了，但他说这件事最丑陋的部分却是那些花都特别短，几乎是在接近花朵的位置被拽断的。”

“当然，”神父说，“一个成年的女孩真的要摘花的话，她肯定会连同很长的花茎一起摘。如果她是像孩子一样只拽下了花朵，那似乎——”他犹豫了一下。

“什么？”弗朗博追问道。

“好吧，那看起来就好像她是在慌乱中揪下的，目的就是，嗯，就是为了在她到了现场后再为自己的在场找个借口。”

“我知道你要说什么，”弗朗博沮丧地说，“但仅凭一点就可以打消所有嫌疑了——没有武器。如你说的，可能会杀死他的东西很多，甚至连他自己的肩带都有可能，但我们要解释的并不是他是怎么被杀死的，而是他是怎么被射死的。事实就是我们没法解释。他们彻底搜查了那个女孩，因为老实说，虽然她是那个阴险的老管家保罗·安霍尔德的侄女兼护理，她的确还是有点嫌疑。她是个非常浪漫的人，很可能会对她家族里那份古老的革命热情怀抱着同情。但同时，不管你多么浪漫，还是没法想象不用任何枪支就将一大颗子弹射进一个人的下巴或者脑袋。现场没有手枪，但又确实开了两枪。我的朋友，这个难题就交给你了。”

“你怎么知道开过两枪呢？”神父问。

“他头上只中了一枪，”他的同伴说，“但肩带上还有一个弹孔。”布朗神父舒展的眉头突然拧紧了。“找到另一颗子弹了吗？”他问。

弗朗博有些不耐烦了。“那我可不记得了。”他说。

“等等！等等！等等！”布朗喊道，眉头越皱越深，神情好奇，且专注得颇不寻常，“你别觉得我失礼，让我好好想想这件事。”

“没问题，”弗朗博笑着喝完了啤酒。一阵清风拂过绽满嫩芽的树枝，将片片粉色、白色的花瓣吹成朵朵浮云，把天空装扮得更蓝了，斑斓的景致也因而多了几分精巧。它们乘风而上，就像可爱的天使迎着敞开的窗户，向空中的家园飞去。城堡里最古老的龙塔高高地耸立着，和这啤酒杯一样怪异，却也同样平凡。越过塔楼隐隐就能看到那片树林，国王就死在那里。

“那个海德薇格后来怎么样了？”最终，神父问道。

“她嫁给了施瓦茨将军，”弗朗博说，“你肯定听说过他的经历，那可真是个传奇。他在萨多瓦和格拉维罗特[①]立下了赫赫战功，但在那之前他就已经颇有名声了。事实上，他可是从普通士兵一路升上去的，这点太不寻常了，就算是在德国最小的……”

布朗神父突然直起身来。

“从普通士兵升上来的！”他喊了起来，嘴唇撅起似是要吹起口哨来。“哦，哦，多么奇特的故事！多么奇特的杀人方式，不过恐怕这是唯

---

① 萨多瓦和格拉维罗特：均为地名。萨多瓦战役为普奥战争中的决定性战役，萨多瓦现属捷克共和国。格拉维罗特靠近德法边境，属法国境内，为德法战争期间的著名战场。

一的可能性了。但想想看，他怀着多深的仇恨，竟然忍了这么久——”

“你什么意思？”弗朗博问道，“他们是怎么杀死他的？”

“他们用肩带杀死了他，”布朗小心地说。没等弗朗博反驳又继续道：“是的，是的，我知道子弹的事。可能我应该说他是因为有这条肩带才死的。我知道这听起来很不可思议。”

“我想，”弗朗博说，“你肯定想出些眉目了，但你没法解释他脑袋里有子弹这一事实。正如我之前说过的，他很可能是被勒死的，可他却中了枪。那么是谁开的枪？又是用的什么枪呢？”

“他是被他自己的命令射死的，”神父说。

“你说他是自杀的？”

“我没说是他自己的意愿，”布朗神父回答道，“我是说他自己的命令。”

“好吧，不管怎样，你有什么想法？”

布朗神父开怀笑了起来。“我只是来度假的，”他说，“我可没什么想法。只是这地方让我想起了一些童话，你愿意的话，我就给你讲个故事吧。”

小巧的彤云像极了甜点，轻巧地飘到姜饼屋似的城堡上空，给炮塔戴了一顶皇冠；而绽满嫩芽的树枝则像婴儿粉嫩的手指，伸展着，似是努力想要触到它们。蔚蓝的天空此时已蒙上了淡紫色的晚霞，布朗神父突然又开口了：“那是一个阴沉沉的夜晚，树枝仍滴着雨水，露珠也已凝结起来。格罗森马克的国王奥托匆匆溜出城堡边门，迅速钻进了林中。一名哨兵向他敬礼，但他并没有留意，他不想引起特别的关注。那些在雨水浸润下灰溜溜、湿漉漉的大树如沼泽般吞没了他，他很高兴。他故意挑选了人迹最少的边门出行，但这儿还是不能如他所愿。不过幸好也不会有好管闲事的家伙来追他，他的这次出行是临时决定的，完全没有人知道。那些衣冠楚楚的来访者被他留在了宫中，他们已经不重要了。他突然意识到，用不着他们，他自己就能办到。

“他这巨大的热情并不是因为对死亡的恐惧，那倒还算高贵些，他渴望的是金子。因为黄金的传说，他离开格罗森马克，侵占了海里希瓦尔登斯坦。因为这传说，也仅仅是为了这个传说，他收买了那个叛徒，又杀死了那位英雄，为此他一遍遍反复盘问那个虚伪的管家，直到他终于确信，那叛徒对此事确实毫不知情。为了能得到更多的金钱，他勉强花费了不少，又许诺了更多，为此他在雨夜像个贼一样偷偷溜出了自己的城堡，因为他想到了另一种廉价却同样能满足自己欲望的方法。

“他沿着草木横生的山路艰难地攀爬着，山势陡峻，山脊俯瞰着城市，那隐士的居所就在这条山路的尽头，在山脊上绵延排列的石柱丛间。说是居所，倒更像是围着荆棘栅栏的一处山洞，安霍尔德兄弟中的第三人就长期住在这里，过着与世隔绝的生活。奥托国王想，他完全没有理由拒绝交出金子，他知道那地方都已经好多年了，却从没有去找过它们，虽然现在他信奉禁欲主义，对财产与欢愉早断了欲念，但在那之前他也没有去找过。是的，他们曾经是敌人，但现在，他不是声称要摒弃偏念吗？只要承认他的目标，赞颂一下他的教条，他就很可能和盘托出金钱的秘密。虽然他设下了严密的防御工事，但奥托并不是胆小鬼，而且，不管怎样，他的贪婪要远胜过他的恐惧。况且，其实也没什么可怕的。他确信整个王国已经没有私人武器，他更百倍地确信山上那个贵格教徒的小屋子里不会有任何武器，那儿只有他和两个粗野的老仆人，以植物为生，年复一年，从没有其他人迹出现过。奥托国王俯视着脚下那灯火通明的城市，宛如一个明亮、方正的巨大迷宫，嘴角浮起了一丝冷酷的笑意。放眼所及，到处是他的人扛着来复枪站在哨前，而敌人却什么都没有。岗哨离山路很近，只要他喊一声，马上就会有士兵冲上来，更不用说树林里、山脊上定时还有巡逻队。各地都设了岗哨，远到那昏暗的树林中，河流的另一边都是他的哨兵，因距离遥远而显得矮小了许多。想溜进城的敌人也绝无远路可绕。而且，宫殿的东、西、南、北门以及四面立墙下也都是戒备森严的哨兵。他很安全。

“当他爬到山脊上时，情况就更明显了，他这位宿敌的小窝暴露在外，一眼就能看到。奥托正站在一小块石头平台上，三面全是断崖绝壁。身后是黑色的洞穴，掩藏在绿色的荆棘丛中，洞口很低，完全无法想象有人能钻得进去。前方是陡峻的悬崖和云雾缭绕的巨大山谷。石头平台上立着一座古老的青铜诵经台，上面放着一本巨大的德语“圣经”，显得不堪重负。在这高处潮湿的空气中，那青铜抑或黄铜已被蚀成了绿色。奥托立刻想到，‘就算他们有武器，到现在也肯定已经烂掉了。’月亮升起来了，为山峰和崖壁投下了一片死寂的光亮，这时，雨已经停了。

“诵经台后站着一位风烛残年的老人，双眼望着山谷对面。他穿着一件黑色的长袍，垂坠而下如周遭的崖壁般笔挺，但他那头白发和口中微弱的絮语却似在风中无力地飘摇。显然，他正在朗诵日课，这是他宗教修习的一部分。‘他们信仰马……’”[①]

“‘先生，’海里希瓦尔登斯坦的国王以一种少有的谦恭态度道，‘我只希望能和你讲一句话。’”

“‘和战车，’那老人继续无力地念着，‘但我们相信我们的上帝耶和华的名……’最后几个字已微不可闻。他虔诚地合上了书本，随后又摸索着抓住了诵经台的边缘，因为他已近乎失明。从低低的洞口很快钻出来两个仆人扶住了他。他们穿着与他相同的黑色长袍，但头发并不如他那样像是打了银霜，面容也不像他那般饱经了风霜。他们是克罗地亚或者匈牙利的农民，长着宽阔的脸盘，神情迟钝，但双眼却闪着灼灼的光华。国王第一次感到有些心慌了，但他的勇气仍在，他的交涉欲望也没有退去。”

“‘恐怕，’他说，‘自从你兄弟在那次可怕的炮击战中丧生后，我们再没见过面吧。’

“‘我所有兄弟都死了，’老人说，双眼仍直直地望着山谷对面。随后，他突然将那副柔弱无力的面孔转向了奥托，银色的发丝如冰柱般耷拉在眉间，他又补充道：‘你知道，我也已经死了。’

“‘希望你能明白，’国王努力控制着自己，几乎已经是在妥协了，‘我并不是要为了那场争端到这儿来纠缠你。我们不谈那件事到底谁对谁错，但至少有一点我们是绝没有错的，因为你做的总是对的。不管别人对你家族的政策怎么评判，没人认为你是因为黄金而搬到这儿来的，你证明

① “他们信仰马……”：源自《圣经》中“Some trust in chariots and some in horses, but we trust in the name of the Lord our God.”——有人靠马，有人靠车，但我们要提到耶和华我们神的名。

了自己，你没有嫌疑……’

“身穿黑色长袍的老人一直用他那双水蓝色的眼眸注视着他，神情呆滞。但当他说出‘黄金’一词时，老人突然伸出手来，像是要抓住什么，兀的，他将脸转向了群山。

“‘他提到了黄金，’他说，‘他提到了不合法的东西。快让他闭嘴。’

“奥托有着普鲁士民族传统的陋习，他认为成功是天生而非努力得来的。他认为他那样的人就该永远征服别人，而他人的命运便永远只能是被征服。因而，他似乎从不明白何为惊讶，也不懂该为下一步做好准备，此刻，他完全被吓傻了。他正要张口回答，嘴巴却被堵住了，一条结实、柔软的带子突然像绷带般紧紧缠住了他的脑袋，他的话也被憋回了喉咙。足足过了近40秒钟，他才反应过来，原来是那两个匈牙利仆人干的，用的还是他自己的军装肩带。”

“老人蹒跚着回到了他那铜架上的《圣经》边，耐心地翻了几页，那姿态着实令人不寒而栗。终于，他翻到了《雅各书》，开始念道：‘舌头在百体里也是最小的，却能——’①

“国王被他声音里的某些东西吓坏了，他突然转身，沿着来路狂奔下山，向王宫花园冲去，一直跑到半路他才想起要解开扼住脖子和下巴的肩带。他试了又试，却怎么也解不开。打结的那人显然很清楚，用双手在脑

① 舌头在百体里也是最小的：《雅各书》中的句子。全句为：“舌头在百体里也是最小的，却能说大话。看啊，最小的火能点着最大的树林。”意指舌头可以犯下大罪，此处用到对奥托国王来说自是十分恐怖。

后解开扣结比在胸前要难得多。他的双脚是自由的，可以像羚羊般在山上跳跃，他的双手也是自由的，可以挥出各种手势和信号，但他却没法讲话。他成了一个哑口的恶魔。

“他已经走近了城堡外围的树林，他突然意识到自己无法出声意味着什么，也明白了那些人的用意。他再次阴沉地俯视着山下那个光亮、方正的迷宫般的城市，却再也笑不出来了。先前那种得意的心境，那些语句他又重新体味了一遍，此刻却是残忍的讽刺。放眼所及，到处是他的人扛着来复枪站在哨前，如果他回答不出盘问，任何人都可能将他射死。岗哨离山路很近，树林里、山脊上有定时巡逻队，所以他不可能在树林里躲到天亮。各地都设了岗哨，想溜进城的敌人绝无远路可绕，因此，他想绕远路回到城中也是不可能的。只要他喊一声，马上就会有士兵冲上山来，但他现在却喊不出声。

“月亮升到了天顶，已经成了皎洁的银色，明亮的蓝色夜空映衬着城堡周围松树的暗影，呈现出明暗不一的条纹。花瓣宽大的花朵毛茸茸的，在月光下褪去了色彩，却闪着灿灿的光芒，以前他从未留意过这些东西，当它们攒成一团时就像攀附在树木的根部，实在妙不可言。或许，他心中本就潜伏着某种非凡的东西，那一刻，这东西终于击垮了他的理智。在那座树林里，他确实体会到了某种无可名状却又异常德国化的东西——童话。他隐约感到自己正被吸近食人魔的城堡，但他忘了自己就是那食人魔。他想起儿时曾问过母亲，家里那座古老的花园里会有熊吗。他弯腰去摘一朵花，好像它拥有某种能解除魔法的神力。花茎却比他想象得结实，但终于还是将它折断了。他小心地想把它插到肩带上，这时，他听到了一阵喊声，‘谁在那？’于是他记起来肩带并不在正常的位置。

“他想喊，但就是出不了声。又是一声盘问，紧接着是‘砰’的一声枪响，子弹呼啸而来，击中了目标，又归于静寂。格罗森马克的国王安详地躺在童话般的树丛中，再不会用金子或钢铁使坏了。只有月光那银色的笔触勾勒着他制服上精细的饰物，还有他额上深深的皱纹。愿天主宽宥他的灵魂。

“按照严格的岗位规定，那名开枪的哨兵自然得跑去查看被他击中的目标。他叫施瓦茨，当时还是个列兵，后来便渐渐攀升上去了。他找到的是一个穿着制服的光头男人，脸上被他自己的肩带缠得严严实实，像是戴了一个怪异的面具，只有那双死不瞑目的眼睛仍在月光下闪着冷冷的光芒。子弹穿过肩带打进了下巴，这就是只开了一枪却有两个弹孔的原因。年轻的施瓦茨扯下了那神秘的丝质面罩扔在草地上，或许他不该有此举动，但却是人之常情，然后他看到自己打死了什么人。

“接下来的事情我们就无从得知了。虽然树林里发生了如此恐怖的事，但我仍倾向于认为那儿确实曾有过一个美丽的童话。那位叫海德薇格的年轻女士救了那个士兵，后来又嫁给了他，但她是之前就已与他相识呢，还是恰好撞见这场意外并从此开始与他相恋，我们就不得而知了。但我想，我们能够知道的是，这位海德薇格是个女英雄，也值得那位英雄娶她。她做了一件勇敢、明智的事。她说服那位哨兵回到自己的岗位上去，那样他就不会和这场灾难扯上关系了。他不过是忠心耿耿、严守纪律、随时待命的50名哨兵中的一员。她留在尸体旁，惊恐地呼叫起来，她和这灾难也不会有任何瓜葛，因为她没有，也不可能有任何火器。

“好了，”布朗神父愉快地站起来说，“我希望他们过得幸福。”

“你要去哪儿？”他的朋友问道。

“我要再去看一眼那个管家的画像那个背叛了他兄弟的安霍尔德，”神父回答说，“我想知道，如果一个人最终背叛了那个让他出卖兄弟的人，他的背叛是不是会显得不再那么恶劣？”

他站在画像前陷入了长久的沉思。那是一位银发的老人，浓黑的眉毛，描画的粉红笑脸似乎与他眼眸中闪烁的严厉警告大相径庭。